岭南风

2017年广东地税
诗歌小说作品征集选编

广东地方税收科学研究所 编

暨南大學出版社
JINAN UNIVERSITY PRESS
中国·广州

图书在版编目（CIP）数据

岭南风：2017年广东地税诗歌小说作品征集选编/广东地方税收科学研究所编. —广州：暨南大学出版社，2018.3
ISBN 978－7－5668－2493－6

Ⅰ.①岭…　Ⅱ.①广…　Ⅲ.①诗集—中国—当代②短篇小说—小说集—中国—当代　Ⅳ.①I217.1

中国版本图书馆CIP数据核字(2018)第226179号

岭南风·2017年广东地税诗歌小说作品征集选编
LINGNANFENG·2017 NIAN GUANGDONG DISHUI SHIGE XIAOSHUO ZUOPIN ZHENGJI XUANBIAN
编　者：广东地方税收科学研究所

出 版 人：徐义雄
策划编辑：陈绪泉　杜小陆
责任编辑：曾小利
责任校对：姜琴月
责任印制：汤慧君　周一丹

出版发行：暨南大学出版社（510630）
电　　话：总编室（8620）85221601
营销部（8620）85225284　85228291　85228292（邮购）
传　　真：（8620）85221583（办公室）　85223774（营销部）
网　　址：http://www.jnupress.com
排　　版：广州市天河星辰文化发展部照排中心
印　　刷：广州家联印刷有限公司
开　　本：787mm×1092mm　1/16
印　　张：15.75
字　　数：308千
版　　次：2018年3月第1版
印　　次：2018年3月第1次
定　　价：49.80元

诗歌之美

郑小琼

在这数百篇诗歌中，读者可以时时感受到生活之美与发现之美。

生活之余，可作江湖游客，寻幽静，览名胜，听窗外风雨，察天气明晦，长街小巷，山川河岳，江河湖泽，红袖添香，挑灯夜读，自有妙境；静谧之山谷，长河之源头，秋色之斑斓，溪流之清澈，凌波之红菱，自成境界。或阡陌长墙，漫道晴花；或堂前燕巢，小扇流萤；或新鲜瓜蔬，卷曲长藤；抑或晨光、夕晖、柔光、温雨，初夏午后……生活无时无刻不耸起千种之美，而我们将其呈现在诗句之中，或为《南思》，或为《洛神》。诗无定法，也无达诂，好诗却有其趣味，或雅或俗，或古或今，各有各的境界，可"蒹葭苍苍"，亦可"莲戏荷叶"。自身之趣味与诗歌发生关系，以最自然的形式呈现，从言语潜回内心，回到一个人内心的观照，个人之趣味随之演进，个人之视野、审美、生活亦会改变，涉猎广博，可减少偏见，读书让品味变得纯正。

美，总在不经意间呈现，人生之妙处总在蓦然回首时，美却在灯火阑珊处。

在读东坡之诗句的感慨间，在聚贤山庄与众友小聚之际，在罗浮名山，在回望青春，在梅岭晚风，在四季转换，在秋夜醉饮，在沙湖春雨，在六月崆峒，在内蒙古纯净的天空，在万绿湖碧水间，在光影之间，在窗台小鸟，在六祖古寺，在山村故乡，在人间四月天，在客家酿酒，汕尾擂茶。

它们在瞬间让心灵萌动，诗意丛生，诗意之美充盈我们内心。

此时此地此身，我们只需像自然草木一样，顺自然所赐予之美去生活。如诗人在《读苏轼》中的表达："读苏轼/心里，释然了"；或如《洛神凌波轻舞成霜》说："我去了/从此洛神赋/会在灵魂深处安放"。这释然与安放是内心纯洁之美，是生活与自然带给我们的，也是诗歌与艺术带给我们的。

以一颗微小之心，观世界之广阔，察生活之细处，悟心灵之妙境，感岁月之沧桑，体世事之冷暖。

生活之美无处不在，这数百篇诗歌透出对生活热爱的火焰，燃烧出人生的自在、优雅、丰富，呈现出职业之爱、故土之爱、国家之爱。

生活之美缘于一颗怀爱之心。

诗心缘于爱。诗歌《我是岭南的一朵莲》中言："静静、开一朵忘却忧愁的花/赠予人们一缕缕、幽香浅浅”，《春》中言：“是谁打翻了青梅酒/淡淡一抿/羞涩的少女红了脸颊/散落的桃花诉说着春天的故事”，意境美好如世界静止唯余一人般纯净，秋叶般的静美，想起了中国古诗“杏花烟雨江南”之况味，有《红楼梦》“留得残荷听雨声”之幽静，意境相同，美感似曾熟稔。

真正的美看似柔弱却不可征服。我们需要在人生中，给诗意与美好留一个位置，给聆听留一丝空间，听内心声音，找静之美，在都市的喧哗中找到灵魂的栖息地。朱光潜在《慢慢走，欣赏啊!》中说：“你是否知道生活，就看你对于许多事物能否欣赏。”本书中许多诗歌表达出爱岗敬业的精神，对税务本职工作的欣赏，对“税务蓝”的欣赏，比如《蓝色赞歌》《钟爱深蓝》等。“花儿一盛放，故人就从远方赶过来”，“月亮一升起，洁白就把黑暗覆盖起来”，涨潮的珠江铺开生活的滩涂。诗歌之线“那样细柔而坚韧”，牵着我们对生活、对人生、对职业、对家国的看法。

“天下之口有同嗜”，诗无定法，总归有“同嗜”，这些“同嗜”只可意会，不可言传，构成了我们对诗歌、对文学的评价标准。诗歌好坏各说各道，但正如冯唐所言，总归有条金线，尺度在内心。趣味即修为，一些诗歌，在趣味及修为上需多磨砺，得失寸心知。

（作者系广东省作家协会《作品》杂志社副社长）

最是那惊艳一瞥

——广东省地税作协分会2017年短篇小说征文评奖手记

艾　云

在这次征文评奖中，无论初评还是终评，评委几乎是毫无争议地将《扯旗》这篇放在了一等奖最靠前的位置。在所有参赛作品中，陈焕中的《扯旗》的确能一下子就吸引住读者的目光。你不会随便略过它，它真就能扯着飒飒旗帜，呼唤着你驻足，并进入它所叙写的那惨烈而又悲壮的年代。

因为评奖是匿名的，评奖时完全不知道这篇小说的作者姓甚名谁。但从叙事的背景来看，作者应该是生活在潮汕地区，或对潮汕地区的历史有相当的了解和研究。在小说快要结尾处，作者附上《揭阳县志》中的一段记载："民国三十三年十二月九日，日军田中部集中兵力三千余人，首陷揭阳城……揭阳城沦陷的第二天，插在县府门楼上的日本国旗，被榕城爱国少年黄绍海扯下，大快人心。"

小说真的就是想象力迸发的艺术。仅仅几行的县志，却让作者历历在目地还原了现场，各色人物栩栩如生纷纷呈现。那个少年被塑造成一个父母双亡的踱仔，人称"乌猴儿"。故事正是从他去县城寻找被关押的叔父写起。在县府门前，他目睹着各色人物的心态和表情：有刚强勇猛的反抗者厚叔；有揭邑名贤、清末举人、秉性贞烈的长髯老者林悟生；也有发国难财的"裕兴丰"米行老板林应；还有卖身投靠的伪县长张允荃。在极端情境下，人性的勇敢或孱弱，善良或丑恶都在鲜明地展现。

这段历史，是中华民族灾难深重的历史。1937年"七七卢沟桥事变"，日本人的铁蹄践踏着我中华大好河山。边远的岭南潮汕地区也未能幸免于难。敌人猖狂残暴，不屈的中国百姓，无论男女老幼都在用肩膀扛着民族反抗的大旗。把侵略者的旗扯下，我们的旗帜浩荡飘扬在每个顽强抗争外侮的中国人心中。

作者没有回避"暴力美学"的叙述手段。厚叔之死，看得人不忍卒读。日本人将厚叔的两个儿子杀死，他的妻子被强奸以后上吊自杀；厚叔无法再沉默、再忍受，他只身一人扑杀了十几个鬼子，其中包括一个少佐和一个中尉；他因伤重身疲而被俘；日本人一次次用滚烫的开水烫他全身和喉管，一层层皮肉烂碎，然后他又被狼狗噬咬。摹其惨状，令人艰于呼吸。在作者冷静而隐伏的情绪中，所有的痛楚都力透纸背，悲剧抵达顶点。写出侵略者的残虐，才能写出反抗者的壮烈。

作者的文笔很老到，他一开笔便写："潮汕平原的深冬虽不见雪，却有股蚀骨钻髓的湿冷劲儿。"中间段落在即将发生的厚叔之死的前夕，他摹状出的那古老的城邑，吹着阴沉的北来冽风，"偃靡一岸衰草，掠江呜咽而过"。即使写悲惨，文字也讲究准确和生动。

关于这一篇的解读已占了不少篇幅，就此先打住。我只能说，这篇有足够体量和细节的小说，写得扎实、浑厚，文笔很有力量。在地税系统，业余小说家的水平如此之高，令人欣喜。

接下来说说获一等奖的《住在海边的卡夫卡》这一篇。

对文学略有兴趣的人对卡夫卡的名字都不陌生。在欧洲文学中，卡夫卡是现代派的中坚，并为中国新时期以来的先锋小说作家所推崇、所借鉴。在一个特殊的历史时期，人们从卡夫卡式的生存困境与异化中找到精神的共鸣。

陆阳铭的这篇《住在海边的卡夫卡》中，作者以引述卡夫卡著名的关于一觉醒来变成甲虫的故事为开端，其构思之妙在于将卡夫卡现场化。卡夫卡做了一个令人不安的梦，醒来以后他嘟哝着慵懒地走出家门，走到海边。在阵阵涛声中，他找到一个房子租下。房子虽小，却可以省却房贷的压力。他见到一只老龟，他让它爬快些"赶紧买你的彩票去!"住在海边的卡夫卡依旧搁不下思索人生的毛病。他在想什么是快乐与悲伤，急躁和懒散，责任与自由呢。正在他思索得头疼时，三十米外的海里有一个落水的女人在挣扎。似乎没有多想，他毫不犹豫跳到海里救了她。但他做的只是在自嘲和戏谑中的事情，没有任何英雄救美的壮举。当然，他们也没有发展成情侣。

卡夫卡是个放弃小责任承担大责任的人，这大责任就是思考人生及命运。这思考让他要用尽全部的力气。我曾经写过关于卡夫卡的一篇随笔，题目是"连自己都驮不动了"，想要讨论的正是卡夫卡的弃绝。卡夫卡拒绝日常，同时也拒绝女人，他与未婚妻三次订婚却又三次解除婚约，正是因为他无法囿于温暖的家庭生活，否则，他代人类思考的大脑就迟钝了。

参评的这篇小说写得比较独特，写出了某种隐喻性，角度也不落俗套。写忧郁的卡夫卡，也写温情的卡夫卡。人在世一场，不可能放弃一切绝尘而去，在命运中痛苦而柔韧地承担，正是生存的真谛。

一等奖获得者陈小湛和邬凡创作的《"民告官"案可堪忆　巅峰对决惊人心》更是非常新颖的一篇。它的副标题是"听老稽查讲述曾经历的一场'法庭之辩'"。

看这篇小说，等于上了一堂专业的普法课。

小说从一天中午午餐后的阅览室写起。一群年轻的税务人正围着老稽查员唐科长讲述12年前最高法的一次庭辩。那是一桩"民告官"的案件，某民营公司将执法的税务部门告上了法庭。

首先应该指出，民告官绝对是社会的进步。过去，在官本位的不正常政治生态中，那可是官大一级压死人，权力部门是不证自明的特权阶级。现在，权力部门被推向被告席，这是一件十分稀罕的事。这起状子已悬而未决了若干年，如今，要真刀真枪地在庭辩中辩出个是非曲直。

在对权力的逆反心理中，人们希望权力部门被告倒，成为输的一方。但这里且慢，激愤和情绪化预设能成为判案的前提吗？

民告官，就一定意味着正义和真理在民的一方吗？未必。法律的精神实质在于公正公平正义，“王子与庶民同罪”。

何为公平正义？依事实真相为准，谁有理就是有理，无理就是无理，谁都不能因或上或下、或高或低的身份，成为案件审理与辩论时的预设前提。国家公职部门与民间组织、机构一样，既要执行遵守法律的各项条款，同时又享有法律的保护。公职部门不一定就是仗势欺人，而以弱势形象出场的民间机构，对他们的那些不正当要求，也不能不分青红皂白地全部予以肯定。

在新的历史时期，社会各种诉求与矛盾非常多样和复杂，其间充满吊诡与悖论，让人一时难以分辨，理屈词穷。

小说通过四个回合的原告与被告律师及当事人的交锋，像剥笋一样将复杂莫辨的案件放在大庭广众面前予以分析、辩论，可谓是针锋相对、刀光剑影。一会儿这一方占着上风，一会儿那一方有着优势，法庭上的激辩，是心理和意志的较量，又是不流血的战场。这是在为最后的判决提供充分的依据，也是让人学习和运用法律的必修课。

小说有内在的较深含义：法律是我们每个人都必须遵守也是极为需要的。如果有人凭借政治权力而置法律于不顾，在法律逐渐健全以后，必然会被绳之以法。你今天诬告别人而得逞，明天你可能会被别人栽赃陷害。法律的倡导、健全和遵守，才能使官与民、上与下，使全社会各阶层的人的生命安全和物质财富得到有效保障。

在权大于法的时候，有太多令人憋屈、愤懑的事情。官大一级压死人，掌权者是特权阶层，百姓们陷入无处说理的绝望状态。绝望中的人们，很可能会用极端的方式对社会进行报复。由此可以想象，在一个民怨沸腾的社会，每个人其实都不安全；鱼死网破的悲愤游戏再也不能继续上演了。

这篇小说的崭新立意是，矫枉过正也不能过分。权力部门也应该被公正对待，应该像每个公民和公民团体一样沐浴在法律的公正之光下，凡事不能从一个极端走向另一个极端。不管是官是民，都应该有理可辩，有冤可申。依法治国的新时代就该是这个样子。

这篇寓意深刻、说理深刻的小说被评为一等奖，实至名归。

马宏华的《杨婆之死》这篇小说，将叙事投向了一个命运多舛的普通女人，杨婆这个普通的女人行将死去。小说以倒叙的笔法向前推着写。杨婆年轻时非常漂亮，她嫁到夫家，勤恳做事。她的美也为不怀好意的男人所觊觎。

后来在一次猝不及防中她被一个男人强暴，怀了三儿阿呆。阿呆出生那天不巧她丈夫去世。周围的人都认为是三儿克死了她的丈夫，污水和诋毁向她泼去。她不诉说也不争辩，沉默而柔韧地活着，靠卖豆腐养大了三个儿子，其中包括阿呆。

小说的最大看点在于平静而写实的叙述。没有大起大落的波澜，笔调温和中带有冷冽，细腻中带着怆然。杨婆将死，三个儿子在她病床前的心理活动和表现也有冷静客观的现实叙述，大儿子的不情不愿，二儿子的见利就上，老三阿呆痴痴地不离不弃地待在母亲身边。小说结尾处为阿呆设计了一个较好的结局，这可能是为了弥补杨婆过于苦情的人生，让她少些无奈和牵挂吧。

普通人的生存真相可能就是这样。多少时候，眼看着就活不下去了，可还是得擦净血渍，顽强地活着，否则你只能陷入不可自拔的怨艾中。平民百姓会选择活下去，体尝人生百味、人世百态才不枉来世上走一遭。

杨婆屈辱地活，挣扎着活，活过了 85 岁。谁说她不成功呢？人们都知道这个道理，年轻的时候比拼名声和成功，中年时代比拼权力和幸福，而到晚年则比拼健康和高寿。人活一辈子，活到耄耋之年多么不易，多少天灾人祸，多少风浪剑戟，都会随时向人袭来，一个人能躲过这些而活到一定寿数，那也是一种成功。

《杨婆之死》这篇文章选材并不讨好，但作者却写得颇见功力与悟性。于是，我们也是毫无分歧地将其评为一等奖。

黄世端的《破窗入室》这篇小说还是有些悬，它差一点儿就被遗漏了。为什么？就是因为它的隐喻藏得太深，如果不是格外提及，只会在隐匿中无声无息地自然开放，但我们仍然在恍然中有种失而复得的庆幸。

寡居的贫困老人方伯家某夜来了毛贼。毛贼撬开了他家窗户，进屋偷走的只是儿子刚寄来的 8 包红双喜香烟。方伯没有选择报案，一是没损失什么贵重物品，再就是派出所也管不过来这些事情。小说中的“我”则去报案了。报案的结果是警察到了现场，没发现什么重大案情，当事人也没丢失什么，于是没人再理会什么。

事情陡然变化起来。“我”见到了一位高中同学，她在一家城市日报负责“百姓大小事”栏目。她需要有源源不断的剧情制造，才能把栏目办得好看。当“我”讲述了方伯家的事情，她大感兴趣。故事的戏剧性发展就从这里开始了。她在版面上做了大张旗鼓的报道。不日，数名刑警押着两名少年盗窃嫌疑犯向方伯家走去。

方伯却毫无喜悦，只是表情呆滞地望着破窗，很久很久。

方伯在想什么？不知道。我们替方伯稍稍做些思路的延伸吧。方伯一定在想，还是少年啊，他们今后将在狱中度过刑期；他们今后将成为有污点、有罪行的犯人；他们将失去希望，前途命运都将改写啊。这两个少年，他们破窗入室，或许是青春期恶作剧。他们没有对这户人家造成伤害，是否可以给他们以等待成长的时间？

的确，法律应该毫不手软地惩罚一切犯罪之人。但对于犯错者是否也要绳之以量刑过重的惩办？在犯错和犯罪之间，在猜测后果和真实后果之间，是否需要厘清某种界限？否则，是否会带来另一种负面结果？甚至包括新闻媒体，不能因为版面需要吸引眼球就忽略真实与客观。凡事一旦经过渲染和夸大，一切都有可能上纲上线，可能将小事化大，大事化重，这是否也有违新闻报道的初衷？

小说在不动声色中引申出了许多值得我们深思和警醒的问题，其中的难解悖论，情与法的冲突都很有现实意义。评《破窗入室》为一等奖也是有根据的。

当然，因一等奖名额限定，不可能将出色的作品都评上，敬请大家谅解。接下来，我想简单扼要地说说二等奖。

二等奖也可以说是各有千秋，各呈纷彩。在接下来的评说中，没有排名的先后之分；限于篇幅，对各篇也无法再详尽地展开诠释，而只能择其要而概言。

黄梦妮的《仇人，恩人，亲人》这篇，以地税干部的命运为题材，其人物与故事都写得比较完整，也充满了某种戏剧性冲突。

女婿郭云峰怎么也料想不到自己的岳父赵建国竟与自己有那么深、那么多纠缠不清的恩恩怨怨。赵建国当年作为一名普通的税务干部，曾进山区追缴屠户私自宰杀生猪的税款。不想，一个躲税的屠户郭大全不慎掉到山沟摔断了腿，并于五年后去世。郭云峰正是郭大全的儿子。而郭云峰又与赵建国的独生女儿赵晴天生有缘，并喜结连理。不料风云陡起，当郭云峰得知早年追款一事竟是岳父所为，他视岳父为仇人。这个心结最后是自己的母亲帮他打开：岳父不但不是仇人，还是他们家的恩人。一切都冰释前嫌。

这篇行业小说加入了冲突和误会等情节，不再是说教和生硬的宣传，颇有文学性与职业性很好结合的韵味。

林秀芬的《信访人》这篇仍然涉及的是税务人的工作常态。做了税务人，就得用足够的职业精神去对待所有的人与事。这个信访员在接待一个难缠的信访人。她喋喋不休地讲述，没有道理地过分苛求，都让作为信访员的他烦不胜烦。可他必须耐下心来。他永远记得二十多岁时他上级跟他说过的一句话："那些多余的富于感情色彩的话吞在肚子里好了，它只会给你添乱。"

这里所指的感情色彩除了感动与同情，其中还包括眼下的烦躁和焦虑，不堪重负。这就是税务人的生活与工作，面对着许多非理性的人与非理性的事，你不可能全部做到有求必应，因为客观因素很多，但可以做到心中无愧。这样，就是心底无私天地宽了。说得好，理解得对。为此篇点赞。

刘元卉的《执法“天眼”追凶记》写的仍然是熟悉的税务工作。“3·15”是打假日。平常的日子也是基层税务稽查局兢兢业业忙于工作的打假日。为了保障人民群众的财产安全和切身利益，有许多税务人在行动。

肖勇的《下户那些事》紧扣地税题材，是一篇反映行业内税务人生活与工作的小说。一个叫杨光的税务人下到基层，他在公司、企业经历着林林总总的人与事。这里有红脸黑脸、各色人等；这里有委屈艰辛，也有温情和体谅。

龙利姣的《12张人民币》一映入眼帘就放不下。一个贫困之极的小女孩儿冯雪，无意中在路边的枯草丝中发现了一个鼓鼓的塑料袋。她好奇地打开，竟是12张人民币，共计520元。她迅速做着换算，这些钱，可以买两身新衣、两双暖和的新鞋；还可以买到米粉、白糖、花生油；还可以给有残疾的姐姐冯雨买冻疮膏。

人都是有自私之心的，不是天生就是道德高人。这个11岁的小女孩儿有种种的想法都很正常。可是，她放弃了任何据为己有的念头，决定留下来等待失主。失主终于等到了，这笔钱，是一个老人为救烫伤孙女的救命钱。

当然，结局是好人自有好报的皆大欢喜。烫伤痊愈女孩的父亲是医院的神经科医生，他在前来致谢冯雪时自然也救了身有残疾的冯雨。小说虽然题材不新，却写得饶有正能量，人物的心理活动也因真实而显出颇有诚意的感染力。

陈剑章的《墨迹》写了一个叫墨全、一个叫双全的两兄弟。他们因人生观、价值观、世界观的选择差异，走上了不同的命运之路。墨全所相信的东西、接触的人很多都是负面的，近墨者黑，他差一点儿就成了社会的废人。而双全则是对社会有用的人。这兄弟俩的形象，寓意着人生可能存有两种格局，黑与白，邪与正，是自己的命运写照，关键时刻不能走偏。此篇小说很有现实警策意义。

熊龙元的《生如夏花》虽放在后边评说，它却是一篇不错的励志小说。孤儿院长大的姑娘夏花得到了没有任何血缘关系的资助人文先生的帮助。小说作者还饶有意思地将资助人文先生写成了税务稽查干部。夏花成了一名大学生，学的是财务，她毕业以后来到一个城市工作，她一方面要报效社会，另一方面也想寻找到自己的资助人，也就是恩人。

小说用较多笔墨抒写夏花的正直。她用自己的良知顶住弄虚作假的坏风气。她与文先生始终没有相认，但文先生的行为已深深影响到她，让她任何时候都会以正价值回馈帮助过她的那些善良的人，回馈给她以如春温暖的社会。

谢栋锋的《我是在保护你》这一篇也很有味道。我原以为关于税务题材的小说已评说完毕，没想到这一篇写的也是这方面的题材。小说写的不是工作，而是做人，怎样做一个大写的人。陈浩然因为自己亲戚的事给杨刚局长送了4 000元的红包。他心怀忐忑，不知局长收还是不收。送礼的人不仅心存不安，其实还心存矛盾。找人办事，不送礼人家凭啥给你办？若是送礼，岂不是在行贿？陈浩然本人就是一个国家公职人员，一个税务工作者，其中的利害关系心知肚明。但在社会不正之风的影响下，他也开始蹚了这浑水。

小说中写到的杨刚局长是个正派的人。他当然拒绝了红包，并让人查了陈浩然本人的表现。杨局长对陈浩然的本质了解以后，对他说了一句“你一贯都是廉洁自律的”，这让陈浩然心头温暖，却又悔恨顿生。自己在帮亲戚，也是在帮自己。自己结婚装修需要钱。可钱又从何来？贪欲，从来是通向犯罪的第一步。有第一次就会有第二次。

小说写作时分寸拿捏让人觉得很舒服，有可信度。

杨刚局长对下属持有关爱和警戒，在下属还没有完全跌进泥潭时，他选择拉一把而不是推下去。他希望下属能改过自新而不是回头无路。小说围绕反腐倡廉的内容，具有很深刻的教益。

程彬的《傻子》在问这么一个问题：那些不计较个人利益的人是傻子吗？瘸腿的德义老汉收留了脏兮兮的流浪汉华仔。华仔在村里给谁家干活都不要钱。德义老汉死后给华仔留下一笔钱，华仔不为自己所用，却用来建了一座村图书馆。一个卑微的普通人，他做人做事就这样。他是傻子吗？让人回味不尽。

汤玉枝的《有温度的手机维修店》写一个年轻人经营着一家手机维修店。他见识着各色人等，也努力将温暖和责任带给每一个光顾此店的人。又是一个励志故事。

最后要说的是，因为名额有限，获奖作品之外尚有许多篇目也是可圈可点的，的确存有遗珠之憾。但我又一向以为，参与胜过获奖。而评奖又比没有好。有评奖，可以有激励，可以将好的作品呈现出来给大家看。而那些好的却尚未获奖的作品，依旧会散发它应有的光亮。

每一次参与广东省地税写作者的作品评审，每每有惊艳一瞥的感受。这里，有那么多能干好本职工作又能写作的通才，他们因此生活得更有意义、更有光彩。

因文学，我们心存感恩，感谢生活，感谢时代。

2017年12月8日

（作者系广东省作家协会一级作家）

目　录

诗　歌

小　说

诗歌

我是岭南的一朵莲

李文珊

我是岭南的一朵莲，
亭亭，
清妍，
摇曳着清丽的芬芳，
温婉着南国的一季湿润夏天，
携带着深藏在花心中的思忆，
在这美好的季节，
和您，相逢在岭南的山水间。

我是岭南的一朵莲，
记得还是莲子的时候，
初见，
邂逅的一瞬间，
遥远，
又好像是刚在眼前。
多愿意，
和您再次相见，
再次相见，
是莲素净的心愿。

我是岭南的一朵莲，
记忆里，初初相见，
似乎，已经隔了几千年；
多少个轮回里，都在找寻，
为了那个最初的誓言；
多少个不变的心愿，
何时与您，
再次遇见；
东西交汇的风雨变迁，
南来北往的沧海桑田，
依旧不变，
那种挂牵。

我是岭南的一朵莲，
夏天，
嫣然了静默冬春的苞蕾，
婉约着与您同染的水墨云烟；
朝霞里，粉红了，
倒影于碧波里的娇颜，
微风里，
一片片翠绿的莲叶，
舞动了接天蔽日的翩翩；
当夕阳染红了天际的云，
风姿绰约的花影，袅袅纤纤；
花的心思，只想给您，
这莲花的，最好一面。

我是岭南的一朵莲，
盛夏，
忘却了一枕清霜的失眠，
我不寂寞，我和芭蕉作伴，
蝉鸣蛙唱，我与龙眼和荔枝，
也结下了诗缘。
想把送您的音弦，
蕴一曲、藕荷色的夏日雅歌，
轻轻地凝在，芬芳的花瓣尖。

我是岭南的一朵莲，

经过多少风雨，
经过多少变迁，
宽容了狂风与浓雾，
从容了淤泥的浑浊，
静静、开一朵忘却忧愁的花，
赠予人们一缕缕、幽香浅浅；
花开花谢，不变的光阴，
还记得与您邀约的，如诗华年。

我是岭南的一朵莲，
花心，细吟过醉人的思念，
脉络，曾书写傲骨的诗篇，
藕节，深藏了文化的沉淀；
匆匆流光，
演绎了历史的交替，
思念依然，
花的灵魂依旧不变。

我是岭南的一朵莲，
悠悠生命，赠岁月浓情和深意，
星月繁花，清雅了万千的诗篇。

（作者单位：广州市越秀区地税局）

春

刁晓艳

是谁拉动了琴弦
一声叮咚
结冰的河面咧开了嘴笑
一股清流顺着花香缓缓地流入大海

是谁挥动了画笔
浅浅一抹
雪白的大地轻曳身姿
一袭绿衣随风泛起了阵阵碧浪

是谁吹散了薄雾
轻轻一拨
巍峨的高山抖擞着筋骨
七彩的蝴蝶在嫩叶花海中翩翩起舞

是谁摇晃了莲舟
一缕清风
沉睡的荷塘眯起了双眼
一滩鸥鹭在藕花深处跃出了水面

是谁撑起了油纸伞
回眸一笑
清幽的小巷哼起了情歌
细细的雨滴打着节拍清脆地交织着

是谁打翻了青梅酒
淡淡一抿
羞涩的少女红了脸颊
散落的桃花诉说着春天的故事

（作者单位：梅州市地税局计财科）

洛神凌波　轻舞成霜

刘巧妮

之一

一条寂寞的河流
因一个美丽的传说
便在辞赋的世界里
笑傲江湖

一处静谧的山谷
只因是那河的源头
便成为追梦者
渐次落脚的理由

之二

萧瑟的风中
我逆流而上
不为漫山斑斓的秋色
只因那河的源头
有洛神旖旎的目光

刺骨的严寒里
我逆风而行
不为山间清澈的溪流
只因那河的源头
是洛神安卧的故乡

之三

我凌波而来
百丈的红绫
迎风飞舞
不为来世今生
无数痴情的仰望
只为素颜的你
能看到
我这百转千回的柔肠

喜欢你素净的面庞
喜欢你炽热的吟唱
喜欢你诗意天空
风吹眉弯的浅笑
喜欢你精神世界
大气磅礴的音浪

轻轻地牵着你的手
千年的光阴
汇聚成七彩的霞光
我的妖娆只为你绽放

轻抚你眼里的忧伤
千年的寂寞
凝聚成漫天的璀璨
我的世界只任你徜徉

你来了复又离去
多年之后的你
是否还记得
洛河源头
这百丈的红绫

曾经只为你痴狂

你来了复又离去
从此
洛神赋里
你是否会看到
我寂寞的身影
在河的源头　轻舞成霜

之四

我去了
从此洛河的源头
不再是梦里的渴望

我去了
从此洛神赋
会在灵魂深处安放

我去了
从此那百丈的红绫
会在宁静的天空
迎风飘扬

（作者单位：陕西省铜川市王益区国税局）

南　思

陆阳铭

月落引晨光拂晓
老树新枝又发多少
江静映絮柳飘摇
苍山岫云掩尽了远道

一汀杏桃别冬笑
细雨不归春尚早
锦瑟的弦
庄生的蝶
相思难了

巷陌青墙待寻访
漫道晴花沐暖阳
行至风起
声渺渺
停步叶落
影茫茫

蓦然回首

谁颂真言
唯求五蕴照不空
谁存执念
长闻香殿檀雾间

小扇流萤
堂前旧巢应无恙
雨过天晴
燕子归处是故乡

（作者单位：广东省地税局政策法规处）

蓝色赞歌

曾　金

那一抹蓝
是清澈的税务蓝
装点了一片蔚蓝的天
孩子在蓝天下嬉戏着
老人在蓝天下端详着
人们在蓝天下拼搏着
同一片天空，同一个梦想
以国家的名义
为国聚财，为民收税
取之于民，用之于民
是永远的注脚

这一抹蓝
是圣洁的税务蓝
税徽在闪耀
肩负责任，扛起担当
你听，使命在召唤
四个坚持
三个支撑
两个走在前列
国泰民安，安居乐业
以时代的名义
在南粤大地遍地奏响

这一抹蓝
是无数青春岁月浸染的底色
你看，广东地税人在行动
便民办税的春风吹拂
走街串巷的嘘寒问暖
暑往寒来的细致辅导
让纳税人满意
让创业者有力
让贫弱者坚强
凝聚着无数税务人窗里窗外的心血
以人民的名义
点亮了千家万户灯火通明的窗台

那一抹蓝
是一个个时代的写照
是社会经济发展的晴雨表
是助力发展大局的催化剂
以税收的名义
描绘了一幅动人画卷
故事的主角名单中
有你，有我
有蔚蓝的天
有湛蓝的海
更有那永不褪色的税务蓝

（作者单位：广州市海珠区地税局）

当一只鸟从远处飞来

于自贸

一

当一只鸟从远处飞来
从黑夜的角落飞来
它停留在哪棵树
它有无进行瞬间抉择

当它从一个枝上跳到
另一个枝头
它有无片刻的犹豫和取舍

一辆辆公交车到站
有人下车
有人上车
我站在那里
那路车一如既往
在来的路上

鸟儿开始鸣叫
早晨一点点张开翅膀
羽毛开始明亮

二

窗子一打开
海风就孩子般跑进来
它们吹动墙角凌乱的书刊

花儿一盛放
故人就从远方赶过来
他们的笑脸没有一丝衰老和改变

月亮一升起
洁白就把黑暗覆盖起来
圆圆缺缺的它们一直没有走远

你我一漫步
田野里的蛙声响起来
千里之外稻花的清香混着
杂草之味
在夏夜里回旋

三

珠江潮落
大片滩涂铺开
游轮在江上来来往往
花城晚会的舞台多维度打开

广州塔的小蛮腰
亭亭玉立霓虹闪烁
裙裾流动
祠堂里龙舟宴摆满
欢声笑语
比牌坊更高的
是拆迁后的摩天大厦
小黄车骑上猎德大桥
谁与谁在珠江之畔眼波流动
如江水淙淙流淌

这里已经灯火璀璨
明月悄然离去
云层那边
有更多的翘首以盼

（作者单位：广州市南沙区地税局）

钟爱深蓝

周建业

用一片赤诚情深
描绘一抹亮丽之蓝
与粤北万绿
遥相辉映
山路崎岖难行
你背着装满蓝色誓言的行囊
挥汗如雨
化成滴滴甘露
滴入纳税人的心田

窗口那方寸之间
是你演绎人生的舞台
这里没有掌声和鲜花
你却能为自己喝彩
聚沙成塔，集腋成裘
是你永不改变的信念
一句句春风化雨般的问候
和着珠珠落玉盘的敲击声
书写着“为国聚财为民收税”的豪情诗篇

决战“营改增”，扶贫攻坚战
你自告奋勇，冲锋陷阵
吹响一个又一个号角
如今
美丽中国梦
是你远航的灯塔
你正高扬风帆
长风破浪
融入深蓝

（作者单位：河源市连平县地税局）

天父地母

蓝钦辉

一

一声啼哭让你的世界混沌，
你成了盘古，
屋顶上的瓦是我的天。
你和稻子一起长在水田里，
被炽烈、沉重的阳光压成一张弓的时候，
你一起被收割，
身首异处的谷茬尸横遍野，
血水洇红了天地。
晚风吹来一片黑色的鸟，
老黄牛在梯田上吃草，
你坐在同样长着皱纹的田埂上望着西方。
国王啊！
你是不是看到了你的白马？
在那个山头，
头也不回地纵身坠崖。
那一片片树林曾是你忠诚的军队，
刀枪剑戟被重铸，
躺在厨房案板上。
破碎的晚霞，
那时候你一狠心把自己的年轻砸了，
天边渗出一滴血珠，
红了黄牛的眼睛。
你扔掉鞭子，
呵斥也像是邀请，
回家喝一碗水酒吧？
明天，
你就要被卖了，
和我一起。
卖给太阳，
还要卖给星星和月亮。

二

丘陵是你的乳房，
只有咸咸的汗水流进我的口腔，
也可能是眼泪，
绝不是海洋。
河流干涸了，
留下一条深深的疤。
你曾和杨柳一起洗头，
白云在游泳，
阳光被揉碎了，
大把大把地撒在河面上，
我趴在你背上睡着。
姐姐说野百合真好看，
你说野百合可以吃；
我说下雨天好凉快，
你说鬼天气真耽误时间。
为什么这么着急？
地上的河流都干涸了，
乳汁、汗水、血液都被我吸光。
我没法洇湿这片皱巴巴的土地，
我趴在地上，
再也睡不着。

（作者单位：河源市龙川县地税局龙母税务分局）

等你的季节

李慧婷

春花已上枝头
梧桐雨也下了几场
我撑着油纸伞
一步、两步……
念你在春雨蒙蒙的溪头

转眼

夏荷盛满青塘
白昙花也开了几朵
我摇着老葵扇
一步、两步……
想你在暗香浮动的街头

转念

红叶布满苍穹
甜橙也熟了许多
我穿着绫罗衫
一步、两步……
寻你在稻香弥漫的坝头

转瞬

白霜盖满山头
飞雪也飘了几场
我捂着热红茶
等你在早已暖好的炕头

昼夜轮回
四季流转
我一次又一次地
想象着你的模样
想象着与你相遇那一季的模样

（作者单位：梅州市梅县区地税局）

孝顺父母，世间第一福

田茂真

老来难
老来难
劝人莫把老人嫌

很小的时候
在爷爷家里的正堂
就挂着这首《老来难》
我不能认全上面的字
可爷爷硬是让我背下来
那时不知什么是老
也不知什么是难
小孩子嘛
只顾吃
只顾玩

至今仍然能颂
当初只嫌别人老
如今轮到我头前
千般苦万般难
听我从头道一番

想想父母
为我们从小到大
无图无贪
大爱大恋
才是真正
不索取
只奉献

怀胎十月
提心吊胆
儿女降生之时
正是母亲过阎王关
一把屎一把尿
怀抱三年
父母从不嫌子女脏乱

可有些这样的我们
长大成人
嫌父母穷
没给置下房子财产
嫌父母老
流涕吐痰行动不便
嫌父母丑
不愿带到友人面前

也有些这样的我们
在父母面前说话不顾不管
父母的话
当耳边风
说的次数多了
还心生厌烦
甚至出言不逊把父母冒犯

父母一生到老
只累得
腿疼背亦弯
青春逝去

皱纹爬满
可不曾说半句怨言
想想这到底为谁周全
叹

黄泉路上无老少
老人在世还有几年
儿女即能尽孝
又能尽孝几年

树欲静而风不止
子欲养而亲不待
那才叫人心痛心酸

孝顺父母
乃世间第一福

（作者单位：惠州市地税局纪检组）

运动会随笔

郑光大

一、跳高

虽以失败告终
但征服引力的心
却
永
　远
　　向
　　　上

二、掷铁饼

飞旋的
是
力的
倩影

三、长跑

一步，两步，三步……
你
咬着牙
就如咬着
希望的橄榄
先苦后甜

一步便有一串泪水
一步便有一个信念
一步便怀一分希望

一步，两步，三步……

摘一串七彩的阳光
为你喝彩
唤一缕柔和的轻风
与你同行

一步，两步，三步……

（作者单位：茂名市电白区地税局）

无声的表白

张玩萍

曾固执地认为风、云、雨、雪只是一些了无生命的个体，其实它们一直在自己的世界里活着各自的精彩。

——题记

风

无法预测你下一个动向
前方是你永不休止的追求
只有一些淡淡的无奈和悲哀
在迷惘的天空弥漫

你可以占据整个天地
为何容纳不下那颗飘荡不定的心
既然已经走过
又何必频频回首

云

天生的流浪心态
注定我的一生要在远行的孤独中度过
沿途只能与漂泊的苍鹰同病相怜
和落伍的大雁相依为命

我的行程往往被风操纵
偶尔会迷失方向
却只有太阳为我披上彩霞
苍天为我落泪

雨

来自远古浪漫传说的精灵
调皮地将晶莹剔透的故事
一一击碎
然后深入大地的思想，窃窃私语

白云已忽略我的存在
我惟有翘首顾盼
阳光将我定格为一挂彩虹
为天空增添一抹色彩，一些欢笑

雪

上天遗弃的浪子
却无法逃避风的缠绵
选择了在北方的冬季生存
也只能拥有一份苍白和荒凉

冰冷无法冻结与风共舞的瞬间
当阳光滑过每一寸肌肤时
我却无力控制泪珠挂满模糊的笑靥
谢幕短暂的人间旅程

（作者单位：中山市地税局西区税务分局）

沁园春·湛江

张瑞安

北岸琼州，腹地三南，古谓湛川。看苍穹渺渺，水天一色，海瀛浩浩，浪涌千帆。青史沧桑，十贤不朽，赤坎城头战火喧。移星斗，叹峥嵘往事，皆付闲谈。

而今撸袖撩衫，领百万人民致富先。靠三大抓手，奋发崛起，五大产业，砥砺朝前。粤西中心，丝路节点，绿色港城前路宽。凭栏望，享银沙碧浪，云白天蓝。

（作者单位：湛江市雷州市地税局）

回乡过新年

林兆华

千里驱车道不孤，
东风送我入归途。
他乡美酒未留客，
老宅家山可种梧。
肯使扁舟横碧海，
还将寒墨写新图。
炊烟升处故乡近，
今宵长醉小屠苏。

（作者单位：肇庆市地税局）

窥　梦

冯晓娟

深秋的日子笼罩着霾
雾，淡淡地
渲染着蒙蒙的天
潮湿地吹拂着缕缕清风
仿若晕开了的
陈年旧墨

十月的记忆
飘过一支翠若碧水的油纸伞
娉婷、袅娜
拾级轻叩的足音
呢哝细软的吴语
浪漫、妩媚
点点撩拨着心底蛰伏的
柔软

时光
忙碌、紧张
更迭的数据锤炼着
脆弱、紧绷的神经
增长、促收的强音
交织在
晨昏经纬

这一刻
轻轻掀开梦的衣角
旖旎处
泛滥开那抹
淡淡的
江南三月

（作者单位：揭阳市空港经济区地税局）

朱槿二首

陈培锦

其一

莫惊众女嫉蛾眉，四月芳菲在此枝。
长恨风烟如梦日，与君相遇复相离。

其二

道遇翠裙红锦堆，他年小苑与君违。
看花人历期年雨，已是胡僧话劫灰。

（作者单位：广州市南沙开发区地税局）

寄想个人所得税改革

——有感 2017 年全国“两会”热点话题

黄桂祥

人头税始，跌宕数千年
以国家忠孝的名义
洗练了“皇粮国税”的情怀
却一度谦退到历史博物馆
一阵风涌，又唤起“小税”的春潮

“税小”，而事关个人“大事”
工薪、劳得、股息、红利，耦对
税率、计税依据，还有年度申报、超额累进……
千年大国，嵌入了此“彻”的要素，
便增添了现代文明的花色与烦恼

加计扣除，忠诚无巧
安生了个人所得税共识
却像一滴化学剂，渗进爱恨交加的春水里
流到哪里，涟漪扩散到哪里
勤劳与颓废、遵从与暗算、荣光与蒙羞
一头连着一头，挥不去公平与效率的权衡

谁发明了这个切入肌骨的税种
从摇篮伸向坟茔的神鞭
谁关心税收赡养背后的疲惫
又如何将资本性获利优惠，换算成公平正义
千家万户，谁最懂你
期许信手飞云，结付留痕而赋予无形
更待江海欣股，库裕厚仁

三月花娇，却斗量着秋季的收获
借一根社稷刀剪，不动声色地切割
一起促发权利与义务的觉醒
人人成薪、巨鼎沸腾时
让庙堂洗礼，倾听更多的民声

（作者单位：广东省地税局直属分局）

梦魇 · 生活

朱瑞国

我骑马，黑色的马。
披挂上银色的钢铁盔甲，
伪装成塞万提斯，
冲向巨人般的风车。
劈砍，劈砍，乃至于丢盔弃甲，
颓败如潮。

还有滚动的石头。
西西弗斯是神话巨人，
野蛮，充满力感，
将石头滚至山顶，汗流浃背，
再看着巨石滚落。
一次次来，承受地狱般的惩罚。
永不妥协，永远地滚动下去。

我只与孤独的我对话。
峨冠博带，汨罗江畔，
离骚和天问，宇宙和自我。

忽然，大爱这屈原，
活着的屈原和投水的屈原。
这爱到了最后，泪流满面。

爱过一群人和恨过一群人。
我踯躅，蹒跚，
梦魇的狂人，呐喊彷徨，
鲁迅的狂人依旧被撕扯，吞咽，
血淋淋，牙缝里塞着狰狞。
还有，空气，被清洗炙烤，
就如死去的灵魂，干巴巴。

梦魇的马，在无声和疼痛地嘶叫，
我伸出一只手，
抚摸，抚慰和激情放射。
随之哀婉吟唱，
静静地，我和一匹马独行、生活，
从前，现在，乃至于未来。

（作者单位：广州市经济开发区地税局）

夏日礼赞（三篇）

邱　莱

那一夜的萤火虫

雨夏灌溉了静夜的荷塘，如画。
我独自一人，倜傥在兰亭倚楼，醉着清风。
似乎只有星星与月亮才能伴奏出如同诗画般的乐章，独静仿胜乐。
我看到了
身边多了几只萤火虫
像是与我，同醉在星光下……

星空，流光舒散在冗懒的长夜。
湖畔的灯光，依旧；小桥流水，依旧；荷塘的蛙声，依旧。
可又还有几许人儿，依旧呢？
我，踱步，烂漫的树影婆娑出素素夜光，恍如隔世。
我看到我的从前，在欢乐地舞蹈……

忽如那……

忽如那初春的夏，初夏的秋，初秋的冬……
忽如那娃娃萌叫……
忽如那鸟儿唧啾……
忽如那蟋蟀虫鸣……
一切，都恍如隔世；
依稀记得那一年：爆竹轰隆，你追我跑，那笑声，诉说着深山那头，幸福而单纯的我们；
是否能重演那一幕：牵牛放牧，下河捉鱼，那扑通，惊鸿了我们的小时候；
忽如那……
一夜吹过沧江的风，湿湿的，暖暖的，咸咸的……

归　途

我只在这里轻轻地一掠，振彻着青鸟的羽毛，飘！

这里的一切，散漫在明湖的微波上，又此起彼伏地弥散、弥散……

不带走云彩，不留下躯壳。

给你们的，恰是那掠鸿毛，载着我的思念，载着你们的力量，翱翔，翱翔……

旅途，不代表什么，就看作人生的旅行，一幕幕的风景，一面面的光影，一略略湖光，一串串心思；或许，午后的清茶，疏淡出的味道，会有丝丝的余香，像一本古老的书，诉说着这一切的淡然。

斜阳之下，回首，才发现一切都从那明湖的夜，说起……

夜……

（作者单位：佛山市高明区地税局）

读苏轼

夏　力

失意时
才想起你

你人生坎坷
一次入狱，几乎丧命
两次被贬，夹缝生存
婢妾都说你
一肚子不入时宜
你自己都感叹
长恨此生非我有
何时忘却营营

你坦然面对
泛舟赤壁
物与我皆无尽也
是你的洒脱

秋夜饮醉
江海寄余生
是你的情怀
慧院独坐
拣尽寒枝不肯栖
是你的执着
沙湖春雨
竹杖芒鞋轻胜马
更是你的豪迈

读你，懂了
挫折是人生的常态
痛苦是前行的压舱石

读苏轼
心里，释然了

（作者单位：韶关市新丰县地税局办公室）

没有地址的包裹

龙利姣

一

我是个没有地址的包裹
遗弃在城市的街头
没有人知道
我从哪里来
要到哪里去

我是谁啊
谁知道我
冰冷的纸箱
囚不住生命的呐喊
我也是个来自子宫的人哪

我低低哀鸣，我声声颤抖
来往的鞋底让我心慌
嘈杂的声响让我战栗
我握紧拳头，我拼尽气力
妈妈，你在哪里

我是一个没有地址的包裹
遗弃在肮脏的街头
没有人知道
我从哪里来
要到哪里去

等待一双温柔的手
捎带我
回家

二

暮色苍茫
你温暖的汗水
熨烫我饥渴的冰冷
你喜极的泪花
唤醒我垂危的呜咽
你说
谢天谢地，她还活着
我的人间，从此有了怀抱

在如山的包裹里
你巨人一样魁伟
你说
每一个包裹
都是某人的宝贝
送货，你背着我
买菜，你抱着我
人们笑话你
梅姑娘，哪里捡的拖油瓶

城市车水马龙
生活沸沸扬扬
牵着你的手
我读懂寸寸艰辛
跟着你的脚
我迈过点点坎坷
你说，落落啊
有风有雨，流血流泪
才叫生活

三

纸箱很大
房子很小
你和我并排躺着
数前尘往事，看星河灿烂
你说，落落啊
这人就像包裹
从哪里来到哪里去
不能乱了方寸

我好奇包裹里的真心
没有地址的包裹
有心跳有血肉
却没有人要
你说，落落啊
不要抱怨
学会理解
慢慢宽恕

这个城市
高楼里明灯无数
笑声里孤寂嘈杂
记忆总是稍纵即逝
我踩着你的背越走越高
你捧着我的心贴向大地

这个城市
给人痛苦也给人希望
你说，落落啊
用力承受，耐心等待
就好

你给我的这双手
撑起了一片天
人们依旧唤你梅姑娘
你说，落落啊
不要怕
天南海北
娘罩着你

妈妈呵
一直忘了告诉你
落落有你，落落不怕
你在
家在

（作者单位：广州市地税局办公室）

税之蛩音

宋姜春

一、助力中国梦

叮叮当当如时雨欢唱，
春天播下这一粒种子，
闪烁着星火光芒——
生长，生长，生长——
扎根这土地，惊艳这春光。

万万千千似沃野禾秧，
号角引领这一支雄兵，
呐喊在四面八方——
高唱，高唱，高唱——
强国之根基，富民之粮仓。

巍巍峨峨如神祇高墙，
携手共建这一个家国，
召唤在时代前方——
激昂，激昂，激昂——
蛩音匆忙，踢踏着期望。

指间轻流出花雨，
汗水浸润着土地，
胸中呼号着同一声响——
梦想，梦想，梦想——
复兴我中华，威扬我炎黄！

二、助力双创

咚咚锵锵如战鼓擂鸣，
旌旗舞动这一股力量，
奋楫者波浪前行——
奋进，奋进，奋进——
凝聚正能量，税改千帆竞。

浩浩荡荡似万马奔行，
集结号促令这一新征程，
先锋者斩棘披荆——
转型，转型，转型——
开局布新，税聚双引擎。

朝朝暮暮如蝶蜂酬勤，
冲锋号鼓舞一方阵地，
闯关者鼓足干劲——
创新，创新，创新——
攻坚克难，双创环绕着税影。

朵朵璀璨激浪花，
层层涟漪卷中华，
昂首展望这一愿景——
精进，精进，精进——
风清税治明，气正国建兴！

三、助力一带一路

迢迢遥遥如鸿雁飞翔，
春潮击动这一“陆上的车”，
鲜花迎来一路合唱——
开放，开放，开放——
引领世界发展，倡响全球激荡。

绵绵延延如珠链合镶，
齐力共建这一“经贸的桥”，
盛宴共飨一带兴旺——

共商，共商，共商——
孟夏草长，昌盛各邦。

煌煌灼灼似青瓷盛光，
乘风共济这一“海上的船”，
“多宝盒”助力一方构想——
共享，共享，共享——
潮流之导向，百花共齐放。

奔驰的列车，
飘扬的丝带，
丝缕紧系这一共同体——
担当，担当，担当——
税惠新格局，共赢创辉煌！

（作者单位：广州市地税局办公室）

空日子

钟立华

整整一个夏季
我把你撇得干干净净
是的，我偶尔也会想到
我们的深交，苦痛与纠结
以及日常性的麻木的打磨

但这样的念想毫无意义
甚至推开了更远的距离
是美的吗？那样空旷的絮叨
无中生有的询辩，在岸上
在对手无知的剧本里

有时候列车像一条倒挂的蜈蚣
有条不紊地滑向深渊
但日子又会在另一个房间抬头
带着清晨的笑意。那种伸手
就能折下花枝的欢喜
打倒了真实的自己

今天怎么啦？你的臭鼬
频频显现。伤口泄漏的味道
扰乱了飘游的尘埃
当然我的心无所依无所定，并不
对你的回魂表示期许
如果你还是原本的
我又凭什么再来激动死灰的热情

音符醒来，带着忧伤
这就是你无敌的力量
我指望不上你的荣耀
也不再渴求飞扬
你是不死的
是时间里永恒的指针

是同窗，是海
是赞美瓦砵的蹦跳的钱币

（作者单位：韶关市翁源县地税局）

风　筝

胡　雯

曾经以为
我是一只海燕
噢，不，不
是雄鹰，是鸿鹄
海角天涯
海阔天空
展翅高飞

经年之后
蓦然发现
原来
我是一只风筝
结实美丽的身上
牵着一条望不尽的长线
细柔而又坚韧
走过万水千山
阅尽万紫千红
远离那鸟语花香的诱惑
躲过了疾风暴雨
电闪雷鸣

如今的我
在四季如春的南国
飞舞着歌唱着
在绚烂的晚霞里
摇曳生姿
这一切的一切
只缘于
那条线的尽头
一双灵巧的
手

（作者单位：深圳市地税局第二稽查局办公室）

税务笔记

韦曼璇

那一年，
兴奋的你换上一身蓝色新装，
你的肩上、领口跃动着金色的光，
你挺直腰杆、大跨步，
进入这威风凛凛的队伍。
执法为民，为民收税——
想到这朴素而又神圣的宗旨，
你便不禁血脉偾张，
稚嫩的脸庞便挂起微笑。

两鬓风霜的老局长，
目光如炬，
保持着随时可以投入战斗的状态。
他认真记下的厚厚的 30 本笔记，
骄傲又羞涩地站在他的书柜里。
你不禁肃然起敬，却又无所适从。
你踌躇着：
点点滴滴记录的背后，
是艰辛多，还是顺利多？
是平淡多，还是辉煌多？

平淡的故事在办税服务厅里拉开了帷幕——
美丽的同事姐姐教你开出了第一张税票，
闻着那香香甜甜的味道，
摸着那清晰的黑色小字，
看着那一串税收数字，
你不禁莞尔。

社保全责征收带来的事情怎么做也做不完，

你与同事经常加班加点，
做好了“拓荒牛”的角色，
全镇的人几乎认识你啦，
总爱找你咨询相关的税费问题。
你沾沾自喜起来——
做税务官太简单了，
一不小心就成了专家。

镜头一闪，
你忽然要调岗到机关办公室跟班学习。
如何传播地税声音，
讲好税收故事，
成了你工作中的新课题。
原来税收工作如此繁多，
全局工作更是千丝万缕，
两税转移、小微企业频出新政、“营改增”试点逐步推开……
平淡的加班日子里，
底下轰鸣的是历史的车轮滚滚。

告别了——
东江悠悠水，
忐忑的你来到了家乡另一头的碧海蓝天里生活。
陌生的环境、熟悉的工作，
工作的关键字依旧生动而沉重。
“营改增”全面推进、国地税合作进一步深化、便民办税春风劲吹……
税收的学问如此多，
改革的步履如此坚定而快速，
你终于知道自己离一个“专家”还差得远。

时光流逝，洗尽铅华。
岁月添风霜，情怀可有变?
你忽然发现如今的自己，
想不到有什么事可以让自己沾沾自喜，
想不到有什么事可以让自己劳神伤脑。
呀！这可不是什么好事情。
你最不愿意看到，

是时间让爱情成了亲情，
是时间让激情成了冷淡。

你忽然想起老局长的 30 本税务笔记，
整整齐齐摆在他办公室的书架上。
而他的办公桌上，
永远还有一本新的笔记本等着主人将其写满。
因为税务日子永远有看不到尽头的期待与奋斗。
你暗下了一个决心——
要在这轻熟的年纪里，
把青春的背再推一推，
守住岗位、朝着目标，
继续做好属于自己的税务笔记。

（作者单位：珠海市地税局纳税服务处）

不忘初心

杜春华

我不去想能否如愿
既然选择了奋斗
便只顾风雨无阻
我不去想能否赢得回报
既然钟情于初心
便执着地吐露芬芳

我不去想身后会不会遭受晴天霹雳
既然目标是追随信仰
留给自己的便是足迹
我不去想未来是彩虹还是雷霆
只要不忘初心
一切皆有可能

（作者单位：广州市地税局第二稽查局）

愿他历尽千帆　归来仍是少年

马冽驹

那一年的秋天
有一位少年
惜别求知的校园
怀揣一颗萌动的心
从木棉花下出发
去寻找信念的诠释

您问他
为何执着于一锱一铢、颗粒归仓的默默耕耘中
请听听“不忘初心、砥砺前行”寓意深刻的教诲
您就会明了

您问他
花好月圆的夜晚　为何还在挑灯鏖战
在晦涩深奥的征管系统中探索前进
让天伦之乐悄然错过
请看看被梳理得精细睿智的大数据
您就会明了

您问他
为何跋涉在社保费征收的道路上　忘了疲倦
请感受退休老人颐养天年的欣慰
您就会明了

您问他
为何漠然拒绝诱人的馈赠
请听听“常在河边走，就是不湿鞋”的“教诲”
您就会明了

于是
一个春暖花开的季节
他化作一缕谆谆教导、沁人心脾的清风
让纳税人在诚信的康庄大道上阔步前行

一个青春飞扬的日子
他化作一块块坚实砖瓦
镶嵌在间间办税服务厅上
粉饰了一张张花样的笑靥

一个田园干涸的日子
他化作一泓涓涓甘泉
滋润了失学儿童久旱的心灵

一个金秋的夕阳下
他化作一只灵慧的信鸽
为千万税务工作者衔来丰收的喜讯

又是一年深秋
鬓发已爬满霜雪
他来到了木棉花下
拾回那份年轻的心情
零落的木棉花瓣
成了他再次出征的红妆

也许　有一天
人们已记不起
那一缕清风、一块砖瓦、一泓甘泉、一只信鸽的名字
然而
艰苦岁月里的坚韧意志　豆蔻年华中的青春信念
却永远铭记在他的心头

（作者单位：汕头市濠江区地税局）

是你告诉了我

马飞雪

谁能告诉我
是什么力量激发着你
在空白的阅历里
书写着辉煌动人的税务篇章

是年老的税务员满脸沧桑的年纹
告诉了我
漫长艰辛的创业岁月
无数拼搏奋发的开拓者
在税收的岗位上默默地用青春
装点出五彩斑斓的税务图景
难以忘却呀
那不畏艰苦翻山越岭
徒步前行
到达每一家边远的山店
征收税款，宣传税法的瘦小身影
还有那骑着自行车，头戴蓑笠
在农村的田埂村道上蹬驶着的
勤劳朴实的税务管理员
更有那集贸市场里
勇敢地面对着暴劣的商贩手持刀棍
抗税的惊骇场面
用鲜血捍卫了税收法规尊严
塑造了税务人刚强坚毅的伟大形象

是你一身湛蓝色的税务制服
双肩金光璀璨的税徽
告诉了我
税务员肩负着为国聚财
造福万民的重担

多少个日夜奋战迎来了
“双过半，满堂红”的喜讯
多少次掀动民心的税制改革
无不牵连着国家的经济命脉和人民的利益
多少个震慑社会的反偷漏税案件
严厉打击了税收违法者
维护了公平竞争的税收和经济环境
多少次税收电脑平台应用开发
把税收征收管理推向了信息化进程

谁说你只是刚正严厉的税务执法者
你的内心蕴藏着多少爱心和关怀
春风化雨意绵长
情深紧系千万家
你用文明服务的风范
给纳税人送来了温暖和微笑
你把税收政策和财务知识
带到了城市、乡村、学校各个角落
把“依法纳税，共建小康社会”的宗旨
烙印在每个人的心坎
在贫穷落后、遭受灾害的地区
都有你及时伸出援助的双手
帮助处于苦难的人们走向幸福和安宁
在车水马龙、繁华昌盛的都市
无不有你忘我奔跑忙碌的影子
是你开创了农村税收“零负担”的先河
把社会保险费的工作重任勇挑在身上
渲染了你多少滚烫甘辛的汗水和心血

“为中华民族的伟大复兴而努力奋斗！”
铿锵有力的誓言在祖国大地永久地回响
是你以“诚信服务，征税为民”的信念
感动了十三亿人的情怀
税收再也不是旧中国“苛捐杂税”的代名词
“取之于民，用之于民”
税收已成为社会主义建设的保证

是你与中华人民共和国
共同走过了六十多个寒暑春秋
创造了无数可歌可泣的动人奇迹
开拓了人类走向安康富强的道路
你是祖国腾飞的先行军
你是世界和平的驱动者
为了光荣的使命
你的步伐永远不停息

（作者单位：佛山市南海区地税稽查局）

人间四月天

刘艳明

微风，
拂过耳际。
天空，
渐露晨光。

告别春寒，
牵手暖阳。
绿叶拍打着旧日的尘埃，
桃花浮动着绯红的醉意。
各色的纸鸢呵，
你在唤醒着途人的梦想。

菊花普洱跃动的香气，
文集歌谣灵动的旋律。
我说你是人间四月天，
一眼回眸，
尽生诗意。

雨中撑着油纸伞的少女，
婀娜舞姿透出的神韵，
让人遇见了生机，看到了暖意。
远处新婚的夫妇，
有时低语，有时打闹。
我知道，
青春，是蓝色的，
时而透明，时而忧郁。

深深地呼吸一口，
春的气息。
短暂似要分别。
便又学着路人叹息：
一季之春渐渐离，
待到何日再相偎？

（作者单位：佛山市高明区地税局）

高　飞

张燕妮

田野上恣意随风舞动的蒲公英
是安逸
鸟窝里翘首嗷嗷待哺的雏鸟
是安逸
怀抱中父母悉心庇荫的婴孩
是安逸

但是
你可曾想过
可怖的安逸
不是蒲公英的念想
不是雏鸟的追求
更不是婴孩的归宿

我要高飞
我要蒲公英的高飞
我要雏鸟的高飞
我要婴孩的高飞

蒲公英的高飞
是任尔东西南北地飘飞
繁衍生息
将希望播撒在华夏大地

雏鸟的高飞
是断崖边狠遭推坠的蜕变
置之死地而后生
翱翔在蔚蓝无际的天边

婴孩的高飞
是脱离父母庇佑的远行
自力更生
天高海阔任尔飞

我要高飞
到天涯海角的尽头
飞越一切的不可能
于灿烂瞬间
到你的身边
飞到无人能及的世外桃源

（作者单位：佛山市高明区地税局）

行　走

马　洪

前方跳出一轮美日
不用探望
装满了整个眼睛
一路前行
却反了行走的方向

入夜后停下车
又想起揣着时间游走的样子
在悲伤欢乐里
肆意地徜徉
却过去了很多年

时间
曾经被轻易欺负的家伙
不知何时
揉碎了一众梦想
却高高在上

肖申克的围墙里
老人说希望是极度危险的
安迪说希望是最重要的东西
圣哈塔尼奥的旧船
却无比动人

（作者单位：佛山市顺德区地税局）

清风盛世

陈业盛

廉风吹送洁心归，
洁心归本顺民为。
顺民为官德才育，
德才育载清正随。

清正随影风欲津，
风欲津华地覆魁。
地覆魁景税惠国，
税惠国家廉风吹。

（作者单位：佛山市顺德区地税局）

风雨同舟　税月流金

刘予泽

去年，
因为一个幸运的“踉跄”，
我走进了你，
走进了这方神奇而厚重的土地。
从此，青春被化为一抹明亮的蓝色，
融入浩瀚无垠的税收海洋，
自由地、欢快地，
奋进、领悟、跳跃、翱翔。

时光飞梭，悄然间，
地税已走过二十载。
税月流金，
7 300 天的累积和沉淀，
犹如凤凰涅槃，
经受风霜走向成熟。
历史的厚重，
让人感叹时光易逝。
从省城到紫城的空间跨越，
并未让我心生畏惧。
因为，地税如家一般的温馨感，
让我的初衷，从未改变。

是的，我们不会忘记，
二十年来所经历的艰难曲折。
是的，我们不会忘记，
当年拓荒者们的英明果敢、艰辛开拓。
是他们，带领着地税人，

走街串巷风里来雨里去。
是他们，带领着地税人，
克服了恶劣的条件。
从百业待举到欣欣向荣，
从筚路蓝缕到阔步前行，
以铮铮铁骨铸就忠诚税魂，
用无畏气概捧出惊天史书！

是的，我们更当欣慰，
而今领头雁们的高瞻远瞩、运筹帷幄，
是你们，引领一支支地税队伍，
抓大做强组织收入，
勤征细管打牢基础，
清风正气严明法纪，
创先争优书写辉煌，
以坚定信念凝聚创新力量，
用实干理念成就税月“拐点”奇迹！

看吧，那些激情不减的税务老前辈，
他们宝刀未老，
在坚守中默默耕耘与奉献，
用心中的炽热弹奏不老的青春乐章！
看吧，那些踌躇满志的税务新兵，
他们蓄势起航，
在执着中扎根理想与信念，
用火红的赤诚诠释生命的写意！
看吧，那些热情洋溢的窗口税务员，
他们春风化雨，
在平凡中挥洒汗水与激情，
用微笑的力量升华金穗的内涵！
看吧，那些勤廉务实的税收执法者，
他们一身正气，
在冰火考验中捍卫税法威严，
用党性的光辉筑起不朽的长城！
就是这些点滴浓缩的奉献精神，

如高亢的音符、似晶莹的浪花，
激荡我的心海，
催我奋进，导我远航！

此刻，
伴随这飞扬青春、激扬梦想的主旋律，
我，要大声呼喊出生命的誓言：
“我愿意！”
接过前辈的衣钵，风雨同舟，守望地税——
“我愿意！”
把无悔的青春，献给最深爱的地税事业——
“我愿意！”
用忠诚热血，谱写最壮丽的蓝色梦想——
“我愿意！”

（作者单位：河源市紫金县地税局）

老同学，请原谅我的老去

肖向荣

如今，我已不能时时在你身边
已不能第一时间分享你的喜与忧
距离，滋长了沉默
不能一起去饭堂，不能一起晚自修
时间，走出了交集
如今，我们都在生活中沧桑
新的环境、新的朋友
新的喜悦、新的忧伤
时而会想起，曾经的我们
每一个小物件，都有一段回忆
我的回忆，我们的回忆
连当时的那句争吵，那个表情
都记得那么深刻
回忆是礁石，深藏人生海岸
得意时潮起，目空天际
失意时潮落，回忆涌起
时间的海水，冲刷着回忆
却带不走
原谅，已不能时刻陪伴
原谅，已习惯偶尔孤单
原谅，我的老去
如果，我们再遇见
其实，笑容未变，一切未变

（作者单位：中山市地税局东区分局）

你是大自然的宠儿

廖雪丹

晨曦一声啼哭
上帝都在为你而骄傲
骄傲自豪的人却在哭泣
因为大自然赐予她的
不是她所想要的礼物

人之初
纯真是闪亮的玉
美得碧玉
美得绯红
美得让人晕眩
可它的心却跳动着梦幻
渴望无穷的韵味
渴望如金刚钻般坚硬

尘世间
太多诱惑
天真无邪时
仿如失去堤坝的洪流
冲向悬崖
冲向暗礁
冲向漩涡
哦！找不着方向了
哪里才是你的家
大海啊
海纳百川是你的归途吗

迷失的羔羊
受伤了
疲惫了
它想妈妈了
妈妈你在哪
哦！它需要抚慰
它需要心灵药方
给它力量吧
因为它找不着方向了

失去光泽的玉啊
在尘世间历练
成为一块普石
它躲在角落无人问津
它悄悄流泪
泪是浑浊的
褐色的
因为它
在清理垃圾啊

盼望有一天
返璞归真时
在大自然怀抱里
晨曦的露珠儿滋润
它那晦暗的脸儿
坚信
凤凰涅槃那一天
因为妈妈的泪
是晶莹剔透的
像玉一样透

（作者单位：河源市紫金县地税局）

以另一种姿态重现人间仙境

张 宁

一股强风
一声巨响
一番起伏
谁将大地撕开
谁将山峦推倒
那瞬间的轰鸣如同太平洋的海啸
生命的阳光被黑暗无情地吞噬
在那一刻
尖叫声、惨叫声、呼喊声
恐惧紧紧萦绕在
九寨沟的上空

当电视直播里看到
大厦倾塌、山湖掩埋、路面破碎
我感到这座城市在悲伤，在哭泣
当看到人民解放军以逆行者的姿态
跨过布满裂缝的危桥
翻过乱石嶙峋的山岭
日夜兼程
带着一股悲怆走进了这片废墟
我心中升腾起感动，升腾起希望
生命如斯，逝者已矣
灾难面前，他们强忍悲痛全力救援
那徒手挖掘的一幕幕
使我瞬间明白了
生命之轻，承受不住一片碎瓦
生命之重，能够扛起一片天空

我总是忍不住想起

这里
曾是国人心驰神往的圣地
诗曰：有路天堂通九寨
此中仙境任盘旋
它，被誉为人间瑶池
它，被看作是打翻的调色盘
它，还被当成了上帝的后花园
它是那么五彩斑斓、绚丽夺目
而今，它却灰暗狼藉、满目疮痍
原来
从沧海变成桑田
从繁华变成落寞
只是短短一瞬间

惋惜吗？很惋惜
遗憾吗？很遗憾
除了惋惜和遗憾
我们，还能怎样呢？
是的！我们，可以祝福，可以祈祷
我坚信，时间能抚平世间一切伤痛
所以，九寨九寨
请不要害怕
灾难，对你而言只是考验
断壁残垣只是暂时的
荣光不在只是暂时的
你应像你的兄长
——唐山、汶川那般坚强
困难挫折也压不倒你崛起的信念
一定会有很多人，为守护这份美丽在努力着
一定会有很多人，带着那些美好的回忆
与你并肩作战！
纵然沧海桑田，容颜大改
总有一天，你将带着这份美丽归来
以另一种姿态重现人间仙境

（作者单位：梅州市丰顺县地税局）

清明祭母

郑　冰

五载离离苦，阴阳各异途。
痛亲西去早，怜子晚来孤。
心语坟前诉，冥衣案上铺。
九泉娘走好，冷暖梦捎吾。

（作者单位：汕尾市陆丰市地税局监察室）

江城子 · 南粤颂

林立煌

珠江潮涌水汤汤，汇百川，远流长。毓秀钟灵，青史镌名芳。天下为公酬壮志，逐骇浪，擎朝阳。

鲲鹏振翅起南方，步铿锵，气昂扬。霞蔚云蒸，卅载好春光。再借东风腾万里，争揽月，诵华章。

（作者单位：东莞市地税局）

中山地税有那么一群特殊娘子军，她们拥有着“税官”与“军警嫂”的双重称谓。以开发区分局为例，军警家属女干部占分局女干部近29%，其中7名中层女干部中就有4名是军警嫂。要兼顾家庭，且不能耽误工作，然而这双重身份让她们更主动、更自强，更愿意付出，更珍惜幸福……

铁汉军警与巾帼税官

陈玉珊

他们，为保平安坚守一方，
她们，为国聚财挥洒热汗。

他们是一家人，
但时间与距离，
平行多于交集。

万家灯火亲友相聚时，
她习惯了他的随时候命，
他也习惯了她的深夜伏案。

他值勤，她身兼父职，
她加班，他带娃做饭。
没有说走就走的旅行，
也没斯守谈情的浪漫。

他们，舍小家为大家，
最深情的告白是“家里有我”，
最爱听的情话是“一切平安”。
无数深夜的等候，无怨无悔，
无论多艰辛道路，负重前行。

即使前行的路遥远而漫长，
他们有着共同的目标、共同的家，
编织着他们共同的幸福和梦想。
为人民服务就是他们共同的目标，
广大人民就是他们的亲人，
国家就是他们共同的家！

（作者单位：中山市地税局火炬高技术产业开发区税务分局）

螃　蟹

官雅杰

风波将老甲何坚，已落长须未挽弦。
赤胆挣红薪釜上，清魂恪守海疆边。
惟忠瞋目三千子，此志躬身一百年。
信自鳌锋犹可骋，惜谁月夜望苍天。

（作者单位：江门市台山市地税局）

念奴娇 · 登岳阳楼

姚　迭

碧涛万顷，洞庭秋，千古湘湖境地。疆土千里，史册载，故国楚王帝都。钟鼓管弦，歌舞升平，一派繁华迹。登岳阳楼，气概万千。骚人墨客，赋诗颂章，李范[①]有名篇。

江山胜景，几番兴衰，百年沧桑，社稷危亡。英雄豪杰，前撕后踊，驱豺狼虎豹。立国安邦，存华夏之后裔。鉴古思今，值承平盛世，奋发图强。凡夫当责，笃志复兴中华。

（作者单位：阳江市阳西县地税局儒洞税务分局）

---

① 李范，指李白和范仲淹。

爱的怀想和感伤

李大锦

一、2006年的怀想

一根细细的网线
两地深深的怀念
在网络之河默默流荡

思念的风
在静寂的夜晚
吹拂温馨和浪漫
有一种感觉如潮水般漫过心湖

芬芳的问候像冬日的阳光
在屏幕的闪亮中温暖宜人
没有年龄的界线
没有千山万水的距离
一切都是那么自然而温情
一如这无所不达的网络舒展自如

一见如故
就像经年的朋友久别重逢
荡开心扉
诉说人生百味
记住幸福的每一个细节
忘却生命所有的痛楚
今晚或者明天
你在蓝天白云下为我祈祷
而我会在凉风乍起的夜晚
为你牵挂

所有相遇的情节
足够一生幸福地回忆
一个昵称或一个表情
在鼠标的点击下快意飞扬
在键盘上种植一朵美丽的玫瑰
在遥远而无比贴近的心园
芬芳久远久远

二、2007年的感伤

有一种信念
滋长我们生命的热情
有一种缘分
在60天前生根发芽
在南方这个夏天蓬勃生长

有一种情怀
使生活的色彩仍然绚丽
有一种磨难
执着彼此的追求
风雨之后天更蓝更亮更美

有一种牵挂
足够多年的痛心和留恋
有一种距离
是否会亲密无间
思念的风掠过南方的山山水水，城市和村落
相距很远，而心曾经贴近

有一种记忆

跌落在爱的旅途
她的速度始于公元 2007 年 4 月 4 日
多少年过后
是否还感动当初那一刻的心跳?

（作者单位：茂名市高州市地税局）

跋涉者

——献给所有为税收事业付出辛勤劳动的人

黄晓春

别说寂寞是你最难忍耐的苦痛
你孑影堪怜，风沙中只有冷月伴送
群峰回应狼的呜咽、猿的悲鸣
你从不回首脚下血染的行踪

茫茫的冰雪埋没你来时的路
你脚踏着的也许是茫茫的征途
像大漠中的骆驼驮着两座希望的岭
背向季节的寒潮迎战黑夜的恐怖

基督徒的信仰里有快乐的伊甸园
你的幻想里也必定有美丽的草原
你竟然那么自信，仿佛所有的生命
都像岁月一样漫长，一样遥远无边

暂且收起湿漉漉的诱惑继续上路吧
黎明的天际依稀尚有不熄的星光
跋涉者啊，跨越最后一条溪涧
那才是你清洗满面风尘的地方

（作者单位：湛江市吴川市地税局）

迁徙的花

朱春玉

迁徙是一场长途旅行
一头是结束
另一头是开始

再一次生命盛放之前
需要极致的内敛
所以
没有什么不可以放弃
譬如曾经的卑微或者骄傲
孱弱或者繁茂
剪下的一地枝叶
是一棵花作别它的过去

安定下来的身躯
将萌发新的力量
光荣和梦想
始于脚下的泥土
这会是一场成功的探险吗
我只知道
没有改变
生命就不会有蝶变

（作者单位：清远市地税局纳税服务科）

无 题

郑宋贞

当晨曦的微光打破黑暗，
大地在尚未散去的晨雾中醒来。
微凉如轻纱，温柔如爱。

当午后的艳阳发威发怒，
山峰在愈演愈烈的暴晒中屹立。
浓烈如岩浆，激烈如沸。

当深夜的幕布缓缓降落，
大海在寂静无人的荒凉中沉默，
流深如静水，深沉如爱。

尘世行走，移步换景。
白驹过隙，世易时移。
恭疏短引，勉力而为“岭南风”。

（作者单位：揭阳市榕城区地税局）

怀念终将逝去的青春

胡端生

又是一年毕业季，
于我而言，校园生活远去足有十个年头，
重回校园，激情仍存，青春不再。
犹记得昨日意气风发，
颇有指点江山、挥斥方遒的豪情壮志，
今日偏安一隅，
时刻在思索着人生的方向，实践着人生的梦想。

天下没有不散的筵席，
四年同窗生活，毕业各奔前程
我们沉浸在各自奋斗的城市里，
和各自的青春激情融为一体，
我们不再频繁地联系，
而是用自己的一言一行，
开始书写各自人生的篇章。

犹记得，对社会，对人生，对事业，
我们充满好奇，想知道关于未来的一切，
五彩梦，像千年来横跨的桥，
连接神秘的过去，
通往梦想的未来。
如今走出校门，
我们学会观察，读懂是非，
突破视野的局限，
才回忆起，校园里的青葱岁月，老师们的谆谆教诲，
像血液一样融入身体、嵌进脑海，影响思维，
才明白社会的人情冷暖，
不再像老师、学长们那样温情和包容，
既给我们机遇，也给我们鞭策。

踏入社会，行走于为之奋斗的都市，
曾经品尝苦涩、屡战屡败，
曾经“苦尽甘来”“守得云开见月明”，
我们在这里翘首，以歌舞欢腾感恩山河的馈赠，
我们在这里前行，把生活的轨迹汇入川流不息的城市，
不管怎样，感恩上天赋予的一切，
这座朝夕相处的城市的发展，
凝聚着自己点点滴滴的辛勤和汗水。
这里的一砖一瓦，都记录着过去，刻画着现在，彰显着未来。

十年来，我们
穿过不同的桥，
环视不同的山，
感受不同的水，
品读不同的城，
虽然人生经历不同，
但我们始终一路同行，为梦想而战，
更为给予家人一份稳稳的幸福。
未来，我们必将一路相伴，一起成长。

青春赋予我们很多的回忆，
让我们品尝五味杂陈的人生百态，
未来，青春不在，
但激情和热血并未消退，
责任和奉献一如既往，
从出生到成长，从劳动到修养，从前行到传承，
青春的回忆却始终回响脑海，
我们用眼睛发现她的容颜，
用耳朵记录她的韵律，
用双手感受她的温度，
更要用成绩来回报她的馈赠。

（作者单位：潮州市地税局）

那一抹蓝

刘玉婷

蓝色，能使你想到什么
是深沉，是安稳
是悠远的天空的颜色
是浩瀚的大海的颜色

但有一种蓝
比天空更辽阔，比大海更宽广
那是，税务人的蓝

税务人的蓝是朴实的
它并无虚华的外表
有的只是勤恳和默默耕耘

税务人的蓝是热情的
面对纳税人
无私地贡献才和智

税务人的蓝是刚毅的
面对困难面对挑战
是无所畏惧和坚韧不拔

税务人的蓝是细致的
每笔数字每份报表
都紧连着国家的机器

税务人的蓝是常新的
不断进取不断奋进
是我们的时代使命

我爱这一抹蓝
它是我们的追求
它是我们的骄傲

（作者单位：揭阳市榕城区地税局）

揭邑日记

罗晓珊

一朵柔和的太阳
抚摸着屋檐的瓦当
吻醒小城悠悠的时光
睁开朦胧的双眼
看见功夫茶杯盏的交响

驻足在进贤门前
彩槛雕栏
光阴匆忙　刻下这斑驳的墙
流连于黄岐山上
沟壑林泉
阴阴夏木　守护山花烂漫的香

黄昏漫步北河旁
晚风徐徐送来荷花醉人芬芳

半边夕照铺满了榕江
粼粼江水潺潺
群鸟归巢
阿嫲哄着孙儿回家，笑弯了腰

挂起窗帘
留月色于窗间轻抚书缄
岁月流长
我轻轻依偎在你的臂弯
星梦满船

晚安
揭阳
我的家乡

（作者单位：揭阳市普宁市地税局）

咏揭阳

罗　锋

榕江自天成，
哺乳粤东城。
古径风门出，
四通八方和。

岐山落潮汕，
绿水伴青山。
创建文明城，
万事家和兴。

（作者单位：揭阳市揭东区地税局）

小说

扯 旗

陈焕中

潮汕平原的深冬虽不见雪，却有股蚀骨钻髓的湿冷劲儿。“嗖嗖”锥子风发疯般寻罅觅缝钻，搜吞着所有角落的每一丝温暖。此时揭阳城城郊愈显荒凉，苍苍莽莽的芒草野茅在夹杂着腐败尸臭的朔风中瑟瑟发抖。榕江两岸的木棉树和金凤树早已凋剩枯枝，几点昏鸦孤零零缀在枝头，蔫不拉唧的，寒江瘦水时有浮殍漂来，便“嘎嘎”叫几声应景儿，却并不动作——其时饥荒霍乱，漫江遍野尽有露胔腐尸，自是不稀罕的，就连乱葬岗那群平素抢着刨土扒尸的野狗都懒动爪喙了，却一头头养得肚圆毛油，显着慵懒的绅士派头，大度地由着那绿蝇肥蛆去收拾残筵……人类的灾岁倒成了这些畜生虫豸的丰年了。

江畔一古榕，悬瘘累节，根藤虬结，树冠如云，似髯气根洒垂江面，漾开阵阵涟漪。

树上钻出一个人来，跣足援藤而下，类猴属之敏捷，落到地面，却是个又黑又瘦的男孩，趿拉着一双“出花园”（潮俗，男女年届15岁举办相当成人礼的仪式，须穿红屐）红屐，朝县城走去，一撇一拐地，竟是跛的。

男孩大号“乌猴儿”，少失怙恃。号类其貌，自是贴切的，失怙之谓，却颇难界定，因他尚有一个生死未知的“叔爹”，“叔爹”一说，也颇周折。他家穷，他嫲（奶奶）依着当地穷家“对米换豆”——以女换媳的例俗，用乌猴儿的姑给乌猴儿他爹换来他妈，生了乌猴儿，不想几年前乌猴儿他爹晒谷时让日机炸死了，他妈新寡，子幼妇壮，他嫲怕他妈守不住，忖着二儿娶媳不易，心就活泛起来：与其让媳改嫁便宜外人，不如来个亲上加亲，让大媳改嫁二儿，所谓“肥水不流外人田”，就逼他妈再醮他叔，他叔就成了他爹。不久他妈积郁病殁，零落祖孙三人相依为命。本当挑梁担纲的叔爹却秉性懦弱，撑不起家道。他叔爹去岁入城卖腌菜，适逢“青抗会”扭无良粮商至县府请愿，好奇跟去看热闹，不想惹祸上身，被当作鼓乱的“赤共分子”抓进大牢。惹上官非对世代驯良的农民来说无异于塌天大祸，他嫲因此忧伤成疾，不久也死了，临终叮嘱他一定要找到他叔爹，他就依遗嘱，进城寻他叔爹。十几岁的孩子孑然一身来到人生地疏的县城，自是没结果，只落得流浪街头，乞讨为生。他在榕江畔觅得一棵大榕树，爬上去，发现茂叶丛中有个树洞，既遮风又挡雨，天然好巢穴，早有鸟鹊筑巢，就来个“鸠占鹊巢”，过起先民的巢居生活。

昨天天未放亮，乌猴儿正在梦里美美地啃他的大鸡腿，就被一阵炮响惊醒，起初还以为有人娶亲放炮仗，当那像鼻塞抽着浓涕的螺旋桨声和俯冲划穿气流的尖锐撕裂声一入耳，即彻底清醒过来——狼来了！

他不止一次地见过那两只像大蜻蜓的东西在半空中嗡嗡哼着，然后突然屙粑粑，然后炸雷震天动地，然后烟火冲天，然后房屋树木坍塌崩摧，然后血肉横飞……他爹被炸没的半边身子至今都没找到。

他缩回树洞，树洞像大钟，震得双耳抹糨糊，远近的轰鸣变得钝浊。这样过了老半天，炸雷声变成了密集的枪声，由远而近，到后来出现了马蹄声和怪腔怪调的人声，枪声至此变得稀疏。

他悄悄爬出树洞，透过树叶缝，见远处涌来大批人马，密密麻麻像黄蚂蚁，约略几千只之多，打着狗皮膏药旗，先是马队，后边跑步跟着一茬又一茬拎枪带刀的兵，刀锋寒光远远就晃得人眼花，皮鞋踏地如闷鼓，震起漫天尘土，一窝蜂涌进城去。

接着，远近的巷陌闾里，狗狂吠、鸡惊叫、人哀号、枪暴鸣、锅碗瓢盆砸得噼里啪啦响。他仿佛又看到三天前锡场村的惨象：成玉楼前两架“歪把子”喷着妖火，几十位乡亲不分老幼妇孺，瞬间枕藉血泊……婴儿被挑在刺刀尖上高高举起示威，婴儿的母亲赤身裸体，面对垂死抽搐的孩子眦裂血流，哀号挣扎，被十几个鬼子按在草垛轮番糟蹋……熊熊烈火吞噬着村民的每片砖瓦。

月朦星稀，郊野影影绰绰，点点磷火若隐若现，忽焉东西，恍若魑魅出没。掠江穿林的北风急呜缓咽，犹如鬼哭狼嚎。

乌猴儿躲在树上捱到摸黑，才溜下树到河埠头汲水喝。水入空肠更觉饥饿难忍，就操根木棍向西边摸去。他想碰碰运气，前天在一块荒芜的番薯地里发现个田鼠洞，一只肥嘟嘟的田鼠当时刚好钻出洞，与他对上一眼，就飞窜到旁边的草丛里。他觉得它看他的眼神很像在说：“来吃我呀！”

“臭㓾母，我认得你家！”乌猴儿分辨不清那是挑衅还是挑逗，反正觉得让一鼠辈给蔑视了，这两天就老惦记它。

穿过一片蔗园地时，寒风搅起了细雨，抽打他皲裂的脸颊，他捉袖欲抹之际，身形一凝，随即屏息俯伏在垄沟里一动不动——蔗园外有人。

他缓缓抬首，听着颈椎一节节牵拉摩擦发出细微的嘀嗒声。就着微弱的星光，见蔗园外的阡陌上走来三个持枪的日兵，成品字形从他右边走来，越来越近，他拿不准自己是否被发现，也拿不定立即起身逃离还是继续伏着不动。心与刚凸显的喉结一起在跳动。

“咕！”不知从哪里突然跳出一只癞蛤蟆，刚好钻到他脖子上，黏黏凉凉，他一哆嗦惊叫出来，声一响他就知道死定了。鬼子怪叫着向他冲过来，他爬起身就跑。

“砰砰”枪响，子弹穿透甘蔗秸秆，射断茎叶，甘蔗叶锋利边沿割破他的脸颊和脖子，他以为中弹，就停下不跑了，认命等死。突然，一条黑影从蔗园里扑出，冲在最后的日兵闷哼一声，一块大石当头把他的脖子砸进胸腔，钢盔下发出骨头破碎的声音。

跑在前面的日兵大惊，掉头看时，黑影一晃，倏忽已闪近身。日兵来不及开枪，就用刺刀去捅，黑影却已抢先将其扑倒。刺刀的寒芒贴着他头发闪过，双腿如剪，一铲一扫把那兵绞倒；另一日兵急退，胡乱朝黑影射了一枪，撒腿就跑。

黑影双腿锁住倒地的日兵，挥拳猛打，嘭嘭一通闷响，打得那日兵胸陷脸塌，血肉模糊，死得透彻了。黑影起身，分明是个矮墩壮实的汉子。他捡起刺刀，对鬼子尸体又捅，口中兀自咧咧地骂着。

乌猴儿惊魂未定，心知厉害，急转身跑，趺趺撞撞才颠出几步，耳边风响，“想跑！”头发一紧，整个人已像兔子般被攥起，双脚腾空乱蹬。

“厚叔！”乌猴儿吃痛间借着星光，看到一张血污的脸，雨水冲刷出熟悉的眉眼，竟是乡人陈厚皮。那人闻言一愣，凑近认看，失声道：“乌猴儿，咋是你呢?”连忙将他放下。

乌猴儿至此方心神大定。厚叔向来亲切，为人忠厚，急公好义，曾师从潮汕名拳师陈南枝学艺，乃“南枝拳”正宗嫡传，一身硬功夫，三五壮汉轻易近不得身，且天生神力，曾与人打赌，将打谷场那五六百斤重的大碌碡轻松举起，绕行谷场一圈而面不改色。平日务农为主，兼畜养池鱼。年终“车池”（抽涸池水捕鱼）时，乌猴儿常与邻童乘隙下池摸鱼，他撞见了也不恼，只笑嘻嘻说：“弟啊，掠尾去食就好，池底玻璃碗片多，当心割着脚。”

那日鬼子进村，厚皮上山打猎，回家见到的情状令他一下懵了——十岁的儿子被掼死在石磨上，鲜血沿磨槽沟流淌遍地；四岁的小儿子被摔死在井里；妻子一丝不挂被吊死在桑葚树下……他眼红如血，筋暴似蚓，抱头揪发，粗喘着笑，间或有粘皮带血的毛发应手而落，也无觉。

那夜，星月无光，藤吊岭后山百虫俱寂，突然暴起一声长嗥，凄厉若孤狼泣月。

他将妻儿的头发割下一些，与自己的头发编成一条辫绳结在腕上，一起去找鬼子讨血债。贼众难敌，他就狼缀其后，伺机袭击。此夜潜身蔗园，发现三个鬼子巡逻，就蹑上了，杀二逃一，心有不甘，又恐鬼子闻讯赶来，便从两具尸身上搜出些干粮，分与乌猴儿，叮嘱他赶紧离开，觅处藏身，就匆匆提了一杆“三八大盖”，逐雨潜入夜色之中。

乌猴儿心火热，像喝了酒，一股对英雄的孺慕之情油然而生。这才是大丈夫真英雄，他内心暗想：要能成为厚叔那样的英雄多好！这一念，竟令他兴奋得要飞，忽地一趔趄，跛脚绊到一颗石头。“我就一瘸脚仔!”他沮丧地跺下跛脚，心潮起潮落，方热骤冷，黯然归巢。

入夜，雨渐转急，噼里哗啦，淋漓的世界一片混沌，真似承受了太多人间指责和怨尤的天公回应着向天地倾吐满腹苦水。

乌猴儿蜷在洞巢里，做着梦。梦里他化身为戏台上那背插四面靠旗，手舞青龙偃月刀的英雄，威风凛凛大杀四方，一只只妖魔鬼怪在他刀下灰飞烟灭……蓦地，一片烟霞明灭中飞来一风姿绰约的仙子，长着鸟翅鸡爪，肩扛二头，分明双峰寺大殿藻井绘的飞天模样，飞近一看，乌猴儿惊呼：“妈!嫲!”二头飞天一脸颦蹙着，竟是他妈，另一脸愁戚着，却是他嫲，他嫲悲喜交集，说：“儿，你成英雄啦，太好了，快去救你叔爹，我那苦命的儿啊!”他嫲哭哭啼啼，他妈凄凄切切，忽然鸟翅一扇，飞走了。乌猴儿大急，催驱宝马欲追，宝马却踟蹰不前，乌猴儿急得大声哭喊：“妈!嫲!恁（潮语：你们）勿走，等我啊……”但任凭他如何呼喊，口却总发不出声来，他急得哼的一声翻身坐起，醒了，洞外透进细碎的光，惺忪睡眼，犹带泪痕。

天已大亮，雨亦晴，梦境很清晰地记得。叔爹至今生死未明，他深感愧疚，深恨自己的不孝无能。

“去看看!”他遥望烟火阒寂的寒城，已绝了鸡声人迹，不复往日马咽车阗，熙来攘往。

遭难的县城满目疮痍，昨夜暴雨洗刷不净她的伤辱，更添几分肆虐后的凋敝，大街小巷一片压抑的死寂——打铜街的铁锡铺绝了砧声锤影；天福路的食肆炉翻锅砸；韩祠路“杨财合”酱油坊缸破酱流，如血溢街；“猪仔圩”筐飞瓮碎，一地狼藉。

乌猴儿穿街过巷，没见着一个活人，心悚颤。他一踱一踱紧赶，红木屐敲响深巷，把学宫吻脊上的一只乌鸦惊起，砉的一声划破空寂的长空。

转过街口，他发现前头似乎有人，忽然肩背一痛，斜刺里蹦出一个日兵，一枪托把他撂倒在地。“八嘎!”明晃晃的刺刀比画着，乌猴儿看清有几个日伪兵，持枪执火，掠财劫货，押着一群居民，吆前叱后，像赶羊群。乌猴儿也被牢入“羊群”，紧驱慢趱往西赶，途中不断有“羊群”汇集。

“喤喤——太君有令，所有县民须即到县府集聚，违令者杀!喤喤——”几个壮丁敲着铜锣穿街过里喊话，每个铜锣后面都跟着日伪兵随行抓人。

乌猴儿与几拨县民被赶到了县府前广场，那里已聚集了很多人，扶老携幼，摩肩接踵，都静静地佝偻着身子，悄悄挪到不显眼的角落，低眉斜眼显着惶恐，偶尔有小孩啼哭，很快就被大人捂住了。缩在人堆旮旯里的一个胖子突然咳嗽，却不敢出声，死命掐着脖子，憋得满脸通红。四周布满黄的日兵和黑的伪军，荷枪实弹，四架重机枪和八架“歪把子”对着满场民众。七八条黑黄相间的狼狗龇牙咧嘴，狂吠着腾冲挣跳，几个狗兵死拉住拴狗皮带，不时被扯得东歪西倒。场地上架起一口大锅，锅里的水叽里咕噜沸，锅下柴火噼里啪啦响。几个穿着长筒马靴的鬼子军官踱来踱去，眼睛警惕地四处扫视，咯噔咯噔的皮靴声牵动众人的心不时咯噔一下。

县府前是乌猴儿最不陌生的地方，今儿却认生。一座三层碉楼，楼顶的青天白日旗已换成狗皮膏药旗。旧门庭易了新匾，匾书没变，还是“中华民国揭阳县政府”字样，细节却有异，原先匾额的青天白日国徽加了个红边圈儿。门前卫戍兵也换成了肩扛太阳旗枪的鬼子兵，风物不复旧时貌，似乎连门口两只石狮都失了神气。

碉楼双侧老榕参天，荫翳的枝丫下挂满血淋淋的人头，成群的苍蝇嗡嗡穿梭其间，金的绿的黑的点缀得死灰色的头脸益显狰狞，空洞无神的眼睛暴睁，僵硬的面容凝固着死者生前的愤怒和仇恨。乌猴儿心一颤，对人头一一认去，没他叔爹，心甫缓。当此时，他看到一个人，富态盈盈，一张圆胖的笑脸似将天地的喜气都凝聚到眉眼间，活脱一尊弥勒佛。此人他认得——史巷“裕兴发”米行财东林应，乃揭阳城唾星能砸出坑来之辈。其时正值醉人为瑞之年，饿殍遍野之秋，薪如桂，食如玉，“裕兴发”囤积居奇，毗邻各地米价皆由其决，且与官家自有勾搭，其势烘天，十来把“汉阳造”随侍左右，满城无敢侧目。因其掌控着揭阳的“米袋子”，且福相如佛，故民间便有“米袋弥勒”的雅号。去岁饥歉札瘥，县民饿死无数，他却勒紧米袋，一群饿疯了的饥民行险抢粮，被他的私家护粮队暴力镇压，打死打伤好几十人，一时民怨沸腾。他记得清，当子弹掀开那个抢米的饿鬼肿胀的肚皮时，树皮草根和刚吃下的生米带着黑血破腹溢出，那人一边捂着肚子的豁口，一边把漏出腹外的米粒重新塞进口里吞下，只吞到一半就死掉了。于是他很愤怒——该死刁民！逞凶作恶，却陷他于不义。元宵节那日，有人在榕城西门吊桥头悬挂一灯橱，画一胖弥勒佛坐大米仓上，一手打算盘，一手捏紧米袋口，附打油诗：“我佛本慈悲，米贵袋不开。百姓饥饿苦，只顾自己肥。”他晓是讽刺他，寻着灯橱主人，乃是本县贤望林悟生，便罗罪将其下狱，后被邑众联名保释。

县府大门口，林应身穿红绸马褂，头戴黑色宽檐礼帽，胸挂金链怀表，一手捻着佛珠，一手举着一面日本小国旗，胁肩谄笑；身后跟一行人，尽是锦衣狐裘，一例手持日本小国旗，一味踧踖卑谄，却是县里各行商会代表及士绅名流。府前中央端坐两人：一个日本军佐，白手套，人中胡，双手拄着军刀，满脸横肉；一个白脸油头中年人，笔挺中山装，胸别一枚加了红圈的青天白日国徽章。“人中胡”鹰视狼顾，睥睨自雄。中年人温文尔雅，微笑着，很和煦。林应看了一眼中年人，心里冷不丁打了个寒战。这是一个让他感到诡异可怕的人——伪县长张允荃。当初张允荃乔装江湖术士潜入城中，进行刺探策反，把县城的军政民情摸了个贼透，足见其图甚远。

天阴沉，像污水冻结的冰，又冷又脏，冰镇着这座古老的城邑。冽风北来，偃靡一岸衰草，掠江呜咽而过。县府前老榕风声如涛，甩落未干的雨露，滴到树下人的脖子上，像冰冷的蛇透肤入髓，激起一阵寒栗。榕树下的人头像疾风中的灯笼，晃荡着血味腥气，偶尔人头相碰撞，发出败革的闷响。

县衙内押出一群蓬头垢脸杻械枷锁的囚人。从黑暗的牢房一下被赶到敞亮的地方，都眯萋着眼，很快即被眼前的阵仗吓住，畏葸不前，引来一顿鞭笞叱骂，趺趺撞撞被搡到墙边挨列站。

"叔爹！"乌猴儿眼尖，瞅到一个瘫在墙角处的囚人，正是他寻觅多时的叔爹，便大声喊，钻出人群跑过去，迎头一大巴掌把他扇了回去。近处几头狼狗咆哮欲扑，被拉住后像人那样立起来，血睛怒暴，唇吻呲起，露着利牙呜呜低吼。

一黑脸大汉一把揪住乌猴儿颈领，塞入人群，低斥声"找死"，回头冲那动手的日本军官哈腰赔笑，军官叽里呱啦骂了几声，横着脸四下扫视，没见其他异动，才踱开了。

乌猴儿被那黑脸大汉挡在身后，眺见叔爹哆嗦着发白的嘴唇，抖得锁链叮当响，心反稍定，确认叔爹没死，事情终有了眉目。

此时，走来四个日兵，拖着一物件，气咻咻地，"啪"地丢下。一架粗椽条搭成的十字架，架上绑着一个血人，一动不动地，鼻孔尚有丝丝白气。十字架被竖起来，乌猴儿觉得很像城北真理教堂那洋人的神像。

一伪军提来一桶冷水，"哗"一下泼到十字架上，血水泥沙迅速被冲刷掉，露出一副皮开肉绽的身躯，五官像一团被揉碎的烂泥巴。那人让冷水一激，竟也悠悠转醒。

"厚……唔……"乌猴儿惊呼，猛醒捂了嘴。此人竟是昨晚乍别的陈厚皮，虽然眉目已残毁难认，经水泼洗，胸口现出一威猛的豹子头刺青，那可是他打小仰慕的英雄印记，不会认错。

陈厚皮耷拉的头颅动了一下，皮带勒扣在椽条上的脖子艰难地撑起，想睁眼，一眼眉骨已折，没开，一眼肿胀，如丝，但毕竟看见了那人那狗那鬼，便粗粗地喘息。

"我杀你个小鬼子！"

声声咒骂像闷雷宣释，荡涤着人们胸中块垒。断筋散架的身体似有气力重燃，挣得椽架轧轧作响。日兵惊退，面对已被挑筋断骨的杀神却仍觉心惊胆寒。

昨晚与乌猴儿分别，陈厚皮趁夜黑雨骤，狼潜虎伏掩至城中，凭借巷深居密，狙杀失群落单的鬼子，竟被他扑杀了十几个，其中包括一名少佐和一名中尉，自己也终因伤重力竭被俘。

鬼子把他从十字架上卸下，剥得精光，两根长长的棺材钉钉入他双肩，穿过锁骨与琵琶骨之间的骨罅，将他钉实在府墙上，接着钉手掌脚掌，铁钉穿过骨头吱嘎作响，听着令人牙酸心颤。骂声变得低沉如狮吼。

接着，鬼子开始用开水浇淋。开水一锅锅烧开，毛发一茬茬脱落，皮熟皮褪，肉红肉熟，肉烂骨现……

“狗娘养的小畜生！……伺候爷爷洗澡水要加热点……龟孙子，替爷爷洗洗尻仓（屁股）搓搓脚，爽快爽快！哈哈哈……”

刺刀撬开了他的嘴巴，开水灌进咽喉，骂声咕噜着变成嗬嗬声，幽深得像来自地狱的诅咒……

酷刑仍在继续，牵狗的鬼子们解开狗皮带，七八匹早已暴躁如狂的狼犬嗷嗷朝陈厚皮扑了过去……

终于，陈厚皮宛如夜枭嘶啼的笑声戛然而止，身体顿然松弛了，就此卸下了人生的一切重负。

乌猴儿木然站着，乌亮的眼珠映射着每个细节，从清晰到模糊，从干涩到潸然。全身气力都被他攥到拳头上，指甲刺入掌心，血滴落地，微热，似乎裹着浮土弹动了一下，凝碧成珠。

“哈哈哈……”尖锐的笑声遽然刺破凝固的空气，一赭衣囚人兀地放声大笑，手舞足蹈。乌猴儿一惊，是他叔爹。

狱差冲过去，劈头一棍打得他头破血流，栽倒在地，他却对那狱差挤眉弄眼，咯咯笑。狱差怒，要再打，旁边一个长辫长髯的老者虚拦了一下，轻声道：“伊啸（潮语，疯）了。”

“唪呀唪，唪金公，金公做老爹，阿文阿武来担靴……”

叔爹手作捧摇婴儿状，唱起潮汕歌仔（童谣）。狱差见他眼神痴呆，怕是真的吓疯了。正当其时，伪县长开喉顿嗓站起身。

“父老乡亲们，受惊了。”张允荃沉腔提调放出一通说辞，“国家多难，贼寇横行，生民维艰。谨受南京国民政府特派，本人忝为揭阳县长，将致力于荡寇剿匪，解民困，兴民生，与日本友邦共图揭阳之安定繁荣……”

民众听得一脸迷茫：这厮不是城隍庙前那卜卦佬吗？咋成了民国政府县长了？那逃跑的县长又是哪国的县长？咱父母官咋会跟着鬼子来祸害俺胶己人（自己人）？

“……凡亲共抗日，破坏联盟，妨碍和平救国大业者，即为国蠹民贼……”

张允荃指骂着陈厚皮的穷凶极恶，数说那一树人头的罪行，指谪重庆方面的误国害民，颂扬日本友邦的慈善与恩泽，呼吁县民要顺天应时，及早恢复生计营生，协力建设好大东亚战争的大后方云云。

“天下奇事多又多，老鼠拖猫上竹竿，鸡仔退脚踏死鹅……和尚相斗攥头毛，青盲伊呾（说）看唔着，哑巴哩呾无无无。”

叔爹拍手晃脑，又唱又跳，像在冷涩的冰泉鼓起一朵活泼的小浪花。

狱差气急败坏，斥骂追打，他却嘻嘻哈哈闪到长髯老者身后躲猫猫，老者轻叹，只得拦息，对狱差道声算了。狱差恼他多事，揪胸欲打。

“住手！”

“放肆！”

“放开林老先生！”

…………

全场顿时一片哗然：叱斥声、犬吠声、哄叫声、枪栓声、叽里呱啦鬼叫声交织一起。“人中胡”倏地站起。长髯老者不去理会那狱差，举起双手望民众虚按。狱差乍惊，急忙缩手，不明白自己这一揪咋就捅了这么大娄子。

场情渐平，张允荃惊诧，忽然省起，便望老者一拱手道：“阁下可是林悟生林老先生？”长髯老者淡然道：“老朽正是。”张允荃暗道声难怪。此人乃是揭邑名贤，清末举人，秉性贞烈，清亡不剪辫，新朝不易服，乃夷齐之流，故声隆潮揭，名孚众望。

张允荃见他戴着镣铐与群囚为伍，讶然说：“老先生怎被囚禁？”林悟生平声道：“满城皆为敌囚，老朽何能独免？”

张允荃即勒令人开锁，见“人中胡”招来翻译官，便连忙凑过去。

林应心狐疑，尖着耳朵探究竟，只见着张允荃躬身禀陈，“人中胡”微微颔首，却兜不到一丝声息。去年灯橱一事，林应对林悟生恨得牙痒，只惮其德劭望众，一直无隙可乘，昨天日本人破城，大肆搜捕抗日志士，林应积极响应，便乐得顺便给他这个冤亲债主安个通匪的罪名将其下狱。

林应正自惴惴，就听张允荃高声宣布：“林悟生先生德茂才峻，乃儒林巨擘，海内同钦。本县与田中大佐久仰馨誉，值此国家中兴之秋，特聘林公为本县咨政，共襄义举。”

广场顿像一个大鱼塘被洒下几斛鱼料，引得万千鱼儿争相抢食，一片喁喁唼唼。

林应愕然，惶惑不安起来。

“老朽一介野老村夫，坚瓠无窍，寓形寄骸而已，难承厚望，更不敢数典忘祖啊！”林悟生不咸不淡地说。

“林公此言差矣，不吝有用之身，生民兴利，报效国家，正是光宗耀祖之举，何言数典忘祖？”张允荃脸色微变。

林悟生白须无风而动，凛然道：“国已破，家焉在？民安生？”

张允荃脸色又变，说：“先生错了，国祚方熙，民国依仍，汪主席御国南京，何言国破家亡？”

林悟生冷哂一声，指着楼顶的日本国旗，道：“既已改旗易帜，何庸讳莫如深。”

那旗正迎风飘扬，一轮殷红如血，透着狰狞与嚣狂。只一眼，民众便都黯然垂首。乌猴儿左右瞻顾，似懂非懂，心猝然一动。

张允荃脸色再变，林应乘罅凑前耳语。

“胡说，林先生哪会是共匪?”

张允荃诘斥。林应期期道：“您听他满口共匪腔调，会没干系?”

“不许污蔑林先生!”

“毁谤!”

“无耻谰言!”

“奸商！恶霸!”

…………

人群中谴斥又起，群情激愤。田中竖起耳朵，听翻译官飞速禀报，眼光湛湛如隼。

“不知死活的逆匪，敢作乱，拿下!”林应色厉内荏呵斥，几个护卫迟疑相觑，没动。

林应恼羞成怒，正要发作，就听得一声冷哼，愕然间感觉像被毒蛇盯上了，刷地惊起一身寒栗。

“林应，可知罪?”张允荃眯着三角眼阴森森地说。

“什么?”林应惊怔，“您知道，我是拥护您和皇军的良民!”

“哼！你平日勾结官僚，横行霸道，鱼肉乡里，囤积居奇，垄断米市，不顾百姓死活，大发灾难财，残杀灾民，陷害良贤，罪大恶极，本县早已暗中查实，岂容你狡辩？拿了!”张允荃大义凛然。

祸生肘腋，林应还没反应过来，已被摁跪在地，吓得魂不附体，磕头如捣，颤声哀求：“县长大人，念我忠心报效的分上，饶恕我，小民定倾力报答您的恩德。”

“你罪无可赦。”张允荃阴恻恻地说。

林应想了想，咬咬牙忍痛道：“小民愿再输捐米粮一万担，请许我将功赎罪。”张允荃咻然道：“你罪深难赎啊!”

“你到底想怎样?”

“想借你人头正我旗风。”张允荃狞笑。

“你是想谋夺我财产?”

“尔财尔产俱为巧取豪夺来的民脂民膏，褫夺归公，正是天公地道，合法合理之举。”张允荃侃侃笑道。

林应回顾那群抖得如落水鹌鹑的绅商道：“你不怕令各界代表心寒?”张允荃鄙夷地轻声说：“他们代表不了民心。”

“怎样才能放过我?”林应彻底绝望了，悔恨交集，当初就是听信张允荃这个鬼卦佬“指点迷津”才留下来，当了汉奸。

“你罪不容诛!”张允荃冷酷笑道。

“毒蛇，我跟你亡了！”林应不知从哪里来的力气，突然掀开两个伪军，飞扑过去掐住张允荃的脖子，张口便咬……

“八嘎！”刀出鞘，寒光闪，人头飞，血喷射。

田中大佐收刀入鞘，林应的人头还在滚动，嘴里死叼着张县长的半片耳朵。在他意识行将消逝之际，他有无数个疑问在闪烁：为什么？我不是常常供神拜佛施斋禳灾吗？法师不是说我功德无量福报绵长吗？我不是犒献了十万大洋军饷吗？还送了好多金银珠宝，帮他们搜捕了不少抗日分子，我是有功的呀。我把大半身家都献出去了，包括我那最心爱的小妾……头颅这边那双永远笑眯眯的“弥勒眼”依然睁着，凝望着民国三十三年的青天，呆滞的眼神没了佛的慈祥，只有凝固了的惊恐和疑惑。

一条狗跑过来把头叼走了，几个兵拼命去追县长的半片耳朵。

民众虽恨林应，但对他临死一搏倒觉还有些看头，便都枯枯地站着，倒是那些跟着林应投诚的绅商都吓坏了，有的义愤填膺地控诉林应的种种罪状，皆恨不得啖其肉寝其皮；有的急着撇清关系，声言八辈子不曾与他在六道相遇过；有的颂声如潮，盛赞县长大人青天明镜，惩恶除奸，直是民之父母世之救星……

张允荃恼恨，自己一个大意竟被林应所趁。更令他后怕的是田中的刀，如果稍偏，自己的人头恐怕……

“天理昭昭，神明毋欺。”林悟生摇头，长叹。

“老先生既知天理，当识天命难违，何不顺天以应时。”张允荃心知今日不把这块老骨头啃下来对降绥大计定然不利。

“老朽驽钝，不知天命，只知忠义。”

“汪主席英明睿谟，为谋求国家民族乃至大东亚的永久和平和人民福祉，与大日本帝国携手合作，义结联盟，共存共荣，共创大东亚共荣圈新秩序！此正是对国之大忠，尽民族之大义！”

“为虎所噬，化伥助虐，害我族类，此为不义；外侮日亟，卖国帮凶，残虐同胞，此为不忠。汪氏之曲线救国何异于引狼入室？”

“皮之不存，毛将焉附？不委曲以求存，亡国必矣。汪主席忍辱负重，不作薪之一时轰烈，瞬间辉煌，宁为釜之不惧水火，忍受长期之磨难，苦心孤诣才寻得一条和平救国之路，此等大智大勇大仁大义之举，岂能作等闲论？”

“恐怕是媚骨天生吧，这卖国求荣都能说得如花叠蕾。”林悟生冷笑说。

“嘿嘿，你怕是死认重庆为正朔吧，就像当初清亡你不肯剪辫。现在，重庆方面又怎样呢？节节溃败丧权辱国，弃万万生民于不顾。”张允荃疾声道，“此刻，他们官兵又在哪？皇军未到，就吓得尿裤弃城跑了，百姓的捐税皇粮都喂狗了，不！养狗还能看家护院，那些鼠辈吃着民脂民膏却弃民如草芥，看看吧！要不是南京政府保着大家的身家性命？这满城早已彻底‘三光’了！”

一股肃杀之气顿时压得人喘不过气。林悟生忽感心灰意冷，轻叹，不期然再次望向楼旗，决然说：“家鼠虽可恶，总没外面的豺狼凶。宁为中华鬼，不做异国奴！”

“好！有气节，那就成全你们。”张允荃桀桀怪笑，望那田中，田中扬白手套儿，像魔鬼招手，机枪突吼，人群顿如镰下的麦穗倒了一大茬。

硝烟散开，几十个县民静静躺在血泊中，浓烈的血腥弥漫周际，刚刚响起的哀号哭喊随即又被子弹遏止了，于是便有种出奇的静让一切声音无法渗透进来。

张允荃望林悟生摊手耸肩道：“想做‘中华鬼’我可保护不了。”复指着一地血尸认真地说：“如何？”

霜风凛冽，吹散老人辫发，稀疏花白的发丝与纷乱的长须纠结在一起，瘠弱的身子颤巍巍地如疾风中的稻草。

“杀了我吧！”林悟生挣开狱差的搀扶，站得硬挺。

“死很容易，顾全名义才难。降败了名，死亏了义，这是死局。”张允荃贴耳细语，嘿嘿奸笑。

林悟生悲怆莫名，眼前一会是披离如草的尸体和洇漫的鲜血，一会是烁金销骨的千夫指，忍不住老泪纵横。

张允荃眼珠一骨碌，说：“罢了，给你个公道吧。久闻先生京房术数独步易林，古有‘射覆’之戏，咱们不妨也来玩玩，我覆三物，请先生卜射，都中了随先生自便，不然，则请跟随本县一道来保护这些可怜的子民吧。”

林悟生默然片刻，叹道：“人为刀俎，我为鱼肉，奈何？划出道来吧。”

张允荃笑吟吟说：“先生不知天命，倒还识势——盒中何物？请射。”便晃出一个黑色小木盒，托在掌上。

林悟生摸出三枚“乾隆通宝”，合十捂于掌心，凝神默念，摇掌掷钱，如是六次，每次均得一爻，用树枝在地上画出，终成一卦——《地火明夷》。林悟生望卦沉吟，全场俱茫然静观，张允荃目光灼灼，翻译官贴着田中附耳低语。

少顷，林悟生转身，望张允荃轻道：“外卦坤，物象为布帛，为囊，色黄，内卦离，物象为文章。坤为方，方上有文，必是印。此卦象是布囊盛印之象。”

张允荃注视他一会，然后面无表情地掀开盒子，拈出一物，人们延颈急瞧，见一明黄布囊物，解囊果见一方黄铜印章，全场轰然，惊叹不已。张允荃收起印章，微笑颔首：“果然神算，名不虚传。”林悟生缄口不语。“好！你再射我手握何物？”张允荃举起一个拳头，冲他晃了晃。

田中一脸惊讶，他虽一介武夫，却也知道易之高深莫测，日本号称易圣的高岛吞象先生可是神一般的存在，连天皇都听他的。今天有幸亲眼见识易之神奇，不觉兴趣盎盎。

林悟生盯着那只拳头，逆光中一团模糊，包括张允荃的脸也隐在了灰暗中，耳朵陡然听到犬吠，他乜眼细听，一声、二声……总共二十声，停了。林悟生乍然睁眼道："就以狗声起卦吧。"掏出怀表一瞧，刚好午时三刻，即起得丰之震卦，九三爻变。默默低头掐算，只见着表情变幻，眉宇紧缓，众人也皆噤声看观，过了一会，他才慢慢抬首，曼声道："雷火丰，内卦离为火，二至四爻互卦巽，为木，则内含火质，上与木连，九三爻动而变卦为震，震为动为爆，离为火为光明。木火相连，动而火生，故手里之物当为洋火柴也。"话语一落，全场就都齐刷刷地望向张允荃，田中更是忍不住凑近前来。

张允荃施施然从兜里掏出一根香烟，松开拳头露出一根火柴，一划，刺啦一声火光跳跶闪烁，在众人的喧腾声中点燃香烟，田中大佐透过烟幕直勾勾地看着那根火柴燃烧成灰烬，张大嘴巴合不拢。

"这是梅花易数了，闻声心动而起卦，康节先生的心易神数果有鬼神莫测之妙。"张允荃又羡又妒，他悟性极佳，当年学易，他的老师却不肯将这门绝学传他，终引为憾事，故而他恨，恨他老师，恨所有身怀此学之人。

"已射中两覆，最后一射来点更有噱头的。"他游目四顾，最后指定人群中的一个孕妇说："就这个，射她腹中胎儿男女。"又指着地上横七竖八的尸体说："就以这些尸数起卦吧，血还热着呢。"

林悟生脸色大变，嘴唇霎时发白，眼睛死死盯着张允荃充满嘲谑的笑容，良久，喉结在枯瘦的鸡皮颈下急速跳了几下，苦涩地哽声说："我认输！"

"哈哈哈……"张允荃纵声大笑，嚣狂而自得，咏然道："林公果然深明大义，虽然稍为未尽人意……"

田中突然推开正禀告的翻译官，刷地拔出军刀架在林悟生的脖子上，寒光凛凛的霜刃血迹未干。

"你的，不算卦，人都要死啦死啦的！"田中的白手套儿指着满场民众，两撮人中胡般长短的残眉此挑彼攒，狼睛透着狂热。"算错的，这里一半支那也要死啦死啦的！"

林悟生急望伪县长，张允荃优雅地摊摊手道："迟了，不满足下他的好奇心你以为能了事？我敢保证，即便你立刻死去，这里至少会有一半人因你丧命。"

老人看那妇人，估摸有四五个月开始显怀的样子，畏畏怯怯缩在角落里，似乎还带点羞涩地遮掩着孕身，她并没有意识到行将降临的横祸。

他又环视一眼满场的老幼妇孺，何其无辜……忽然一口血喷出来，田中掩脸急退，白手套儿顿时绽出朵朵血梅，鲜艳夺魄。

林悟生面色煞白，颓然倒地，但很快如经霜老松挺起。似乎积攒出了一辈子的气力，他艰难而又决然地说：“点尸！”只两个字，仿如一下抽尽了他所有的生气，转眼已然是形同槁骸，心若死灰。

一会儿，报点得四十四具尸骸，即敛心起卦，得小畜之豫卦，九三爻动，便轻声道：“卦中阳动变阴，必然生女。”

张允荃道：“孕男孕女看卦包，小畜四阴包二阳，如何生女？”

“神兆机于动先重动爻。”林悟生平声道。

张允荃默然片刻，便风轻云淡说：“那就开腹查验吧！”

妇人凄厉的惨叫声声入耳，犹如在抽魂剥魄，“恶魔！恶魔……”老人喃喃诅咒，他那易学濡养成的洁静精微的心智面对这等灭绝人性的魔鬼是如此孱拙而绝望。

须臾，一个捋起袖子的鬼子双手捧着血淋淋尚微微脉动的胎儿，送至田中面前查验。民众被这惨绝人寰的一幕瘆得掩眸而栗。

“恭喜，你赢了，是女胎。”张允荃撇嘴笑。

林悟生惨然，朝那妇人尸身跪下，默默忏告：“小娘子，我这条命先还给你，你肚里那条下辈子再赔你。”

他跪伏于地，涕泗交下，深感罪愆若背天负地之重，百身莫赎，更悲奠他如枯荷破败的名节，万劫不复……

当太阳旗像一块狗皮膏药飘落时他并不知觉；当第一声惊呼像将沸的羹汤扬起首个气泡冲破汤面爆出“噗——”的一声轻响时他并不在意；当田中像受伤的恶狼嗷嗷嗥叫时他并不理会；当周围的欢呼声像沸腾的海浪此起彼伏时他倏然抬首，太阳旗刚好掉落到他脚下。然后他听到枪声，然后他发现门楼上那旗已不见，然后有个猴瘦的小孩盘着旗杆旋转而下，落到楼顶，却是乌猴儿。

恶鬼当前，乌猴儿恨没除妖斩魔的青龙偃月刀，恨自己并非厚叔那般勇猛善战的英雄好汉，好生沮丧。当见那面膏药旗好像让林老先生恁等人物都备受打击时，他就想把它扒下来，深远的意义他不识，却晓得，像小孩耍扒裤子一般，倒可让对方露乖出丑。他觑得那棵老榕有一股横杈蔓至楼顶，便趁乱悄悄爬上树，凭借繁枝茂叶掩蔽，神不知鬼不觉地渡至楼顶，刚要上旗杆，一撕心裂肺的惨叫忽然响彻天际，吓得他猛趴倒，爬到楼檐偷瞰，见几个鬼子正在剖一大肚婆娘，他干呕着缩身爬起，双腿软得像糯米做的，下意识踩踩，骂自己，若厚叔有知，定当笑他“软卵无核”，想起厚叔，不觉把他那瘦鸡胸挺得笔直，豪气顿生。

楼风正烈，那旗猎猎作响，卷起阵阵阴风，重重杀气。乌猴儿清澈的眼睛忽然映出殷殷血光，雾惨云昏中仿佛有无数冤魂在哭泣，在咒骂，那些冤魂有他爹、有厚叔、有许许多多熟悉的乡亲，还有更多不认识的，尽流着血泪控诉，斑斑血泪滴着、淌着，渐渐凝聚，成一圆圆的大血团，粘在那片惨白的布面上，为此他深信，有无数冤魂就附在那轮猩红里头，而此时，他已迫近那猩红，他的脸他的眼也是猩红的，一抓，犹如钟馗捉鬼妖，一下攥实那片东躲西逃的猩红，一扯，仿若哪吒抽龙筋，那旗蔫了神气断了招展，一甩，像甩鼻涕般抖落尘埃……

田中暴跳如雷鬼叫连天，人们的欢呼已变成惊叫，乌猴儿踏着楼檐向来路逃窜，或许他一瘸一拐地晃得厉害，子弹还是没逮着他瘦小的身躯，再有几步他就能攀上树藤隐入树丛里，博得一线生机。他扑上了树藤，向前荡起，一颗子弹终于追上了他……单薄的身体在空中划起一道优美的弧线，像流星，喷着璀璨的火花遽然飞陨。扑通——跌入县府左畔的江流中，湍流瞬间吞没了一切。

"红日初升，其道大光。美哉我少年中国，与天不老！壮哉我中国之少年，与国无疆！哈哈哈……"林悟生脚下踩着日本国旗，仰天长笑，热泪沾髯，白发飞扬，突地沉首前冲，一头撞在府前的石狮上，血洒五步……那酣畅的笑声犹在旷宇中回荡。

黑脸大汉在老榕下捡到乌猴儿那双红木屐，戚然叹惋。后来他在黄岐山下挖了个衣冠冢把它埋了，立碑时却为难，他既不知少年姓字名号，也不知他何方人氏，最终就只立了个无字碑，然而历史并没让他就此湮没在荒草野岭间，若干年后，在《揭阳县志》中赫然有这么一段记载："民国三十三年十二月九日，日军田中部集中兵力三千余人，首陷揭阳城……揭阳城沦陷的第二天，插在县府门楼上的日本国旗，被榕城爱国少年黄绍海扯下，大快人心。"

也有人说当时他掉入江中并未死去，因为此后有人在小北山抗日游击队里见到一个瘸脚的少年队员，黑肤瘦貌参差似，也不知真假。

叔爹是否认出他的侄儿子唯他自己知晓，毕竟他已躲进儿时无忧无虑的快乐世界里，不愿出来，狱差也不再难为他了，于是他又开始唱起最心爱的歌仔：

挨呀挨，
挨米来饲鸡，
饲鸡来当更，
饲狗来吠夜，
饲猪还人债，
饲牛拖犁耙，
饲阿弟来落书斋，
饲阿妹来……

（作者单位：揭阳市普宁市地税局）

“民告官”案可堪忆　巅峰对决惊人心

——听“老稽”讲“法庭之辩”

陈小湛　邬　凡

2017年4月的一天，午餐后，某稽查局阅览室内，书香氤氲，茶香袅袅。

一帮年轻人正围坐一桌，一边悠闲品茶，一边高谈阔论。

这伙人也真是会偷得浮生半日闲啊，工作那么忙，中午还不趁机打个盹儿，一定有什么精彩的话题吧。

“当年的DF案法庭之辩，听说是惊心动魄啊！老稽，给我们讲讲吧。”

“能听听当时的法庭巅峰对决，那是三生有幸啊。”

只见，被称为“老稽”的男子年约四十，身着蓝色税服，儒雅老道，鼻梁上架一副金丝眼镜，精明机辩的目光从镜片后射出，他是从事税务稽查工作二十余年、能干老道的唐科，大家戏称他为“老稽”。

只见他端起茶杯，轻品茗茶，笑而不语。

“老稽，晚上我们请你吃大餐。”

“老稽，我们对你的崇拜就如长江之水滔滔不绝。”有位后生仔夸张地对唐科作陶醉状。

此时，唐科忍俊不禁，爽朗大笑。

今天是DF案终审判决书公布的日子，DF案从立案调查到收到终审判决书整整12年！税务界、法律界和各大媒体一直关注该案的判决。

“两万字的判决书，好复杂啊，你当年参加最高法辩论，一定很精彩吧……”大家问唐科。

“的确很精彩，好吧，讲讲当时法庭的精彩辩论——”

那是2015年6月29日，正当盛夏，才8点多，北京就已经骄阳似火。

北京最高法院石灰色的办公大楼庄严雄伟，八根石柱上方的国徽威严肃穆，在阳光照耀下熠熠生辉。

8点30分，我们在书记员的指引下按要求就座。

法庭上，三位身着蓝色法官制服，胸前佩戴国徽的法官坐在法官席上，审判长端坐法庭正中央，他年约五十岁，眉头紧皱，表情严肃，深深的法令纹刻在面颊上，显示出法官的威严——他就是中国行政法资深法官、大名鼎鼎的黎审判长，坐在他左右两边的分别是林审判员和耿审判员。

我方代表与原告分坐在法庭左右两侧。

我方坐在被告席上的诉讼代理人，是我局聘请的中国税务界大名鼎鼎的王律师，他担任总局常年法律顾问二十余年，这次他是以个人身份代理诉讼，在涉税案件方面久经沙场，应诉经验丰富。

坐在被告席上的还有参与该案一审、二审的张律师以及成局长。

我有幸与总局、省局、市稽查局领导一起参加旁听。

我一边整理手上的材料，一边深吸口气，暗暗地让自己怦怦直跳的心平静下来。

你们知道，DF 案从立案调查到最高法开庭审理已经走过了 9 年的漫长岁月！其中的曲折漫长、揪心熬人，没有经历过的人很难体会其中的艰辛。

开庭前，各级领导及同事们数日通宵达旦、加班加点准备应诉材料，向各级机关汇报，与律师商讨策略……我们自认为做足了开庭前的各种准备。

可是，DF 公司也使尽浑身解数，制造舆论导向、频繁向各大机关拜佛问路、还高薪聘请知名律师，能否胜诉，我的心还是悬在半空中……

“肃静！肃静！不准录音、不得大声喧哗……”书记员宣读法庭要求打断了我的思绪。

9 点整，随着审判长一声槌响，正式开庭审理了。

审判长：“本次开庭，围绕争论问题进行举证、质证和辩论。”

“本院查明事实与原审查明事实基本一致。”

“本庭描述的事实，双方是否认可？有没有补充……”

双方代理律师依次回答：“没有补充。”

审判长简要描述案件诉讼情况后，将争议焦点归纳为三点：“一是稽查局的独立执法主体资格问题；二是原告以拍卖成交价格作为计税依据申报纳税是否存在‘计税依据明显偏低，又无正当理由’情形；三是被告核定应纳税款后，加征滞纳金是否合法的问题。”

审判长：“是否同意本庭归纳的争议焦点？”

对方律师：“我方认为对方核定应纳税额超越法定职权。”

我方律师干脆答道：“没有。”

审判长似乎不太情愿地点头：“现在依次辩论。”

我当时对此很不理解，心想，质疑稽查局的执法资格？征管法很明确啦，需要拿出来辩论吗？根本就是在找茬。

林审判员被授权负责主持本次审理，他说：“本案需要调查的内容很多，双方发言控制在 5 分钟之内。”

“刀锋相见”的时候到了，我攥紧了拳头，期盼已久、也是最精彩的法庭辩论开始了！

第一回合 法庭智斗显神威 首次回合开局胜

林审判员："下面辩论关于税务稽查局是否有独立执法资格。"

只见对方律师先陈述："我方认为稽查局，不是适格的行政主体，1999 年 10 月最高院对福建省高院……的答复意见，认为税务局稽查分局是内设机构，不具有独立执法资格。"

王律师坚定地回应："2001 年修订后的税收征管法及 2002 年施行的实施细则，明确了省级以下税务局的稽查局具有行政主体资格。"

对方律师接着说："最高法的答复意见没有废止，应该有法律效力。"

王律师回答道："1999 年最高院对福建高院的答复意见只是对 2001 年修订前的税收征管法适用。"

我攥紧的拳头稍稍松动，为王律师的见招拆招暗暗叫好。

双方你来我往，一番激烈的唇枪舌剑……

"第一个回合，我方似乎占了一点点上风，开了个好头，接下来，加油！"我暗暗地给王律师鼓劲。

我瞧了瞧对方律师，发现对方并不为所动，似乎是早有所料，看样子对方知道在这个问题上做深究意义不大。

这时，林审判员示意下一个辩论问题。

第二回合 咄咄逼人来势汹 见招拆招化无形

林审判员："关于税务稽查局行使应纳税额核定权是否超越其职权问题。"

对方律师发问："稽查局超越职权，无权核定纳税人的应纳税额。"

"税收征管法实施细则规定：稽查局专司偷税、逃避追缴欠税、骗税、抗税案件的查处。"

对方律师越说越激动："本案不属于'偷、逃、骗、抗'的情形，稽查局无权查处。"

"稽查局的税务处理决定超越职权，决定无效，属于滥用职权。"对方律师的声音越来越大。

对方律师继续追问："请回答'专司'的定义。"

我心想，对方律师果真厉害，真能抓征管法的文字软肋啊！的确，对于征管法的"专司"一词，学术、法学、专家有不同的看法，的确争议很大。

我知道当时合肥市中院的二审判决书都认为长丰县地税稽查局做出的处

罚决定超越稽查局的法定职责，判税务机关败诉。

双方围绕征管法的“专司”一词展开激烈辩论。

王律师胸有成竹地回答：“‘专司’就是，‘只有’稽查局能够查处偷逃骗抗，税务征收机关不能做。”

“因此，我方未超越职权行使应纳税额核定权。”

我十分钦佩王律师的对答如流。我琢磨着，如果按对方律师理解的“专司”，稽查部门查处的一般税务违法案件，未定性偷税的，岂不是都应该移送征收机关处理呢？中国的文字博大精深，就这两个字都那么多解释，真麻烦……

对方律师：“只有征收机关才有核定权，稽查局无权核定。”

王律师：“税法明确的是税务机关有权核定，税务稽查局也是税务机关。”

…………

第三回合　高潮迭起意难平　刀光剑影不见血

一波未平，一波再起，还没来得及喘口气。

林审判员继续问道：“DF 公司以涉案房产的拍卖成交价格作为计税依据申报纳税是否存在‘计税依据明显偏低，又无正当理由’情形？”

对方律师又发起新一波攻势：“拍卖标的成交价格明显偏低，什么叫明显偏低？计税价格明显偏低的标准是什么？”

我一听，关键时刻到了，对方律师攻势凌厉啊，看王律师怎样接招，“计税依据明显偏低，又无正当理由”正是本案的核心争议所在。

的确，税法没明确规定价格明显偏低的标准。不过，王律师也不是吃干饭的，光凭这一问，就想把他问倒，怎么可能呢？我当时对王律师非常有信心。

王律师清了清嗓子答道：“税法的确没有明确规定，但其他法规有。”

王律师侃侃而谈，一连举了几个例子，“比如，《最高院关于适用〈合同法〉若干问题的解释（二）》第十九条就规定，对于合同法第七十四条规定的‘明显不合理的低价……’”

王律师接着说：“转让价格达不到市场交易价百分之七十的，一般可以视为明显不合理的低价……”

王律师一边说，一边扬手举起最新《契税申报明细表》证据，面向审判长，继续说：“你方拍卖标的位于城市中心，拍卖成交均价每平方米仅为两千三百余元。我方调查发现拍卖的写字楼仅为市场成交价格的四成，商铺不到三成，停车场甚至不到一成。”

“因此，我方认定拍卖成交价格明显偏低证据是充分的。”王律师的回答底气十足。

我终于理解为什么成局长在调查取证阶段反复强调证据不仅要完整，还要充分。

说起价格，那简直是泪流成河！我不禁想起那段到处走访调查楼盘，收集周边楼盘价格等证据材料的日子。

时光倒回到2009年，为比较周边楼盘价格，我们到拍卖标的周边的十几个楼盘收集证据，最后只采用8个楼盘作为最后的证据。

那段日子，天气也和案子一样，变幻无常，我们一个楼盘接一个楼盘地走访，有时候走得满脸灰尘，还被物业公司保安误当成是游民，差点被赶了出来……

皇天不负有心人，在分析对比12 000多个数据后，最终确定市场价格。我的思绪，被对方律师的声音打断。

对方律师理直气壮地大声说道：“为什么你们不采集距离我们最近的‘荔湾广场’数据，当时价格2 000多元一平方米，还未成交，我方拍卖楼盘价格，高于‘荔湾广场’价格，这怎么解释？”

王律师沉着应战：“‘荔湾广场’与你方拍卖房产不具有可比性，一是你方拍卖房产是甲级写字楼和商铺，而‘荔湾广场’是普通居民住宅和商铺；二是拍卖未成交，是因为产权不清，有长期租约；三是风水不好……”

对方律师马上反将一军：“为了证明拍卖房产价格偏低，你们不在周边找相似楼盘，宁愿到几公里以外的天河区采样，数据同样不可比。”

空气瞬间凝重了，我眼睛瞟了下坐在台上的审判长，只见审判长眉头的“川”字似乎更深了，他轻轻地摇了摇头，目光如炬，看着王律师，似乎在看王律师还有什么法子接招。

“糟了，怎么办？”我心头一紧：“在应诉预案里不是还有一点吗？王律师怎么不提啊？”

看到王律师被逼到墙角上，我也紧张得开始冒汗。这可是关键环节啊，这一环，不能输，计税价格输了，可能会满盘皆输啊，怎么办？

不能再犹豫了，作为案件的亲历者，我不能袖手旁观。我马上掏出笔，唰唰在纸上写了“房号1210”几个字，高高举起，示意王律师，但王律师低着头，似乎在认真思索。

此时，只见成局长悄悄递给王律师一张纸条和事先准备的证据材料。

王律师接过纸条看了看，顿时振作精神，面向审判长说：“请对方解释一下，2004年初，DF公司是否回购了1210单元写字楼，回购价多少？”

对方律师沉默不语，完全出乎其所料。

王律师一边举起证据材料，一边说：“写字楼回购成交价为13 000元一平方米，远高于拍卖成交价的 2 300 元一平方米，这就是证据。”

此时，对方律师哑口无言。

这个数据来之不易，当年检查时，企业刻意隐瞒这个回购交易事实。这次最高院提审期间，通过比对契税申报记录，再顺藤摸瓜，外调第三方证据，才发现还有这个被藏起来的交易。

我当时心想，DF 公司肯定是故意回避，有选择性地提供资料，才导致调查取证工作的艰难。

此时，只见审判长紧皱的眉头稍微松动了，我刚刚还怦怦直跳的心脏也平静了少许，看来这个回答切中对方要害，审判长总算满意了。

我的目光又转向王律师，他倒好像没事一样，金牌律师不愧是金牌律师啊。

我心想，预案中有这个材料啊，王律师可能是在北京，又是大律师，这些细节没注意到吧。

对方律师也不是吃素的，他不动声色，与旁边的公司代表交换了一下眼神，接着说道：“退一步说，你们认定拍卖成交价格偏低，但是按征管法第三十五条规定，且无正当理由的，才允许进行核定啊。”

“请问王律师，究竟什么理由才是正当理由？正当理由的标准何在？”

“总不能我们说正当理由，你们一句不正当，就给否掉了吧？没个标准，再多理由，又有什么用？怎么让人心服口服呢？”对方律师继续追问。

我心想，对方律师还真是老手，什么是正当理由，税法没有解释。这想归想，话还得说，辩论交锋讲气势，可不能怂。

对方律师继续问：“请问，银行债务到期，不断收到银行律师函，不处理资产，有被查封的风险，算不算正当理由？”

王律师马上接招：“拍卖有重大瑕疵：一是只有唯一竞买人；二是拍卖保证金门槛设置过高，拍卖保证金占拍卖保留价的比例高达 50%；三是拍卖保留价设置过低，明显不符合财产拍卖的惯常做法……”

对方律师马上说道：“只有一个竞买人，你方提供的依据是中拍行业协会的意见，不具有法律效力。”

“市工商局也没有说本次交易违法。”

对方律师继续说道：“至于，拍卖保证金占比高达 50%，达到 6 800 万元，并没有违反拍卖法的禁止性规定。”

“保留底价成交并没有违反拍卖法。”

王律师问道：“拍卖行透露底价给竞买者，你们为什么不过问？”

对方律师没有正面回答：“我方整个拍卖过程依法进行……”

“我们不以拍卖价格申报，用什么价格申报？”对方律师一连串的逼问来势汹汹。

我心想，节奏不对，王律师怎么完全是跟着对方节奏来，被动应答啊。

只见王律师捋捋思路，刚准备回答。

这时，审判长目光严峻，对着王律师说："请问 DF 公司的委托拍卖有没有违法?"

"拍卖过程有瑕疵。"

审判长继续追问："请问，拍卖过程是否违法?"

王律师沉默一会，说："拍卖过程有重大瑕疵。"

审判长更加严厉地问道："请回答'是'还是'不是'。"

王律师无言以对，审判长严厉地说："既然没有违法，算不算正当理由呢?"

审判长咄咄逼问，王律师只能反复强调拍卖过程有瑕疵，我为王律师捏了一把汗，心里特别难受，也为他鸣不平。

此时，王律师没有说话，似乎自信心受到了打击。

我心想，DF 公司精心策划的委托拍卖及持久诉讼，其实是"借道"解决兄弟之间的财产纠纷，因哥哥将 DF 公司 5 亿多元的资产，以 1 亿多元的价格卖给自己的前妻，涉嫌侵占其弟弟 2 亿多元财产，我们只是裹挟其中，进而引发税企十多年的纠纷，我们只是被动应战啊……

看来，这一轮，我们在"价格之辩"上稍稍占据上风，在"正当理由"上，则似乎处于下风，我不禁为接下来的回合捏了把汗。

第四回合　金牌律师惨遭怼　胜负未知择日定

林审判员："关于滞纳金收取是否合法问题。"

对方律师嘴角似乎都含了笑意，十分得意，他乘胜追击。

继续追问："我们依法拍卖，依法申报，取得了完税凭证。"

"你们未核定，未出具税务处理决定，我们怎么知道补缴多少税?"

王律师重整旗鼓，继续应战："根据税法规定，纳税义务发生日起次月 15 日内申报缴纳应缴税款，少缴税款是从滞纳税款之日起算。"

对方律师面向法官，补充说："在核定应纳税额之前，我方根本无法知晓税务机关如何处理，也不知道补缴多少税，何来滞纳金一说?"

话音刚落，林审判员盯着王律师说："你们调查 3 年，才得出现在这个核定价格，你让纳税人怎么交?"

审判长重复道："DF 公司怎么在这么短时间内算出应该缴纳的税款?"

在法官一连串的质问下，王律师沉默不语。

宽敞的法庭内显得十分安静……

我当时很无奈，心里嘀咕，为什么对方不合理之处，法官大人不问，反而老揪着我们的小辫子不放呢?

看来，法官保护行政相对人，对行政机关执法要求高，是其职责所在，成局长反复强调要充分取证、程序合法，这个时候才知道有多么重要。

这时，坐在审判长右边的耿审判员终于开口了：“请问，申请人和房产受让人拍卖前是否认识?”

这是耿审判员第一次开口询问。

我不禁窃喜，这位法官，不，应该是英姿飒爽、帅气逼人的法官大人，真是救命菩萨，拯救我们于水深火热之中啊！这个问题问得太及时了！

的确，在我们做出税务处理决定时，买卖双方均表示互不相识。

我记得是在二审判决前，市公安局经侦支队调查经济案件时，我们才掌握拍卖房产交易双方曾经是夫妻关系。

设想，如果检查阶段，我们能收集到这个证据，并能查实本次交易是资产间接转移给其子女，本案的性质可能发生重大改变，说不定会按《税收征管法》第六十三条定性为偷税……

果然，对方律师脸上突然惊慌了一下，虽然这表情是一闪而逝，但对于一直全神贯注看着对方面部表情的我来说，自然看得一清二楚。

对方律师不情愿地答道：“认识。”

耿审判员继续追问：“他们是什么关系?”

“以前是夫妻关系。”对方律师无可奈何答道。

“他们是什么时间办理的离婚手续?”耿审判员继续追问道。

这下，只见对方律师支支吾吾……

两个多小时惊心动魄的辩论终于结束了，我觉得时间过得真慢，似乎过了半个世纪……

随着砰的一声法槌声落下，审判长宣布：“本次审理结束，择日公开宣判。”

“法庭辩论太精彩啦，这四个回合辩论，第一和第二个回合发挥不错……”

“第三个回合，在价格方面，我们稍有优势，在正当理由上，似乎比较被动……”

“第四个回合，滞纳金的问题，似乎审判长比较感兴趣，政策依据应该没有问题的，可是采用核定，这种特殊情形，法官说的也不是没有道理……”

唐科把 DF 案法庭辩论过程慢条斯理、井井有条地讲完了，足足讲了一个多钟头，喝光了两壶茶。

大家两眼放光，聚精会神听完后，七嘴八舌地议论起来。

…………

正在这时，成局长踱步走来，微笑着说："终审判决尽管未百分之百认可我们的做法，但总体上对我们极为有利。"

"极为有利？可判决是撤销我们的税务处理决定啊。"大家不解地问。

成局长解释道："首先，判决书明确了稽查局的执法资格问题；其次，认可了拍卖成交价格明显偏低且无正当理由，稽查局可以核定；另外，明确了发现涉税问题的追溯期，是从立案时间起算，这三个都是法律界、学术界、专业人士争论不休的问题。"

成局长补充道："拍卖未违法，税务机关能否核定，是民法和税法的交叉点，合法有效的竞价结果不排除税收机关的核定权。"

"判决结果认可'收税'合法，但不加收滞纳金，我们是第一次听说。"大家议论道。

"本案能这样判决，关键是我们证据充分，执法程序无瑕疵。"唐科说。

成局长点点头："不仅如此，如果有廉政问题，我们会输得很惨。"

…………

上班的时间到了，大家都回到了各自的工作岗位上。

唐科推了推金丝眼镜，望向窗外，一棵高大的紫荆树映入窗来，紫红色的花朵争相开放，明媚的春光落在树叶上，树叶轻轻摇晃，泛起点点金光。

他深邃的目光中透着坚定的信念，无论道路多么曲折，只要方向正确，只要脚踏实地，就能看到前方的阳光，就会比站在原地更接近梦想！

终审判决书要旨：一是撤销稽查一局征收营业税滞纳金和堤围防护费滞纳金285万元的决定；二是责令稽查一局返还上述滞纳金，并按照同期中国人民银行公布的一年期人民币整存整取定期存款基准利率支付相应利息；三是驳回DF公司其他诉讼请求。

（作者单位：广州市地税局）

住在海边的卡夫卡

陆阳铭

一天早晨，卡夫卡从不安的睡梦中醒来，发现自己躺在床上变成了一只巨大的甲虫，但是床的四周是冰冷的铁栏，自己动弹不得。

“每个人都生活在自己背负的铁栅栏后面，毕竟那只是个梦。”卡夫卡不以为意地嘟哝了一句，起床后慵懒地推开门准备迈步出去。但他嘴中莫名地咀嚼着一句似曾熟悉的话，后味带着一丝丝阴涩，随即又摊了摊手自嘲道：“明明还只有三十岁，但最近老是莫名其妙地自言自语。”

八点的阳光微微有些晃眼但不失温暖，卡夫卡下意识地抬起手遮挡了一下。迈开几步，耳边传来清爽的海涛声。卡夫卡回望着自己拥有的一切：一所很小的房子，面朝大海，春暖花开。心中不自觉地感慨这日暖花好的一幕。于是他便漫无目的地走到海滩边，悠闲地散个步再吃早餐是他的习惯。

“嗯，房子虽然小了点，但是没有房贷月供。当然算不上扯淡的铁栅栏。”卡夫卡心满意足，但随即又开始自言自语：“人要生活，就一定要有信仰。信仰什么？相信一切事和一切时刻的合理的内在联系，相信生活作为整体将永远继续下去，相信最近的东西……”

突然卡夫卡只觉得脚下一黏，低头一看，崭新的沙滩鞋踩中一坨变形的“黄泥”，再一看六七米外，一只大海龟脖子伸得老长、两只大眼睛正瞪着他，那眼神仿佛带着挑衅：“看什么看？海龟不需要吃喝拉撒么？赶紧买你的彩票去！”

瞬间卡夫卡一阵急怒涌上心头，但最终又莫名其妙地蹦出一句话来：“人的主罪有二，其余皆由此而来：急躁和懒散。由于急躁，他们被逐出了天堂；由于懒散，他们再也回不去。”

“我什么时候变得这么有哲理了？”卡夫卡一惊，“没错，我不能急躁。我们都不知道，沉默包含了多少力量。咄咄逼人的进攻只是一种假象，一种诡计。人们常常用它在自己和世界面前掩饰弱点。真正持久的力量存在忍受中，只有软骨头才急躁粗暴，和陌生龟计较，会因此而丧失了人的尊严，而且这家伙是保护动物，揍它也许我还得交罚款。那家伙懒到不肯多爬几步去海里解决……但陌生龟，我也为它祝福，愿它有一个灿烂的前程——动物园铁栅栏。嘿嘿……”

人们惧怕自由和责任，所以人们宁愿藏身在自铸的樊笼中。但卡夫卡一直认为自己是个勇敢的人，所以他最终还是动手用沙子将那“黄泥”掩埋了。毕竟人只因承担责任才是自由的，这是生活的真谛。卡夫卡深以为然，自己绝对跟主罪懒惰无缘，在这片海滩上靠着一份救生员的神圣职业自食其力，到处都是“黄泥”的话，虽然有点天然的味道，但也绝对会影响自己的视觉感官。同时，也会影响游客数量，没游客了，光有日暖花好和小房子，吃喝怎么解决？曾经可是有个家伙说过，只要你口中有食，你就已经解决了当下的所有问题。不处理这堆“黄泥”，哪里还有自由？

用脚踩着那掩盖“黄泥”的沙滩打着节拍，卡夫卡觉得自己是幸福的，并且深刻理解这种幸福：一个人所站立的地面大小不超出他双足覆盖的面积。

“咳……”卡夫卡望了望那只海龟，还是将那口痰咽了下去，昂首挺胸骄傲地走开了。也可以认为他是爱护环境，守护他脚下的每一片土地。毕竟他是个有理想并且一直追逐着理想的青年。

海水缓缓地抚摸着卡夫卡的脚背，然后再轻轻地离去，很舒爽，卡夫卡忍不住大喊起来：“啊……”

“啊……呜……呜……啊……”远处海面传来一阵呜咽的回音。

“尽管人群拥挤，每个人都是沉默的、孤独的。当你站在我面前，看着我时，你知道我心里的悲伤吗？你知道你自己心里的悲伤吗？”这从自己嘴里脱口而出的深刻话语彻底让卡夫卡觉得自己精神分裂了，但只一秒钟卡夫卡就不以为然地自言自语道：“这纯粹就是扯淡，你看我处在空旷的海边还有人跟我回应，我并不孤独，我只是孤单而已，我祈求命运赐我个女人，每天早上陪我散步聊天，省得我老是自说自话。”说着卡夫卡转身就要离开。

“哗啦啦啦……”又是一阵声音传来，卡夫卡的视线转回海面，那只该死的海龟正推开水面，滑动四肢，奋力地向海中游去。但随着这一望，卡夫卡却突然发现平静的海洋不知何时变得狂躁，海浪层叠，太阳不知躲哪里去了，那平和的蓝色早已经变得青黑深邃。三十米外的海浪中，一个人隐约在挣扎着，而且看穿着应该是一个女人。

“当你站在我面前，看着我时，你知道我心里的悲伤吗？你知道你自己心里的悲伤吗？”虽然不是工作时间，但卡夫卡还是一边说着，一边蹬掉了沙滩鞋，快步踏着海水跑了出去。“原来是这个意思……虽然生命的意义在于它会停止，但是我希望它是下一个站点。我能不能别再废话了？嗯，时间很紧急，但我相信效率能够让人做到以前不曾做到的事情。”

说完，卡夫卡已经奋力扑入了躁动不安的海水当中。卡夫卡一直是个喜欢自由的人，所以，作为一个救生员他从来不惧怕承担责任，因此这一身水中功夫也是炉火纯青……

“呼……”卡夫卡躺在沙滩上，感受着突然又平静下去的海洋以及头上不知何时钻出来的太阳，卡夫卡突然咒骂道：“明明不是工作时间，那些混账的小说作者，为什么老是写什么高难度的英雄救美，没有救生圈，没有摩托艇就算了，为什么连个作者小时候游泳时用的塑料密封油壶都没有？难道有美女出现的地方就一定需要出现危险的场景吗？生活就避不开这些遭遇吗？”

“噗……咳……咳……”正在喘息平缓的被救女子听到卡夫卡的抱怨被呛到忍不住笑出声来，一双美丽的眼眸也笑成了一弯月儿。

“呼……还能笑，看来没事。”卡夫卡挣扎着站了起来，望着女子姣好的面容以及丰腴的身材有一刹那的失神与心动，这感觉是如此强烈，卡夫卡感觉自己沦陷了。没想到英雄救美的情节还是降临到了自己的头上，这一刻，他感觉自己的付出还是值得的，作者……啊不，命运的安排还是公平的。但他还是假装不经意地收回了眼神，转身捋了下湿漉漉的头发，然后缓缓离去。

走了十米，见身后还是没有反应（如果说，你是我最心爱的人，那么，这也许不是真正的爱情，爱情就是，我觉得你是把刀子，我用它搅动我的心。这话是他自己说的，所以命运也是这么安排的），卡夫卡的心感觉被什么搅动，忍不住转过身来问道：“我希望我这样一本正经地做出要离开的样子，会引起你的注意，你难道不打算配合一下吗？”

“噗……”回应卡夫卡的还是只有甜美的笑声。

结尾是什么？弗兰兹 · 卡夫卡说过：男人在追求“理想”的路上遇见一个女人，于是和她在一起，一切就都变成了为了这个女人，为了这个家！

如果海龟给你带来困扰，那你是会逃避，还是埋掉那坨“黄泥”？如果海龟让你看到机会，那你在遇见命运安排的自由美丽之前，会不会秉着善良而勇敢的心，跳入海中去追逐呢？

虽然卡夫卡是忧郁的，但你会感受到他说的话当中温暖的一面吗？

（作者单位：广东省地税局）

杨婆之死

马宏华

杨婆努力偏头朝着天井的方向，双目空洞、神志不清，实际已看不见具体的影像，也不知道自己想看见什么，她的喘息声越来越弱，呼吸越来越困难，捶顿着床板的双手也逐渐消停，耳边各种声音交杂：布置灵堂的、运送棺木的、啃咬苹果的、老二媳妇还在灶前煮肉汤的、幺儿子自言自语的……声音由大变小，影像由模糊变清晰，最后汇聚成一张笑吟吟的脸——那是走了几十年的老伴的脸……杨婆突然抬手想将老伴拉住，质问他当年为何忍心死去，将孤儿寡母抛下，让她后半生受了这些苦，自己脚下却如同踩空陷入万丈深渊一般，空中的手陡然落下，重重地砸在床板上，眼角的泪蜿蜒而下，便瞪大眼睛再也动不了……

杨婆死了。

在潮汕地区，死者为大是一种从思想到实践的执念。生前为善者，往生之后生者哀悼不绝；生前作恶多端的，盖棺论定之后更多的是入土为安的祝愿，一切怨念一笔勾销。潮汕人对死者的尊重宽恕，或源自对鬼神的敬畏，或发自心底的善良。葬礼，成了众多礼仪中最重要的一种。就算是杨婆这样卑微如尘的老人，也将拥有一场庄严隆重的葬礼。

十天前，入秋不久，杨婆突然摔倒在厕所里。她朝地板唾了一口，嘴里念着“大吉大利”，慢慢挪动着站起来，似乎并无大碍，便继续忙活午饭，等着傻儿子回家吃饭。下午收拾妥当打瞌睡，梦见了数十个鬼怪，有的拿着刀剑，有的搭乘汽车，冲着她来，她清楚地看见其中一个还躲在门后诡异地看着她。她吓出一身冷汗，醒过来发现全身乏力，动弹困难，勉强移动着爬起来，踉跄着又要摔倒，杨婆气恼地躺回去，气鼓鼓地侧着脑袋看向门外。杨婆 85 岁了，在这里住了 60 多年。家里是破旧的潮汕民居下山虎，曾经热闹喧哗，现在只是孤寂地住着她和自己的幺儿，墙角破落失修，已经有不少杂草钻出了调皮的脑袋，夕阳的余晖斜斜地从天井（下山虎民居采光的重要结构）照在东面房门上，拉得老长。

过了许久，杨婆的幺儿阿呆从外面游荡回来了，他今年 48 岁，是村里的老光棍。村里人都替杨婆不值，37 岁高龄生下来的这个傻儿子除了经常犯傻不说，还克死了杨婆的丈夫，更是让杨婆背负了大半生的“荡妇”虚名。杨婆姓杨，名字不详，打年轻时便天生丽质，腰肢盈盈可握，挑起水来风情万种。那时候稍有文化的人就冲这一点，加上其姓杨，骂她“水性杨花”。天生丽质如何自弃？杨婆隐忍着过好自己的日子。直到那年冬天，杨婆的丈夫患病，在家里一躺就是半年。家里的两个儿子嗷嗷待哺，杨婆独自撑起这个家，靠磨豆渣卖豆腐度日。那时候的杨婆已近不惑之年，然而风韵犹存，乡里一些不正经的男子又慷慨地赐名“豆腐西施”。在一个大清早，杨婆正摸黑准备磨豆子，就被歹人得了手，还意外怀上了阿呆。纸是包不住火的，很快就传开了，风言风语不在话下，杨婆的豆腐生意却出奇地好，从不买菜的大老爷们总是过来买两块豆腐搭个讪，女人们见了杨婆就像见了扫把星一样，谁都要唾一口，再骂一声“荡妇”。杨婆又气又怕，起早磨豆子经常吓得瑟瑟发抖，孩子都小，家里揭不开锅，她每天磨豆腐的时候，身边带着一把刀，还放出话，家里这样，她早晚得被生活逼死，谁想陪葬就来！杨婆的狠劲奏效，好不容易消停，那些邪念和不怀好意的嘲笑也逐渐被清清楚楚的饥饿感所取代，被风吹进岁月的小巷里。阿呆出生那一天，杨婆丈夫恰好去世。阿呆顺理成章地克死了自己生母的丈夫。

人的生命力是顽强的。杨婆一个人挑起整个家的重担，三个儿子饿得眼窝深陷，但总算没饿死。杨婆夜夜以泪洗面，只求三个孩子别出事。祸不单行，阿呆越大，越表现出与正常孩子的不同，他不是傻到完全不能自理，而是行为上有一种难以言表的怪，不怎么说话，但勤于微笑，直到二十几岁，更是极致：无论春夏秋冬总是穿着四五件捡来的衣服，男女装不限，五颜六色，常常是短袖穿在棉袄外面，头上戴着一顶棉线帽，见了谁都是乐呵呵的样子。有人说是死去的杨婆丈夫来报仇所致；有人说是阿呆在外玩耍从小被人打，打坏了脑袋；有人说这是大智若愚，柳镇要出大人物，总之众说纷纭。而阿呆并没有因为这些说法影响自己的心情，他永远会将自己“装扮”妥当出去玩，这边瞧瞧热闹，那边看看稀奇，最常去的地方是村里的伯公庙，他经常在那里发呆，对着上香的村民笑。当然也免不了被驱赶殴打。杨婆一开始会搂着满身伤痕的傻儿子哭得抽抽搭搭的，嘴里念着：“你个可怜人，咱娘俩一起去死了，也好称了你两个没良心哥哥的意，那些打你的歹人，不会有好下场，我的苦命儿哟！”后来杨婆自己也麻木了，只要他每天按时回来吃饭就好。自己坚持卖豆腐，人老了力气小了，石磨推得费劲，豆子磨不好，豆腐质感自然下降，生意越做越小，光顾她的顾客多半看她可怜。

杨婆摔倒的这一天，阿呆依然准时回来了，他站在黄昏里，阳光照着他黑黢黢的脸上密密麻麻的皱纹，就算岁月不饶人，常年风吹日晒使得他面容憔悴，但也遮掩不了他所遗传的杨婆的外貌基因——阿呆年轻的时候是个美男子。他揭开院落里灶台上的锅，发现空空如也，于是大踏步往里屋走，帽子上的铃铛叮当作响，密密匝匝的胡须上还沾着中午的青菜，嘴里含糊不清地叫着“娘，要吃”，还骂了几句粗话。他这时候才发现杨婆躺倒了，阿呆虽傻却是间歇性发作，时常望着天空发呆的时候显得比谁都睿智，他好像知道娘不对劲，拉扯着娘起来，拉不动。杨婆动弹不得，想开口说话也说不了，她心里咯噔一下，想想自己85岁高龄，怕是时日到了。她望着痴痴傻傻的幺儿，自己万死不辞，只是这个儿子怕是不久也要饿死，随自己而去，泪马上就下来了。阿呆见状，踉踉跄跄往外跑，不久就带来了一个临近的族亲。族亲关心了几句，怕担责任，就机智地拨通了杨婆两个儿子的电话。

大儿子是知青，扎根县城，娶了县里姑娘，今年马上就从单位退休了，很少回来；二儿子是农民工，在县城里当水泥工，只能勉强度日，咬紧牙关打死不回老家。两兄弟离得近，却跟仇人似的老死不相往来。族亲首先打通了大儿子的电话，电话里大儿子问："还能喝水吗，看着还能活几天？"答应尽快赶回来。二儿子的电话接通后，嘈杂声一片，好像是家里正在吵架，最后二儿子吼了一句："阿大知道吗？他是长子找他去！"

两天后，大儿子回来了，他方形脸，长着一颗痣格外醒目，叫了一辆救护车把杨婆拉到医院去，路上对着杨婆说："你这一生就只生了一个儿子！"阿呆在旁边陪着傻笑，他对大哥来救娘的命还是很感激的。医生说杨婆油尽灯枯，身体里的很多器官都坏了，回天乏力，只能是她想吃什么就给她吃什么了，并惊叹于之前她能正常照顾自己和幺儿。杨婆在医院输了一个星期的液，老大和阿呆守着，但更多时候是老大在旁边呼呼大睡，交代阿呆看见液体快没了就喊，起初他还担心阿呆会像往常一样溜出去玩，便假装睡觉观察。发现阿呆是个称职的帮手后，就放心地委以重任。杨婆的精神状态并没有随着输液的增多而好转，反而每况愈下，连眼睛都难得睁开一会；阿呆则恰恰相反，在病床前坐了几天不睡，精神抖擞！医生也感慨医学、生理学其实不能解释所有。输液第七天，二儿子扯着二媳妇赶过来了，还没进病房，二媳妇就大哭着"娘啊"，吓哭了隔壁病床的小孩。她是教书先生的女儿，若不是生活所逼，她必定能像大家闺秀那样活着，才不会像现在这样蓬头垢面，穿着地摊淘来的衣服。她的传统礼教告诉她：婆婆临终前不表示表示，她将会被世人唾弃。奈何情感上不能配合，她勉强哭喊了两句，也觉得演不下去，就停了下来。这边，甚少交谈的兄弟开始谈药费分摊事宜，二儿子一听一天的住院费就上千，气得大发雷霆。扭头冲杨婆说："娘，咱不治了好不好，儿子那点钱挥霍不起呀，回家好不好？"杨婆这一刻格外清醒，她知道虽然在这里也难逃一死，回家的话氧气瓶一拔，更是耗不了几个时辰就得见阎王，跟离了水的鱼一样。她看了看大儿子，看了看二儿子，又看了看阿呆，轻轻摇了摇头，表示不想回家，她不想那么快死。大儿子还是动了恻隐之心，扭过头去抹泪。老大其实不愿这样，但自己独自承担医药费，会被家里的婆娘责骂不说，自己私房钱也不够支付，加上与老二并无甚多感情。二儿子见状，睁着眼睛说瞎话，"好，娘您要回家，咱回家"。杨婆轻轻闭上了眼睛，被一辆救护车拉回去了，便开始了 18 个小时的垂死挣扎。

当地的习俗是红事请三请，白事自觉来。杨婆回家等死的消息一传出来，族亲们就陆续主动过来帮忙了。有的主张得先分遗产，有的主张得提前准备白事用品，有的则说着一两个段子逗大家笑。这里似乎成了一个临时的乡村俱乐部。杨婆在里屋躺着，时不时有一两个人来看看她，大儿子和他的孩子以及二儿子的一家都来了，只有那个这辈子都没见过几面的县城大媳妇称身体不舒服并未出现。有族亲背后议论说，听说老大的婆娘正四处旅游呢。杨婆忽略了大媳妇缺席这一层的不悦，只享受着前所未有的热闹，她希望这份热闹一直进行下去。

然而热闹确实一直在持续，筹备丧事是人声鼎沸好几个月的事情。只是杨婆能感受到的只有不到一天的时间，她依然没有见到大媳妇，也没有喝上二媳妇煮的肉汤，更没有看见老幺娶上媳妇而有人照顾，就撒手走了。

杨婆走得安静却不祥和，身边无一亲人目送，按当地的说法，这是她自己的修行。等到大儿子啃完苹果进屋，杨婆已经“走路”十几分钟了。大儿子扯过旁边的一件衣裳，轻轻将杨婆的面部盖上，便通知村里的司仪来主持丧事。大儿子的女儿胆子小，她穿着精致的衣裙，烫着洋气的卷发，已经是待字闺中的年龄，她一边与未婚夫发着微信语音，一边侧脸向门里看进去，只看到杨婆肿胀的脚，就吓得跑开了。关于这个农村的奶奶，她也不太熟悉，要不是老爸拉着，她说什么也不来。

整个丧事按传统习俗进行，给杨婆沐浴、换寿衣，买水（至亲子孙由族长带领，到水边舀水并投钱币，带回来洒在死者面上，寓意最后喝一次故乡的水）……出殡、做法事、旬七（十天一个旬，拜死者，一共十个旬，百日为限）。整个过程下来，杨婆就彻底与世告别了。阿呆似乎知道又似乎不知道这一切，每天都坐在院子里晒太阳，笑着看大家忙碌。这一天，帮忙丧事财务的族亲当着几兄弟的面将各项吊唁金收入及办事支出一核算，发现尚余几千元。二儿子松了一口气，当即喜笑颜开，笑得抬头纹都出来了，招呼着族亲喝茶。来帮忙的族亲都是义务劳动，轮流帮忙，更不可能贪污一分一毫，因为这是死者的钱。按传统，剩下的钱，子孙更不能瓜分，于是族亲建议，为杨婆择一处佳地，让杨婆的骨灰入土为安。兄弟应允，由于这次办丧事，老大老二也逐渐熟络。

同样是一个黄昏，老大赶回来准备次日为杨婆“做风水”，老二尾随而至。在这里，不少老实巴交的农民信奉“一德二行三风水”，所以就算老大入城多年，传统思想使他仍然重视风水传说。老二就更不在话下，他甚至幻想着将杨婆葬入一块“藏风聚水”的宝地，从此生活就会风生水起。这时，老二见没什么人，对着大哥欲言又止，最后说：“阿大兄，娘就生了两个半儿子，实际也就两个，这风水，交代先生按两份来做可好?”（做风水时，兄弟几人则按几份权衡，保证每一房都不亏损。）老大看了看院子里坐着的老幺，他正嚼着一条杂草。老大想着自己过几个月就要退休，日子过得也不是特别称心如意，心下一狠，就点了点头。墓地很快就做好了，懂看风水的老乡路过杨婆的墓地，都摇头：这风水对小房特别不利，阿呆可能很快要出事。

确实。杨婆走后，老大老二安心回城，似乎此事荡不起更多的涟漪。而阿呆靠着善心村民的接济，饱一顿，饿一顿，时常捡垃圾吃，已经瘦成了枯枝，但也还坚强地活着。他还是保持着微笑，只是走路的步伐很飘。没有了杨婆，他也不再准时回家，往更远的村落走走停停。杨婆院子里的杂草长得老高，阿呆渐渐没了音讯。

一年后，听饭后闲谈的村民讲，阿呆“发达”了，流浪的时候意外发现一名妇女寻短见，咿咿呀呀喊着劳作的农民将水中的妇女救了上来。原来这妇女是寡妇，丈夫去世后总有不怀好意的男人摸黑爬进她家院墙，就像几十年前杨婆遭遇的一样。这名妇女没有杨婆那么坚强，却遇见了坚强的杨婆的傻儿子。最后愿意收留阿呆报恩，嫁给阿呆。

从讲述的村民的语气里可以听出，他真心希望这个美好的故事可以延续。“阿呆傻了大半生，孤苦伶仃怪可怜。”马上有一个声音打断：“说不定傻人有傻福，他才是最聪明的人，你见过他哭吗？他一直在微笑。”

没错，他一直笑呵呵的，不论生活赋予了他什么。然而，这个世界，总归还是充满善意的。

这件事很快就传到阿呆两个兄弟的耳朵里。这一天，老大披着夕阳跪在杨婆坟前说：“娘，我一直谴责自己，幸好这风水不真。我会经常去杨村看弟弟的。柳镇的房子我已经委托族亲照看。您九泉之下可以安息了。”

月儿高高升起，弯弯的，像阿呆笑呵呵的眼睛，像杨婆年轻时轻扬的嘴角……

（作者单位：汕头市潮南区地税局）

破窗入室

黄世端

索居的穷困老人方伯家被盗窃一事，我是回到老家后才听闻的。

炎炎六月的一个周六上午，我一如往常地回到老家。年逾七旬的父亲独居乡下，这时他正在厨房用牛二镬炒菜，我搬张木凳坐在灶前，帮着烧火，灶膛通红，蒸汽弥漫，与柴火冒出的白烟混合，厨房里一片迷蒙。

父亲眯着眼，弓着腰，左手翻来覆去搅动镬铲，青菜熟得很快。父子俩杂七杂八地聊着乡村琐事，好一阵子，才听他谈到方伯家近日被盗一事，我好惊诧，这是多么骇人听闻的事件啊，还是破窗入室！

极简地吞下两碗白粥，我央求父亲和我一道去方伯家看看，不为惊奇，也有别的说不出的因由。

在村庄的东头，坎底下一间屋，为村中最穷困户方伯的家，前年，惠泽于泥砖房改造政府扶贫资金三万元，盖起了这座一层半的裸砖房。老人一百个儿子（当地俗语，“唯一”的意思）初中毕业随堂哥外出打工了，饿不着，饱不了，没见一毛钱寄回家，娶媳妇更是八字未见一撇。

妻子早逝，方伯凭一门医治奇难杂症的好手艺，为十乡八村上门求助的乡亲配送草药，酬劳听凭打发，有送些柴米油盐的，也有大方的主儿扔下三十五十块钱的，方伯过着清简的生活，远近皆知。

盗贼从一楼侧墙破窗而入，作案手法极其粗暴。从现场情况分析，盗贼至少使用了锤、钳、锹三种作案工具，又剪又撬又撞击，窗边的红砖碎撒了一地，令人不寒而栗。

方伯赤着上身，为我讲述贼人破窗入室的事件。

那天晚上，他依常到同村小弟家看电视，回到家时近十一点了，开门进屋，惊见衣物凌乱，一地狼藉，他惊恐地感觉到贼佬入屋了，慌忙出去呼喊五叔过来，帮忙清理现场，发现除了儿子刚寄回的 8 包“红双喜”不见了之外，没有贵重财物被窃，唯那扇被施暴的窗，让他一阵阵伤痛。

方伯苦笑着说，家空荡荡的，哪有什么可偷的呢，这天收的贼，可怜这扇窗，狼牙狗爪一般，看着心寒！

我到方伯家后，村中的人也三三两两围聚过来，有看热闹的，有同情的，有猎奇的，有骂盗贼的，有说如何修窗的，然而更多的人如我一样，纳闷着贼佬为何偏偏偷了家徒四壁的方伯家，这不是荒唐之事吗？

平日的乡村，静寞难耐，只要谁家发生了事情，就会被围观，被谈论，然后以最快的速度传播出去，各种版本，不胫而走，足够离奇古怪。

我悄然离开方伯的家，和父亲回到家，试图静下心思，但思索不止，这是怎样的贼啊，我百思不得其解，父亲亦唉声叹气。我忍不住了，开始与父亲对话。

“方伯有去派出所报警吗?”

“有什么可报？又没损失什么，再说，派出所会理这些小事吗?”

“怎么不会理，如果大家都不报警，盗贼就更大胆了!”

“等下我帮他去补报吧!”

“千万不可，人家自己都不去报呢。”

父亲竭力劝我休管别人家的闲事，我反驳他。

“你也一个人独住，万一也遭贼入屋咋办?”

他将头埋在膝下，默不作声，脸上流露一丝落寞，被我的眼神捕捉到，我感到一阵苍凉，农村有多少如方伯如父亲般的独居老人啊，儿女儿媳外出闯荡生活了，留下他们在老家独自生活，生活的艰难，可想而知。

我是听父亲的话呢，还是听从内心呢？眼前影影绰绰的，总是那扇面目狰狞的窗，不停地撞击着我的心。

第二日上午，我去了镇派出所。

一名年轻的值班辅警招呼我，他电话报告了上司。十来分钟后，一位年老的警察开着摩托车来了，他瞟了我一眼，问啥事啊，我说报警，他俩慢吞吞地从办公桌的抽屉里摸出一个笔录本，做笔录，一问一答，机械而麻木。

两名警方人员在得知方伯仅仅损失 8 包“红双喜”时，霎时显出不屑的神色，年老的警察开始发话了：

“几包烟报什么警呀，派出所无事干啊?”

“可是现场很可怕，村民人心惶惶!”

“为什么事主不来报案，你来?”

“他们知道你们不会管的，所以懒得报，我当然要来了!”

我义正词严，语含愤怒，两个警方人员百分之百是听出来了。

老警见此，不再与我说话，他一边收拾桌面的杂物，一边下逐客令：“你先回去吧，我们去一趟看看。”

我重返老家，村子里空荡荡的，像一只被掏空了五脏六腑的老动物，了无生机。

午饭时分，我的手机响了，老警打来的，说他们来了。一辆灯光忽闪忽闪的警车从村外游进来，像一条呆滞的木鱼。

我指引慢悠悠的警车，开到方伯家门前。

方伯很意外，半张着嘴巴，望着警察，然后望着我，似乎不大相信眼前的场景。我对警察说，这是村中贫穷的独居老人方伯，就是他的家被贼佬撬窗入屋了。

我领着老警，重新打量一遍方伯的家。

这几乎是一间孤独的楼房，坐落在坎底，有点寒碜，左边是几间旧屋，是疏堂叔伯的大屋，曾显赫于村，眼前蒿草萋萋，路径荒芜，主人在 20 世纪 80 年代末举家迁去江门了。右边是老祖屋，上下两座中间天井两皮横，从前人见人夸好风光，如今不值一提了。相隔二三十步，是方伯弟弟的三层高楼，方伯弟弟曾是小学校长，现已退休，儿子在中山开厂，忒有威望，村中的大小纠纷通常由他调停。毗邻他家的，是 1949 年前外来的朱姓兄弟的楼房，门面豪华，装修讲究，有供小车停泊的门坪，在村中是大户。

老警在被砸烂的窗口望了几眼，用食指和中指示意辅警拍照，然后踱步到方伯的房间，左看右看，旧式大床、瓮缸、矮凳、奉神的器皿和香烛等物什，一一掠过。老警倏地收住目光，明知故问：

“没丢失什么贵重的财物吧？”

“无值钱的钱物被偷，就是吓得一夜不敢睡。”

老警嗯嗯了两声，背着交叉手，带着辅警开车回去了，前后停留了不到二十分钟。

那时，方伯的屋前屋后再次围满了人，有过路佬，也在本村的，熙熙攘攘，有说看警察破案的，有说方伯有能耐请得来公安人员的，也有反驳的，说方伯无论如何也取不回来 8 包“红双喜”了。

事情悠悠过去了一个多月，派出所没有下文，当然，也没有人去问，连受害者方伯也不去理会。在这个小小的乡村，不时会发生一些新鲜事，比如谁家的媳妇与家婆吵架闹得喝药了，谁家的子女外出打工做了老板、买小车发达了，谁谁中了特码……

人事新陈代谢，是时代的铁律，让人不得不承认，不得不承受。

可是，我偏是个多事者，一直都是。以前，看见交通部门违规查车拖车，会去县治理“三乱”办举报；看见“电老虎”部门欺压百姓，会去县“三讲”办投诉……

性情使然，注定我会关注方伯家被破窗入室事件的下落。先是打了几次电话到派出所，回答说仍在侦查，未有结果，不过很快会有的，这不是很简单的事情吗？问题是，方伯失窃案值太微，按轻重缓急处理，所里的警力紧缺，得等。

然后，我再去找村委，村委会是何态度呢？

村委地处镇区的一条大路旁，两幢并列三层楼房，这几年扶贫也扶到这个不算贫困的村委本部了，村委重装了门面，富丽堂皇。一楼出租给卖猪饲料和母猪产床的，门口张贴的广告让人想入非非。

我罕有踏入本村最高的办事机构，上一次是为中风留下后遗症的堂哥申请低保央求书记盖大印，那时村委外墙还是石头做的，书记热情招呼我，喝了三杯茶后，申请表上终于盖下了村委的大印，分文不取，让我感恩戴德。

回想过去，我满怀信心地爬到二楼，每个办公室都焕然一新，写字楼模样，书记办公室的招牌金光闪闪。

我轻轻敲了三声，里面不见反应，我转身，见隔壁的会议室在开会，我脚步轻盈走过，书记看见我，走了出来，问我有什么事，我激动地说有件事要请书记解决，于是极简地向书记做了汇报，他脸上露出不快，打断了我的话，说眼下高速公路征地、精准扶贫是村委的头等大事，任务繁重，方伯那件小事以后再说吧，我说方伯的窗还没装呢，不安全，过路人也评评点点，书记说等派出所破案抓到贼后自然会解决的，让我别操心了。我只得怏怏而回。

时间过得真快啊，不知不觉三个月过去了，派出所按照警情轻重缓急处理警务，治安刑事案件推陈出新，方伯家被盗窃案的侦查变得遥遥无期。村委的头等大事也在如火如荼地开展，无暇过问方伯的芝麻绿豆事。

乡村一如平常，一潭死水，没有游鱼，也没有石头激起涟漪，而方伯的窗依然狰狞恐怖，与乡村的情景极不协调，仿佛警示着麻木的村民，这里的确发生了案件，还离奇古怪地发生在这贫穷独居老人的家。

这世界怎么啦，日本作家村上春树说过，世界上看上去明明不可能发生的事情，却真真实实地发生了，一些看上去明明可能发生的事情，却始终没有发生。

我，依然是我，得活着，得工作，每天被繁重的工作事务包围着，疲于奔命。生活中如同电视剧那样狗血的糗事，让人喘不过气来。角色不时转换，让人忘了自己是谁，好困惑。

每月的某个周末回老家，我依然会跑去看望方伯，并看看他家的窗。雨季来临，伤痕累累的不锈钢窗，在持续的雨淋下，变得锈痕斑斑，一如这屋的主人，贫困独居，遭遇贼佬破窗入室，愈加黯然，往往怔怔地望着那扇窗，无人知道他在想什么。事件发生不过数月，这个场所已经蒙上了带有宿命感的荒凉面影，笼罩在烟雨一样令人窒息的氛围下。

…………

见到她时，是八月接近尾声了。由于两场台风掠过，这几天从早到晚雨下个不停，令人郁闷。这个时节的雨，正把打下烙印的夏日记忆一点点冲掉，流向未知的未来。

那天是周六，上午九点，我们相约在同城一家四星级酒店十二层的一间湖景房见面。她是我高中同窗，是地市日报负责“百姓大小事”栏目的编辑，主要任务是搜罗和编发百姓故事，反映百姓的喜怒哀乐，工作并不需怎么动脑，但须有固定的通讯员源源不断地制造剧情，她得不时地联络他们，而通讯员们也迫切希望上稿。这世间的人情，总是要相互扶持，才显得美好。

说着说着，她突然提起方伯家被入室盗窃事件，我已经忽略了许久，今天被她重提，颇感意外。她为何知道这件事呢？我不自觉地挠起头来。

事情的原委，她是从一位同学转发我的微信信息得知的，我在朋友圈晒过发生在方伯家的似乎荒诞不经之事。事情有时富于戏剧性，这位老同学按图索骥，便找到了本人。既如此，我索性一五一十地将事情倒出来，她飞快地记录着。

一周后，日报“百姓大小事”栏目刊载了方伯不幸的遭遇，还配了现场图片，占据了大半个版面，文章还强调了事件未被相关部门重视，案件仍未侦破。

我第一时间读到报纸，文字很有感染力，也易引起读者共鸣，是近年来难得的好题材，引起了较大的社会反响，市领导还特别作了批示，公安部门的领导找到了她，再找到我。

事情的结局，有时会出人意料，啼笑皆非。

忽一日，从本市电视新闻看到，我市破获一宗乡村连续破门（窗）入室盗窃案，涉案范围很广，包括方伯所在的镇村，这是多么振奋人心的消息！

我兴奋地迅速回了一趟家乡，迫不及待地将这一喜讯告知方伯。方伯却面无表情，呆滞地望着破窗，我猜不透他所思，倏时将我的喜悦打住。

一个晴空万里的秋日，乡村再次响起了警笛声，两辆警车呼啸而来。数名刑警押着两名少年盗窃嫌疑犯，缓缓走向方伯的家，盗贼在作案场所，对破窗入室事件供认不讳。

方伯看到那名老警和辅警也来了，他们神气极了，飘飘然的样子。村民群情激昂，喜出望外，村子里几条黄狗也摇着尾巴，跟着兴高采烈起来。事件似乎完美收官。公安部门扬眉吐气了，村委书记也下到方伯家套近乎。

时间会让人淡忘一切，人们对于村子发生过的破窗入室案件已经渐渐忘得一干二净。村子路边一度葳蕤的杂草，已渐渐枯萎，村子将进入冬的景象了。

方伯的窗彻底破了，再也不可能修复。

（作者单位：阳江市阳春市地税局）

有温度的手机维修店

汤玉枝

我叫王飞，来自重庆山城，今年25岁。5年前独自来到东莞闯荡，干过各种活，最后认识了一名热心的师傅，习得一门小手艺，现经营一家手机维修店。

维修店门面比较小，坐落在繁华的街道，业务量还可以。守着师傅留下的小店，虽然赚不了大钱，却让我找到了一份生活的寄托与淡然。每天坐在店里，面对一个又一个陌生人的短暂停留，他们还是他们，我还是我，只是轻轻地经过我身边，给我留下了一个又一个的故事而已。时间长了，发现手机就像一张网，把我们与身边的人紧紧地网起来，越是想逃离，越是逃不开。

一直不响的手机

那天，我起了个早，想着吃个早餐早点开店，下午可以提前下班跟朋友吃饭，没想到有人比我还早。八点到店的时候，已经有个老奶奶在门口坐着。老奶奶顶着一头灰头发，穿着一件米白短袖衬衫，裤子是黑色的大叉裤裙，脚上穿着一双褐色的小皮鞋，给人感觉干净整洁。坐在我店铺的石阶上，旁边放着一支拐杖，右手拿着一把大葵扇，左手拿着一部华为触屏手机，额头冒着汗珠。

刚开始，我以为老奶奶只是晨运累了，在我小店门口休息。等我把门打开，老奶奶快步走到我跟前："小伙子，麻烦你帮我看一下手机。"我这才知道原来她是一大早过来修手机的。

我拿起手机检查了一遍，说："老奶奶，手机没有问题啊。"

老奶奶开始有点着急了："没可能啊，你再给我看一下。"

无奈之下，我又里里外外检测了一遍。"老奶奶，手机真的没有问题呢，而且这款手机还是最近半年才发布的，各方面性能都很好呢。"

没想到，我刚说完，老奶奶哗地哭起来了："小伙子，肯定是你搞错了，我手机一定是坏了，不然我儿子没可能给我买手机，又不给我打电话啊。我都等了三个月了，他一个电话都没有打给我，一定是手机坏了。"

这么一听，我恍然大悟。给老奶奶搬了一张椅子，让她坐下来。看着她佝偻的身躯越弯越低，手背擦拭着眼角的泪水。

原来，老奶奶有一儿一女，儿子大学毕业去了武汉工作，娶了个武汉媳妇，就继续在那边发展。女儿两年前嫁到江门那边去了，育有一女。儿女自从成家后，就很少回来，基本上是逢年过节才见上一面。好在之前还有老伴陪着，天天可以一起去喝茶、买菜、散步、跳广场舞。可惜好景不长，就在去年，老伴中风入院，之后就再也没有回来了。

今年春节的时候，儿子给老奶奶买了一个手机，说会给老奶奶打电话。可这一等就是三个月，手机一直有充电，就是从来没有响。

现在，家里空荡荡的，只有电视机的声音、炒菜的声音、喝水的声音、走路的声音、呼吸的声音……

我不知道该怎么回应老奶奶，只是默默地给她递上一杯水和一张纸巾。

那天晚上，我拿起手机，给妈妈打了一通电话，第一句话是："妈，我想你了。"

遗留在人间的手机

他，是第一个跑来我店里却不修手机的人，也是在小店逗留时间最长的人。那段时间天气酷热，仿佛整个大地都要烤干了。路面冒着热气，远远望去，高楼歪歪斜斜，仿如海市蜃楼。他从烈日中走来，皮肤黝黑，身材矮小，眼睛深深凹进去，脸上带着岁月的沧桑，大概四十岁。头上顶着黄色的安全帽，穿着深灰色的短袖上衣，黑色长裤，裤脚微卷，脚上穿着一双行军鞋，鞋子上沾有泥土。

他来到我跟前，第一句话是："小伙子，有没有见过这个男孩?"我本想说："我这里是修手机的，找人的话麻烦去公安局问。"当我认真看了一眼他手中的相片时，才发现他找的那个男孩就是昨晚醉醺醺过来修手机的男孩。出于谨慎，我应了一句："请问您是他什么人呢?"他说："我是他父亲，已经很多天没见到他了，所以出来找他。"仔细一看，大叔和昨晚那个男孩确实有几分相似。看着他真挚的眼神，我告诉他，那男孩昨天来修手机了，今天应该会来取。大叔取下帽子，蹲在我店门口，从中午等到傍晚。那天，男孩没有出现，大叔有点失望。看着他的背影消失在黑夜中，我的心颤了一下。

第二天，大叔一早又来了。太阳依然不留情面地炙烤着大地，我招呼他进来坐下。大叔带着一种天生的淳朴气息，默默地坐在我旁边，一声不响。受不了这种沉默，我开口问他："大叔，你孩子多大了?"就这样，大叔像突然打开的水龙头，诉说着孩子这么多年的点点滴滴。我想那天估计是大叔这辈子话说得最多的一天。

大叔是江西人，从小生活在农村，之前一直靠着务农过日子。婚后育有一儿一女，儿子最小，取名刘彬。上有父母，下有儿女，务农的微薄收入显然已经无法解决整个家庭的温饱问题。作为家里的支柱，夫妻俩在小儿子出生半年后，毅然选择到广东打工。因为没有文化，所以只能在工地做苦力，从此开始了十几年的工地、棚架两点一线的生活。长期以来日晒雨淋，居无定所。虽然辛苦，但是他们很开心。因为通过努力，他们正在慢慢地改善家人的生活。夫妻俩也是工地里公认的模范夫妻——勤劳节俭、相亲相爱。每个月辛辛苦苦攒的钱，留下基本生活所需，就全部给老家汇过去。自己穿的依旧是几年前的衣服，却每次回家都给父母和儿女带上新衣服和各种好吃的。

经过十五年的打拼，他们终于有了一点积蓄，决定在东莞租个小房子，把儿女从老家接过来。一心想着过上阖家团聚、欢乐融融的生活，然而现实却给了他重重的一击。大叔从来没想过十五年的留守生活对儿子产生了怎样的影响，他以为只要定期寄钱回家解决孩子的生活问题，孩子就会想念他，孩子就会爱他。没想到分离导致的疏远，新环境催生的诱惑，带给这个家庭的是一个重大的考验。从乡村到城市，保守到开放，有多少诱惑，有多少冲击，或许只有真正经历过的人才会懂，而刘彬就是其中一员。长期分离，让那根名为爱的缰绳显得太单薄了，刘彬如野马，脱绳而狂奔，累了也不愿回家。逃学、泡网吧、夜不归家、聚众搞事、抽烟酗酒成了刘彬的日常生活，痛斥、流泪相劝、夜夜寻子成了大叔的日常。

最近与家人大闹一场后，刘彬就离家出走了，电话不接，家也不回。大叔天天着急，下班就到处找刘彬，他也是通过朋友才得知刘彬把手机放在我店里维修。与其大海捞针，还不如守株待兔，所以大叔这两天就时刻待在我的店铺里。第二天，刘彬还是没有出现，店铺关门的时候我对大叔说："要不你儿子来的时候，我打电话给你吧，你就不用等那么长时间。"大叔婉言拒绝："我还是亲自过来等吧，不然你打电话给我的时候，估计刘彬又跑了，我就不知道去哪里找他了。至少他手机在你这里，我还有个盼头。等我找到他，我们一家人就回江西生活。明天见，小伙子，谢谢你。"

说好的明天见没有如期而至，第三天、第四天、第五天……我都没见到大叔，我在想或许他们已经回江西生活了。没想到半年后，一个大雨滂沱的夜晚，大叔再次出现在我的店铺门口。这次他满头白发，面容憔悴。"小伙子，我儿子不在了，可以把他的手机给我作个留念吗?"他语气平缓，却又像是用尽力气说出来的这句话，这是我听到他说的最后一句话。

我无意去猜测发生了什么事情，但他的悲伤已经让我有点不知所措。我默默地把在这里躺了半年的手机拿给他，目送他的身影消失在雨中。

十四年的老手机

那天，一个阿姨过来修手机，她是我见过的最优雅的客户，也是手机和身份最不搭配的一个客户。她看上去四五十岁，皮肤白皙，化着淡妆，保养甚好，头发微卷及肩，穿着一身淡绿色的连衣裙，手里提着一个 COACH 小包，脚上穿着一双黑色低跟小皮鞋。她来到我跟前，从包里掏出一台老款的诺基亚手机。

“小伙子，我手机用了十几年了，一直好好的，今天突然黑屏打不开了，你可以帮我看看是怎么回事吗?”

我接过手机一看，诺基亚 E1100 款，2003 年上市，确实有十几年了。“阿姨，这个手机年份太久远了，不知道可不可以修哦，如果坏的配件已经停产就没办法了。”

阿姨有点着急：“小伙子，你一定要帮我修好啊，多少钱都没问题。”

见她如此珍视，想必也是一台有故事的手机。本着敬业精神，我认真地对手机进行了全面的检测。

“铃铃铃铃”，阿姨从包里拿出来一台红色的 iPhone7s，“喂，阿俊啊，我现在在手机维修店哦，我的旧手机坏了，所以拿出来修。你们明天过来是吧?好，那我多买点菜，明天见哦，拜拜”。

挂了电话后，阿姨一直盯着我，那眼神恨不得我立刻就把手机修好。我被她盯得浑身不自在，只好舒缓一下气氛。

“阿姨，你都买了苹果最新款的手机了，这个旧款的诺基亚手机怎么还在用啊?”

阿姨轻轻地说：“小伙子，你不懂。你们年轻人东西坏了就想着换，而我们老人家东西坏了就想着修。老东西带着我们的记忆，承载着岁月的情感，丢了就没有了。”

阿姨的脸上带着淡淡的忧伤，“这个手机是我的第一台手机，里面存着我和老公这十几年来的短信。我老公现在不在了，这是他在这个世界上留给我的最珍贵的东西。手机虽然老旧，对我来说就是第二生命。每天打开手机翻看一下短信，已经成了我生活的一部分。从昨天开始手机黑屏，突然感觉里面的短信如碎片，一点一点掉进时间的黑洞，让我觉得好害怕。所以你一定要帮我修好它啊，拜托了。”

说着说着，阿姨突然从钱包里拿出来一张黑白相片，相片四周有点发黄，却很平整清晰。相片里，她先生穿着一身黑色西装，打着领带，梳着一个整齐的发型，高大俊朗。阿姨穿着一身淡色的分体小礼服，头上披着一层薄薄的头纱。两人偎依而坐，含情对望，满脸的幸福。她很珍视地把相片给我看了一下，我还给她的时候，她有点出神。

原来，阿姨年轻的时候是大家闺秀，出身书香世家。读书的时候，认识了她的先生，一个英俊上进的穷小子，从此便不可自拔地坠入爱河。后来两人不顾家人反对，大胆裸婚。没有了家人的支持，他们刚结婚那几年过得很辛苦，租住一个50平方米的小房子，后来有了两个女儿一个儿子。虽然生活艰苦，但她丈夫却从没让她出去工作，只让她在家里料理家事和照顾小孩。

这么多年，唯一不变的是叔叔对阿姨的爱。叔叔一直努力工作，努力让一家人过上好日子。十几年后，叔叔终于熬出头，从一个工厂的小技术员，最后成为几家公司的大老板。好日子带来的是更加繁忙的工作，他们聚少离多。即使出差在外，叔叔也会每天给阿姨打一通电话，发一条晚安信息。

叔叔答应她，到了五十岁就退休，把事业交给儿子打理，两人一起过清静的日子。只可惜，承诺还没来得及兑现，阿姨却等来一个噩耗：由于常年操劳，才四十五岁的叔叔已是癌症晚期，发现的时候已经无力回天。

阿姨用了两年时间，才一步一步从悲伤中走出来。后来，她把结婚时租的小房子买了下来，重新装修成当年的模样，自己一个人搬进去住。

有人说阿姨活在回忆里面，止步不前。有儿有孙，有好生活不过，偏偏过起了独居生活。或许只有她自己才知道，那是因为爱，所以才有勇气带着美好的回忆活着。

手机很快就修好了，只是电池老化，要换个电池而已。当我把手机交到阿姨手上的时候，她终于松了一口气。

（作者单位：东莞市地税局凤岗税务分局）

信访人

林秀芬

天微微亮，他从梦魇中醒来，打开床头灯，让那盏 8 瓦特的节能灯照亮他的整个世界。

他凭着那颗不再易感的心预感到今天将是平常无奇的一天，就像沙漏慢慢流淌，留不下什么值得纪念的东西。二十年又五个月，生命的三分之一，能让他记住的只有一张又一张苦涩的脸和没完没了的纠缠，他甚至无法理解这样的生命到底有什么意义。

“真是造化的神乎其神。”他不无讽刺地对着那盏 8 瓦特节能灯感叹道，然后像抛弃全世界似的起床洗漱，读了一会儿卡夫卡的《变形记》，想象如果有一天他也变成一只甲虫，他的生命会不会更有意义。

“起码不用跟文明社会的各种秩序纠缠不休，夹杂着虚伪的礼仪、无聊透顶的规则、等级森严的头衔。”这样的念头让他心酸，他抬头望着远方，仿佛在寻找一个目标。远方，什么也没有，却勾起他对昨日的回忆。

就在昨天，那个女人出现在他的面前时，他毫无预感。她直愣愣地站在他的面前，他根本看不出她的实际年龄，头发花白，两眼浮肿，可双手细腻，仿佛停留在花季荫翳里的新竹兰。他凭着天赐的职业敏感看出她是位难缠的主。明摆着的，她已经做好了准备。“我是走投无路才到这儿来的。”这是她的第一句话，然后下定决心似的盯着他看，活像他是因爱成恨的旧情人。他尽量露出自然的笑容，请她坐，给她递了杯茶。单位推出了“三个一”服务：一张笑脸，一张椅子，一杯热茶。她喝茶时翘起了兰花指，端庄而优雅，仿佛在完成一种宗教仪式。

放下茶杯后，她开始絮絮叨叨，带着一口浓郁的地方口音。“我们原来是同乡，当年他家一贫如洗，如果不是我，他应该已经饿死了，是的，估计他已经饿死了。他是个忘恩负义的饭铲头。知道什么是饭铲头吗？——一种毒蛇。”有些话他没记，只是巧妙地用笔尖戳笔记本而已，那些细小的洞，不深也不浅，如美人嘴角的小酒窝。很多年前，他就在各种各样的记录中养成一个不好不坏的习惯：在笔记本戳洞，有时戳成泪水的样子，有时戳成潺潺小溪。这是他的秘密花园，充满他的心情和遐想的故事。两个小时过去了，她依然没有停止的意思，仿佛进入无限循环的困境里，不可自拔。实际上她要表达的内容十句话就完全可以说清：她跟她至亲至爱的邻居合作承建了一个本地区的道路滑坡工程，后来因为利润分配不均两人反目成仇，对簿公堂。这世界，为什么成仇的人大多是从爱开始的呢？他嘘唏道，但没有跟她分享他的疑惑。他永远记得二十多岁时他上司对他说过的一句话：那些多余的富有感情色彩的话吞在肚子里好了，它只会给你添乱。多年的工作经验告诉他，这话接近真理。她活像一条咬着自己不放的蛇，对自己的痛穷追不舍，疲惫不堪。她离开时，活像认定他们之间的较量才刚刚开始似的。他跟她素不相识，何来什么较量？

回忆像一次反刍，酸甜苦辣已经变得模糊，剩下黏糊糊的无奈在心中涌动。

他走在上班的路上，三角梅开了一路，为这城市锦上添花。南方的城市似乎永远没有严寒，哪怕在冬季，街道两旁总是春意盎然，木兰花、巴西风铃木、四季海棠、凤凰树、炮仗花交替绽放。一个身穿幼儿园海军服的小女孩牵着她妈妈的手，在马路上一蹦一跳。她问她妈妈圣诞老人是不是只能从烟囱里给小朋友送礼物，家里没有烟囱怎么办。她妈妈告诉她圣诞老人只是传说，这世界没有圣诞老人。那小姑娘有些伤心，说明明有，很多小朋友都收到礼物了。“快，宝贝，我们要迟到了。”女人加快了脚步，没有理会小女孩和喜欢烟囱的圣诞老人；一位梳马尾的城市白领一路走一路吃着油条豆浆，她的影子被朝阳拉得很长，仿佛在陆上游泳的美人鱼；卖煎饼果子的小贩边表演他的手艺边问客人要辣的还是不辣的。街道一副妙不可言的样子让他心情愉悦，他一直坚持走路上班并非他朋友所以为的是为了健康，为的是捕捉一种心境——与谁都无关的散漫和自由自在。

到了单位门前，他看了一眼蹲在阶梯右侧的石狮子。那头石狮子，向全世界露出它的生殖器，一派悠然自得的样子。他蓦然想起清早起来看的《变形记》，他很疑惑一个人怎么会无端端变成一只巨型甲壳虫。“很有可能，格里高尔本人就很愿意变成一只甲壳虫，毕竟生活压力太大。只可惜，他身体变了，但人的灵魂还在。”他为格里高尔感到难过。

他刚踏进办公室就看到昨天的女人，坐在昨天她坐的位置上，依然是头发花白，两眼浮肿。

他跟她打了声招呼，分毫不差地送上“三个一”服务：一张笑脸，一张椅子，一杯热茶。路上如火的三角梅和妙不可言的美人鱼如潮水一般退到了意识之外。

“同志，你们一定要把这个恶棍抓起来，送到监狱去，那是他该待的地方。”她似乎将这话打磨了一夜，字字蕴藏着金属味道。

他告诉她这是信访部门，没权把谁送进监狱里，但她不相信，“你们不是为人民服务吗？”她端起茶杯，同样的端庄优雅。

“你们打算怎么处理他？”她像个谈判专家，表情里充满阴晴不定的招数。

他将条例里的程序陈述了一遍，一气呵成。那些枯燥的条例他烂熟于心，这是他的武器，是使自己免于陷入不知所措的泥潭当中的尚方宝剑。它不是屡试不爽，比如这次，女人寒剑一般直视他的眼睛，仿佛要给他致命一击。

“不要跟我说这些无用的，我只想知道你们抓他还是不抓他。”

她的眼泪流出来了，水到渠成一般。这样的场面他司空见惯，他递了张纸巾给她，算是额外的第四个服务：一张擦鼻涕的纸。

那张纸巾洁白而飘逸，活像刚从森林里飞出的一片新羽毛。

她用尽了丹田之力，将鼻腔里的淤塞一通到底，他们俩都同时舒了口气。

他告诉她事情没这么简单，得要先调查。

“这不是很清楚吗?”

“这只是您的一面之词。”

“怎么可能是一面之词？我现在已经是一无所有了，我不怕跟谁同归于尽的。”她像在发誓，更像在威胁他。

“女士，我们得要时间去调查。”他再次重申那些庄重而苍白的条文，他只想让她明白他的苦衷，他只是一名信访员而已。

她没有让他如愿，说要见“能说话算数的”。

又来这一招！多少年了，人们总是用这种方式提醒他：他说话没有屁用。他企图向她解释谁也无权凌驾于法律之上，就算是领导也要依法办事。

“你要对你说过的话负责。”她提醒道。

他不知道自己在说些什么，只想让她死了这份心。

她冷笑了一声，转身离开。他长长舒了口气，好歹离开了。他上班到现在还来不及喝上一口水，思绪一直在跟着这女人的表情走。他将刚才放在女人面前的一次性水杯扔进垃圾桶里，然后整理了一下衣服，打算给自己泡杯咖啡，咖啡能帮他驱逐心中的悲伤。

一个电话打破了他的节奏，是前台服务员的电话，请他去局长办公室一趟。他意识到今天的预感似乎出了差错，那女人已经像鬼影一样骗过了前台潜进了局长办公室。他发现他的双手慢慢变凉，如失血过多般冰凉。

整个世界仿佛进入一种古怪的无序状态，一切都出乎意料，一切都不可逆转。一年快过去了，他得面临年终考核，这不可饶恕的意外很有可能让他一年的努力功亏一篑。

“请马上到。”女孩的声音甜美而清脆，仿佛爱唱歌的百灵鸟。他无心领略这些风景，放下电话直接上三楼。他的办公室与局长办公室只隔了一层，但他仿佛经历了九重天，每一步都得冲破难以名状的无形压力。

当他终于登上三楼，站在局长办公室的门前，发现自己像攀登珠峰似的感到虚脱。他做了深呼吸，以便稳住那慌乱的心跳，敲了敲那扇朱红色的神圣的门，走进局长办公室。局长看了他一眼，那无法捉摸的眼神，仿佛他来得不是时候似的。那女人也看了他一眼，一副胜利者的表情。他按局长指定的位置坐下，背对着门，他有些不是滋味，还有不到十年他就退休了，他还得按比他年轻很多的人指定的位置坐，并且是当着一个女人的面。

他尽可能详尽而不浪费时间地描述这个女人出现的前因后果，从昨天开始。那女人很安静，仿佛在专注倾听一段别人的故事。但当他再一次重申相关条例时，她爆发了，如洪水一般。“我就想知道你们怎么处理他，什么时候处理。废话我已经听得太多了。”

她又絮絮叨叨着她的冤屈，从她在老家那纯洁的友谊说起。

局长不耐烦了，频频看着手表上的时间。

“女士，我们很同情你，但程序也很重要，我们要相信法律。”局长下起了逐客令，彬彬有礼，又不容置疑，他告诉她他得开会去了。

女人有些失望，但对权力仿佛怀有一种莫名其妙的敬畏之心，含着眼泪离开了局长办公室。局长跟他同时舒了口气，仿佛被勒紧的腰带放松了一格。局长年轻有为，得体的衣服一丝不苟地衬映着他成功人士的形象。

沉默了一会后，局长语重心长地跟他讲述“三个一”服务的理念和深远意义。“它不单是形式，更是一种态度。不要小看不起眼的东西，西方有句谚语：魔鬼住在细节里。不过话又说回来，只要我们心中无愧，我们也用不着怕谁，心底无私天地宽。”

他频频点头，像个做了错事的孩子，虽然他不知道到底错在哪里。

局长的话被门外一阵嘈杂声所打乱，局长皱了皱眉头，那眉宇之间英俊而正义，俨然一道神圣不可侵犯的律法。

“有人跳楼了。”

嘈杂声中，有一种声音脱颖而出，仿佛一只惊鹿从丛林里奔跑出来，让所有人目瞪口呆。

“跳楼?”局长问。

“好像说是跳楼。”他回答说。

瞬时，空气凝固了。他们俩同时想到刚才从这门口走出去的女人。

局长脸色苍白，瘫倒在座位上，仿佛一只垂死的羊。

服务员跑了进来，告诉局长有个女孩跳楼了。“年纪轻轻的，好可惜。”

“女孩?”局长问，重新调整了坐姿，气宇轩昂，英俊开朗。

他从局长指定的座位上站了起来，一股寒风从背后袭来，慢慢渗透他的全身，《变形记》里那只巨型甲壳虫在他心里缓慢蠕动，迷惘而无助。

（作者单位：深圳市宝安区地税局）

傻　子

程　彬

傻子就在我们村。

傻子是谁？只有瘸腿德义老汉知道，或许瘸腿德义老汉也不知道。只知道在一个阳光明媚的下午，大家正在玩骨牌的时候，瘸腿德义老汉卖完废品从街上带回来一个脏兮兮的流浪汉，从此他和瘸腿德义老汉住在了一起，成为和德义老汉一样的外来户。开始大家并不叫他傻子，和瘸腿德义老汉一样叫他华仔。只是华仔不和大家说话，不像大家一样凑在一起玩骨牌，也从不往人堆里面去，大家叫他的时候他就傻呵呵地笑，大家就开始叫他傻子，久了就没有人再叫他华仔。

傻子每天的主要活动就是和瘸腿德义老汉一起捡垃圾，只捡塑料瓶、易拉罐、废纸等能卖钱的垃圾。除此以外就是坐在村小学的围墙下发呆，也许是在听学生的读书声，谁知道呢？没有人在意一个傻子的心里在想什么，反正他也没有什么价值。哦，忘了，傻子还是有一些价值的，是家长教育孩子的典型反面教材。“不好好读书，长大就像傻子一样捡垃圾。”经常有家长这样教育自家的孩子。傻子也为大家带来了乐趣，每当傻子经过骨牌桌子时，大家就问他：“傻子，想娶媳妇不？你李哥的小姨子很漂亮呢。”傻子在一阵笑骂声中快步离开，大家便笑骂得更加大声。

不知道是哪一天，一个惊动天地的新闻迅速在村子里传开，那就是傻子实在是太傻了，他干活竟然不要钱。这实在是太新奇了，发现傻子干活不要钱的人无疑是村里最伟大的人，这一发现给全村村民带来了无尽的好处。从此，傻子忙碌了起来，起房子、收庄稼，谁家缺了人都去叫傻子，反正傻子有的是力气。大家也重新认识了傻子，发现了他的存在价值，傻子的价值胜过村主任，村子里可以没有村主任，但是不能没有傻子。每当傻子做完工经过骨牌桌子时，大家都会对那家的男人说“傻子和你媳妇办完事出来了”，然后在一阵笑骂声中结束一天的“快乐”生活。为了避免村民间发生矛盾，大家在骨牌桌子上立下口头合约，傻子轮流给大家做工，轮到谁家，谁家就负责瘸腿德义老汉和傻子的饭食，这样瘸腿德义老汉和傻子再也不用操心吃饭的问题了，大家都被自己的善举感动了。

日子一天一天流逝，村民依然围在一起打骨牌，傻子不知在哪家做工，瘸腿德义老汉偶尔还在捡垃圾。唯一不同的是，当傻子经过骨牌桌子时，大家不再问他“傻子，想娶媳妇不”。现在没有人取笑傻子，傻子也离开了新闻中心，日子又失去了乐趣。直到瘸腿德义老汉的去世，傻子才又一次成为村民的新闻焦点。原来傻子并不傻，并且还很聪明，大家这么认为。

瘸腿德义老汉的去世一点也不意外，他把傻子带回家的时候已经接近80岁。几年过去，从他捡垃圾的数量和走路倾斜的角度来看，瘸腿德义老汉越来越老了，一年当中有大部分时间是躺在床上，要靠傻子来喂饭和擦洗身子。在德义老汉的葬礼上，一辆豪华小汽车的出现比瘸腿德义老汉的去世引起的轰动还要大。据曾经把脸贴到车窗玻璃上的孩子说，车里面有沙发，还有好多酒，由此判断，这是一辆豪车。这辆豪车为什么会出现在瘸腿德义老汉的葬礼上，一直是大家津津乐道的话题。这是一个谜团，大家越是想解开它，越是显得扑朔迷离。能解开谜团的只有一个人，那就是傻子，只有傻子和瘸腿德义老汉这些年住在一起，只有傻子和瘸腿德义老汉上过几次街，知道瘸腿德义老汉秘密的也只有傻子。只是无论大家怎么问，傻子只会呵呵地笑，显得非常神秘，这更加激起了村民的好奇心。有人表示，无论用什么办法，一定要套到这个秘密。后来，还真有人做到了，勇仔用一瓶烧酒套到了傻子掌握的秘密。

有一天傻子垒完勇仔家的猪圈，勇仔非常热情地弄了一大盘猪头肉，非要拉着傻子喝两杯，“华哥华哥”叫个不停。在这以前，从来没有人请傻子喝烧酒，傻子也从来没有受到这么好的待遇，居然有人叫他华哥。经不起勇仔的又拉又劝，傻子两个小时喝了一整瓶烧酒，说了四句话：瘸腿德义老汉参加过越战，用一条腿救下一个人，瘸腿德义老汉每个月都收到一大笔生活费，这些钱瘸腿德义老汉临走前都给了傻子。

这简直是一个天大的秘密啊！怪不得傻子这么多年不离开这里，还那么尽心尽意地伺候瘸腿德义老汉，原来傻子早就知道瘸腿德义老汉的秘密，他把瘸腿德义老汉照顾得这么好就是为了得到这笔钱。怪不得呢！一个外乡人，有一身的力气，不去城里做工，却留在这个山村，还白给村民做工，原来是怕我们赶他走啊！傻子还真是有心机呢！傻子一点都不傻！不过也有村民提出疑问，谁有那么大的耐心装几年傻做工不要钱？所以说傻子是成大事的人，戏文里面不是经常讲那些王侯将相装傻躲过杀头么？如果自己知道有这么大的一笔钱也会好好地伺候瘸腿德义老汉，会比对自己亲爹还要好。这个解释立即获得了大家的赞同。

自从瘸腿德义老汉的秘密被散播出来后，傻子一下子受人尊敬了起来，没有人再叫他傻子，不知谁突然想起来傻子叫华仔，大家都纷纷叫傻子华仔。傻子被叫华仔后也失业了，再也没有人找他做工了，但是饭还是照样请，还加了猪头肉和烧酒。但为了避免引起矛盾，大家再一次在骨牌桌上立下了合约，轮流请华仔吃饭，弥补以前对华仔的亏欠。德义老汉的老屋门前成了新的新闻中心，已经开始有人给华仔说媒，有些阿婆已经开始撺掇自家的女儿从大城市回来，没有女儿的开始羡慕有女儿的人家。其实华仔稍微打理一下，配一身衣服还是挺英俊的，嗯，是的，大家一致这么认为。

但是华仔好像并没有打算把自己拾掇一下，也没有打算给自己添身衣服，失业后的华仔重操旧业，每天去捡垃圾，靠在学校的围墙外晒太阳发呆。和以前不同的是经常会被村民拉到家里喝茶。有时候，喝茶也能喝出大事。在喝茶中有人得知华仔要用瘸腿德义老汉留下的钱给村里建一个图书室，就在小学旁边，大家都可以过去看书。你信吗？反正大家都不信。建图书室，那是傻子才做的事，现在谁还有空读书，想做善事还不如把钱分给大家。建图书室就是一个笑话，没有人当真，也没有吊起大家持久讨论的胃口。

直到图书室开工建设的时候，大家才知道这是真的。华仔还真是会制造新闻呢！哦，忘了，大家又开始叫他傻子了，再也没有人请他喝茶，也没有人请他吃饭。傻子开始安静地捡垃圾，在小学教室的墙角下安静地晒太阳。傻子得到了学校的特批，只要不影响学生上课，他可以进入学校里面捡垃圾，可以坐在教室外面的墙角下晒太阳发呆。

“看吧！傻子其实就是一个傻子。”大家在骨牌桌前说道。

（作者单位：韶关市南雄市地税局）

仇人，恩人，亲人

黄梦妮

楔子

在岳父赵建国65岁生日家宴上，若不是岳父多年的同事兼棋友李叔醉酒说出当年那段往事，郭云峰怎么也不敢相信眼前这位一身正气、可亲可敬、多年提携照顾自己的岳父大人竟然是自己家的“大仇人”。

5元税款引发的恩怨

这事啊，还得从三十五年前说起。

20世纪80年代的赵建国是从部队转业回来分配到Y县Z镇税务所的一个普通税务干部，那时候的他三十出头，做事认真，手脚勤快，乐于助人，而且勤奋好学，工作上手快，什么政策疑点都难不倒他。每天早上跟着所里的同事挎着一个包出门，到天黑才回到所里继续加班加点整理白天的税款和税票。踏实肯干的他也包揽了所里没人肯干的脏活、累活，所以周围的同事都喜欢他，亲切地喊他“小赵”。有一天，老所长召集所里几个年轻骨干开会，讨论近期屠宰税征收的问题，说是有群众举报，部分养猪户和屠户为了躲避纳税，蓄意在夜里将生猪运到山里屠宰，然后趁着夜色再运出来偷偷售卖。那时候Z镇的生猪屠宰税是每头猪5元钱，5元在那个年代可不是笔小数目，所以有些养猪户和屠户心疼钱，就想尽各种办法逃避纳税。所里收到这样的举报，第一时间统计了近期生猪屠宰税税款的增减，老所长一合计，决定当晚由所里业务骨干组成专项检查队，进山开展突击检查，追缴税款。

入秋的山里，风高露重，周围一片寂静，只有偶尔几声鸟叫和一两只孤独掉队的萤火虫。山里昼夜温差大，白天穿着短袖工服还出了一身汗，到了夜里温度骤然下降，且越到夜深越发生出寒意。此时的小赵跟三位同事在老所长的带领下，蹲在进出山沟必经之路的草丛里，一夜下来，蚊虫叮咬不说，几阵风过来，大家不约而同打起了寒战，困意顿时消失了不少。算算时间，他们已经在这里蹲了近4个小时。“老所长，看来消息是假的，这都凌晨三点了，还没影呢！”一边打着哆嗦，一边搓着手的大李说，“也许今晚他们不来了，看来是竹篮打水一场空了，要不我们先回去吧。”另一位揉着腿的老罗也想打退堂鼓。“再等等，想要钓鱼就得有耐性。”老所长转动了一下僵硬的脖子说道。又过了 40 分钟，远处传来木轮车的声音，终于有动静了。“大家先别出声，‘鱼’来了，先让他过去，等出来时再收网。”大家开始戒备起来，心仿佛一下子就提到了嗓子眼。约莫又过了一个小时，突然山沟里传来重物从高处摔下的声音。“不好，出事了！”所长赶紧带人进山，发现那人连人带车掉进山沟，他们连忙下山救人。也许是那人命不该绝，掉下山时受大树缓冲了一下，又是第一时间送医，所以只是伤了一条腿，性命无忧。这下村里可真是炸开了锅，屠户为了逃避 5 元税款掉下山摔断了腿，最后还让税务所的人救了送医院去，不仅付了医药费，还轮流派人守夜照顾。后来村大队给税务所送去锦旗，上级也进行了表彰，从此 Z 镇再也没发生屠户为了躲避税款而进山的事情。

小赵一开始以为这件事就这么圆满过去了，却没想到世事变化常常出人意料。

倒霉的屠户郭大全

那晚摔断腿的男人是镇上的屠户郭大全，原本是乡下种地出身，人长得五大三粗，因缘际会跟了镇上的老屠户学屠宰，自然就接了老屠户的班。不仅改变了世代面朝黄土背朝天的命运，积累了一些家当，还娶了老屠户家的女儿，前年刚添了个大胖小子，眼看日子过得越来越红火。不曾想，人一起贪念祸事就来。郭大全为了逃避税款，竟做起这瞒天过海的事儿，自以为神不知鬼不觉，干了几回没被发现，心里越发得意，任老婆怎么劝都劝不住。而且那晚还喝了一点酒，晃悠悠进山，没想到脚一滑就出事了，最后还是让税务所的人救起，摔断的右腿虽然接了回去，可 20 世纪 80 年代的医疗水平有限，花了大半家财不说，还落下了残疾的病根，这屠宰的活计也没法干了，真是得不偿失啊！自此，镇上的人都把他的事当成茶余饭后的笑料。郭大全越想越气，每天干脆躲在家里喝酒生闷气，胡思乱想发脾气，不料一年半载后竟然精神错乱，整天嘴里念叨着“都是税务所害了我”，最后不到 5 年时间就去世了，留下无助的妻子跟年幼的儿子，孤儿寡母好不艰难。

局里新来了大学生

时间飞快，转眼又过了二十年，Z 镇税务所因为 1994 年税制改革变成了 Z 镇地税所，后来又合并了隔壁镇的分局，Z 镇税务所就成了历史。而小赵也离开了 Y 县，到 X 县地税局任一把手，成了大家敬重的“赵局长”。某天，一批大学生来局里报到，他在座谈会上与大家见面。其中，一位身穿正装、全程认真听讲、时不时做笔记的小伙子吸引了他的注意，但当他看到那人名字“郭云峰”时，心里咯噔了一下。乍一看这小伙子长得一表人才，不仅胡子刮得干干净净，而且一身整洁正装在一群穿 T 恤短裤的年轻人里更让人感觉舒服。赵局长注意到在他们进门时，其他人都是鱼贯而入，唯有他是谦让有礼，先敲了下门。从会上发言的谈吐也可以看出这个人成熟稳重，思路清晰有条理。嗯，是个好苗子。

虽然报到第一天，郭云峰给赵建国留下了好印象，但随后的五年里赵建国却没有给他额外的关照，私底下也鲜少接触。郭云峰在基层分局里每天勤勤恳恳、踏踏实实地工作，业精于勤，不仅迅速成长为业务骨干，各方面综合能力也非常突出。赵建国通过五年的观察感到很欣慰，就像看到年轻时的自己。于是，他开始主动接触郭云峰，给予他更多历练的机会和平台，希望栽培他长成大树。而郭云峰心里对于这位领导兼伯乐更是万分感激，更加努力工作，成长更快了。

缘分天注定

赵建国有个独生女儿——赵晴，年龄二十九，在县国税局上班。在当地，女子三十岁未婚被视为“大龄剩女”，赵建国倒没什么，就是妻子很紧张，不断地给女儿介绍相亲对象。无奈赵晴是“过尽千帆皆不是”，没有一个看得上眼，气得赵建国妻子直跺脚。说来也巧，这郭云峰竟是赵晴大学同学，偶然一次在 X 县国地税合作联席会议上碰到，留下了联系方式，两人互生好感，发展迅速，很快就到了谈婚论嫁的阶段。赵建国夫妇一直对郭云峰心存好感，也乐见宝贝女儿觅得如意郎君，所以也不嫌弃郭云峰家贫，很快同意了女儿的婚事。

郭云峰在新婚前带赵晴回老家见了母亲胡芳梅，年过半百的胡芳梅因早年丧夫，孤儿寡母，辛辛苦苦拉扯大儿子，长期劳累让她比同龄人看上去要苍老十几岁。所幸郭云峰从小孝顺懂事，穷人家的孩子早当家，小学开始洗衣做饭，分担家务，学习刻苦、成绩名列前茅并且大学毕业考上公务员，一直是胡芳梅的骄傲。但随着郭云峰参加工作，眼看村里同龄男青年成家生子，就自家儿子还没对象，胡芳梅好不着急，到处托人介绍对象，可儿子就是没看上。这下可好了！儿子主动带儿媳妇回来，胡芳梅乐得合不上嘴。

郭云峰无不良嗜好，婚后孝顺岳父母，夫妻恩爱，两人郎才女貌，成为 X 县税务系统的一段佳话。而郭云峰在事业上也是顺风顺水，因业务突出调到了市地税局，并且在短短几年提拔到科长职务，成为全市地税局最年轻的科长。而赵局长退休后在家弄孙为乐，一家人幸福得让人好生羡慕。

你爸是我们家的“大仇人”

在赵建国65岁生日那天，郭云峰两口子在家里为岳父做了一桌好菜，还邀请岳父的老同事、老棋友——李中华到家里吃饭。酒过三巡，李叔脸色微红，举着酒杯，跟大家说起当年与老赵在Z镇收税的往事，还提到蹲草丛收生猪屠宰税的经历。郭云峰一听猛然想起儿时父亲醉酒时念叨的“大仇人”。原来这郭云峰竟是当年那个倒霉屠户的儿子！知道原委的郭云峰红了眼睛，可碍于妻子在场不好发作，于是黑着脸一声不吭吃完饭。晚上睡觉时细心的赵晴发现端倪，就问背对着自己睡觉的丈夫怎么了。郭云峰随便找了个理由搪塞过去，赵晴也没再追问。

从那天起，郭云峰变了，他开始抽烟喝酒，彻夜不回家，对妻子不再恩爱有加，也不再像以前那样殷勤地到岳父母家嘘寒问暖……赵晴直觉一定是发生了什么事，但又无法得知，只是默默承受着。直到有一天，赵晴终于忍不住对天亮才回来并且全身酒气的丈夫摊牌，从未对妻子大声说过话的郭云峰仗着酒劲大声喊道：“你爸是我爸的‘大仇人’你知道吗？是他害了我们全家。”那一刻，赵晴蒙了，安顿好醉酒的丈夫，匆匆出了门。

一切都是误会

“这肯定是误会。”老赵夫妇听到女儿这么一说，也丈二和尚摸不着头脑，自问一辈子从没害过人，怎么会无端结下这么大的梁子。赵晴得到父亲肯定的答复后也一时没辙了，思虑许久鼓起勇气拨通了家婆的号码。电话那头的胡芳梅一听儿子直呼亲家公是大仇人，忽然就记起了那段往事，但她想起来赵建国并不是他们的大仇人，而是大恩人。胡芳梅把当年的事情一五一十地告诉了赵晴：“你爸是好人啊，当年是他们救了云峰他爸，而且住院那会每天派人轮流守夜照顾。那个‘癫鬼’，当年的事只怪他贪心，失足掉下山，税务所的同志不仅救了他，还给我们家捐款。他自己胡思乱想神经错乱，竟然赖上人家，没想到影响了云峰，哎！”“对了，云峰上大学那会我们家没钱，还是你爸不知道从哪里听到消息，给我们捎过钱呐，我也是近期才打听到好心人原来是他，他可是大好人啊！那个死孩子，我去教训他，真是不懂事，那么好的老婆跟恩人都不知道好好对待。”胡芳梅匆匆挂了电话后又拨通了儿子的号码……

真相大白了，从此，郭云峰对岳父一家更尽心了，大家都说老赵家不知道上辈子修了什么福分，多了这么个好儿子。

（作者单位：梅州市五华县地税局）

12 张人民币

龙利姣

那是 20 世纪末的一个冬天，冯雪走在缘山而建的水泥路上，天寒地冻，路上几乎看不到什么人影。脚下，萧瑟的枯草被湿重的尘土压得垂头丧气。天上，哀怨的乌鸦被凛冽的寒风打乱了方寸。汽车、三轮车和摩托车从耳边呼啸而过，寒风打在脸上、手上，冯雪逆风行走，步履艰难。

她本不愿出门的。今天当墟，姐姐冯雨说再不买些肥肉炸油，整个冬天就只能吃水煮洋葱了。想到水煮洋葱，冯雪胃里泛起酸水，她情愿挨饿也不愿再碰那玩意。

本来只打算买两斤肥肉，肉档老板一刀下去多切了半斤。口袋里的钱就只够坐三轮车了。路边炸油饼的嗞嗞声，卷着诱人的香味直挠人的口鼻肚肠，冯雪实在馋不过，买了两个，自己吃一个，留下一个，车便不能坐了。

回家并不难，沿着山路一直往前走，拐进一条两边都有水田的泥泞小路，再走上十来分钟，就能看到一棵大槐树，槐树底下，就是家。

山路很长，冯雪头一回走。那 11 岁的稚嫩双脚，一步步丈量那条长达 10 公里的水泥路，寒冬腊月里，说不出的艰辛。

她的棉衣有些短了，双手怎么都缩不进袖管里，拎着肉和饼的袋子从左手换到右手，又从右手换到左手，两只手又红又肿，渐渐都不觉得痛了。鞋子也进了水，双脚像踩在冰窟窿里。幸好有围巾，脖子暖和就不会生病。那是她身上唯一像样的东西，是姐姐拆了旧毛衣织的。

摩托车呼啸而过，一块小石子从轮子底下飞起来，直直地划过冯雪的脸，落在脚边的枯草里。追着石子的弧线，她看到了那个鲜红的、鼓鼓的塑料袋。

她弯下腰，捡起袋子，打开，里面用手绢包裹着一沓现金。100 元的 2 张，50 元的 5 张，20 元的 2 张，10 元的 3 张，一共 520 块！整整 12 张人民币！她只是个 11 岁的穷孩子，平生头一回看到百元大钞，头一回看到这么大笔钱。那一刻，她蒙了。

这么大笔钱，可以买两身新棉衣，两双暖和的鞋子，再买点米粉、花生油、白糖，对了，还要给姐姐买瓶最好的冻疮膏——冯雪小小的脸蛋上现出喜悦的红晕——有了这笔钱，她们可以过个温暖富足的冬天。

她蹲在地上，一遍遍数那 12 张纸币。钱很旧，透着汗水和泥土气息——摩挲着皱巴巴的纸币，11 岁的孩子犯难了——也许这是别人的全部家当，也许这是一笔救命钱。课本里学过拾金不昧的故事，大人常说要做个善良诚实的孩子。

在她的右边，下个坡，拐进那条泥泞小路，跑上 10 分钟，就能看到大槐树，有了这钱，可以和姐姐过个舒服的冬天；在她的左边，上个坡，有车或者有人来，认领了这钱，她就是个诚实的好孩子。

拿着钱，冯雪的小脸上阴晴变化，数秒内走过了一年四季。接下来的一个多小时，她因为担心害怕、犹豫不决而遭受的罪和所付出的代价远远超过了这 520 元钱。

她担心失主真的回来认领这笔钱，又下不了决心据为己有。她第一回知道诚实和舒心往往不能兼得。寒风里，她整整蹲了一个小时，饥寒交迫。

当空气越来越寒冷时，她决定带着这笔钱脱离险境。她艰难地站起来，抖抖麻木的双腿，将钱揣进怀里，拎起冰冷的肉和饼，慢慢地往家挪。

突然，她想起去世的奶奶。奶奶也是用手绢包裹一块两块辛苦攒下的钱。奶奶常说，人做什么都好，就是不能做亏心事。她不懂什么是亏心事，但带着这笔钱回家，她心里难受极了。

停顿几秒，她又转身，走回原地，继续等。

不久，来了辆慢速行驶的摩托车。冯雪的心突然提到嗓子眼，她脸色煞白，紧紧盯着愈行愈近的摩托车，头一回明白了什么是天晕地旋。

“孩子，你有没有看见一个红色的塑料袋?”摩托车停下，后座的老奶奶眼里满是泪花，焦急而伤悲。

冯雪紧张得嘴唇直哆嗦，那笔钱贴着她的心口滚滚发烫。

老人眼神迅速暗淡下去。她捂着嘴，转过身，一只脚跨上了摩托车。

“等等，”声音从冯雪干涸的喉咙里发出来，似乎来自另一个身体，“是……什么袋子?”

希望在老人眼里燃起来，她快步走到冯雪面前，紧张答道：“红色的，里面有 520 块钱，2 张 100 的，5 张 50 的，2 张 20 的，3 张 10 块的，一共 12 张。”

冯雪木偶般从胸前的口袋里掏出钱。

老人一把抢过去，捧在眼皮底下一张一张数。

泪水在眼眶打转，冯雪绝望得不能呼吸，她眼巴巴望着老人手心里翻动着的 12 张纸币，心里有些东西一点一点慢慢破裂。

“是这个，就是这个。”老人喜极而泣，抹着眼泪将钱贴在胸口。眼前的孩子却让她为难，这个善良的穷孩子，久久地盯着那笔钱，眼里的泪分明就要落下来。终于，她长叹一口气，努力挤了个笑脸，对这个可怜的孩子说：“你真是个好孩子。”跨上摩托车，她飞也似的逃走了。

冯雪木桩一样站了很久。那 12 张人民币里，哪怕面值最小的一张，也足够她和姐姐过个温饱冬天。头顶飞过几只乌鸦，叫声深邃凄厉。冯雪打了个冷战，颓废极了。

大槐树下射来橘黄色的光，冯雨打着手电筒焦急地等待。“小雪，是你吗?”冯雪撒开脚丫子，飞奔过去。

冯雨烧了大锅热水。孩子的心不受禁锢，泡在热水里，被腾腾蒸汽团团围住，冯雪温暖极了，心又开始欢乐起来。

靠着墙壁站稳，冯雨细细切着肥肉。她的手背肿得老高，皲裂处血迹斑斑。冯雪想起那瓶早就想买的冻疮膏。

大火煎着肥肉吱吱地响，冯雪拿了铲子去翻，冯雨推开她：“远点，油烫，别溅着。”

“油饼热好了，你拿去吃，一会我用油渣炒饭给你吃。”冯雨翻着热油里的肥肉，笑着说。

“我吃过了，那是给你的。”

“我还不知道你，你最爱吃油饼。”冯雨笑意深深，看着妹妹的眼睛里有宠溺，有心疼，仿佛残疾受苦的从来不是自己。

“我们一人一半。”冯雪掰开油饼，给姐姐嘴里塞了一大半。

“嗯，真好吃。要是我们能做些放着，等爸爸妈妈和弟弟回家一起吃，那该多好。”油饼味道很好，冯雨很享受。热油溅到脸上，她躲闪一下，用手背擦擦，继续劳作。

“姐，你说爸妈是不是不要我们了?”毕竟年龄小，冯雪理解不了成年人的无奈。

“瞎说，妈说了，过了年，就来接我们。”

“姐……”妈妈承诺了太多次，冯雪不愿再信了。

“妹妹你别傻，他们就是不要姐，也一定会要你。”冯雨声音里有了淡淡的哀伤。

“我不和你分开。”

“尽说傻话，你能走能跑，又会读书，不像姐姐，是个负担……”冯雨大冯雪一岁。12 岁孩子的心里，藏了太多事。

“姐……”

“洋葱不多了，以后得吃南瓜粥。”

“我不爱吃南瓜粥。”冯雪不高兴。

油炸好了，冯雨用大碗捞了油渣，用铁盆盛了热油，往锅里倒进米饭。炒饭的香味立刻溢满整个房间。

“米也没多少了，我们没钱买米。”冯雨说。冯雪不再说话，她想起那 12 张人民币。

躺在被子里，冯雪挽着姐姐的胳膊，问："姐，如果，我是说如果，我捡了一大笔钱，我们是不是就能过上好日子了？"

"说什么傻话，好日子是靠捡钱捡来的吗？"冯雨侧过身，和妹妹贴得更近了。

"如果我真捡了一大笔钱呢？"

"那就还给人家。丢钱的人该多着急？"

"哦——"

早上，卖馒头的大叔骑着自行车四处叫卖。冯雪睁开眼睛，那 12 张人民币又在眼前晃，只要最小的一张，她们就能吃上一星期的白馒头。

吃了几天南瓜粥，冯雪整个人都没精打采。

冯雨舍不得用煤炭，寻思着去后山上捡些柴火过冬。

"山上好多坟墓，我不去。"冯雪被墓碑吓过，她可不愿意独自上山。

冯雨安慰道："我知道。你看这样行不，你背我上去，我看着你？"冯雪原本就喜欢在山里撒欢，一听这建议，心花怒放。

阴风阵阵的午后，11 岁的妹妹，背着 12 岁的姐姐，手脚并用，一步一停，爬上了半山腰。

冯雨会唱歌，她坐在松树下，给捡柴的妹妹唱《兰花草》《读书郎》，冯雪也时常跟着哼几句，很快捡了一堆柴。冯雨教冯雪唱《采蘑菇的小姑娘》，冯雪好奇，问："什么是蘑菇？"冯雨想了想，答："我在外公家吃过，白白的，小伞一样，用肉炖了作汤，特别好吃。"冯雪抹了抹嘴角的口水，继续捡柴。

"姐，等我长大赚钱了，就带你去最好的医院，找最好的医生，给你治腿。"冯雪捆好柴，找了个空地用力往下一推，看着柴磕磕碰碰滚向山脚。

冯雨脸色一暗，垂下眼帘："嗯，姐等你。"

"姐，你等我下，我先把这些挑下去。"松果、松针能作火引子，但不经烧，每回都要用好多，冯雪挑了两箩筐下山。

风吹松涛，阵阵回响，空寂无人时，鬼哭狼嚎的，冯雨坐在湿冷的地上，瑟瑟发抖。

冯雪将箩筐往山脚一扔，快步返回半山腰。

"姐，我来了。"听到妹妹的声音，冯雨镇定下来，看着从树丛里穿行而来的人儿，笑容满面。

冯雪背着姐姐，深吸口气，用力起身，慢慢挪动脚步，没走几步，脚底一滑，俩人"啊啊"叫着跌倒，一路磕磕碰碰滚了下来。冯雨脸上手上破了几道口子，手背的冻疮完全烂了，血肉模糊。冯雪握着姐姐的手放声大哭。

"傻瓜，哭什么？这不挺好吗？你看，我们没花力气，就到山底了。"冯雨微笑着，仿佛受伤的不是她。

那该死的12张纸币又在眼前晃，只要最小的一张，就能买瓶最好的药膏。冯雪第一次痛恨“诚实”这个词。

学校发成绩单和寒假作业。冯雪和一帮同学在学校的后山上打打闹闹，热火朝天。在一棵大油茶树下，她发现一株长得又高又壮、又肥又白、像伞一样盛开的植物，像极了姐姐说的蘑菇。她兴奋不已，小心地采了，宝贝一样捏在手里，跑回家。

“姐姐，我找到了大蘑菇。”还没进门，她就大声喊。

冯雨拄着拐杖出来，看见肥嫩的蘑菇，两眼冒光，激动得声音都在跳舞：“就是这个，我在外公家吃过！”

姐妹俩立刻张罗锅灶，打水烧火，将蘑菇洗干净了，用油渣代替新鲜肉，炖了一大锅。肉香裹着鲜美的蘑菇味钻进小姐妹饥饿的鼻子、嘴巴，浸润她们饥渴的喉咙、食道，熨帖那小小的缺少油水的胃……美极了！

冯雨盛了一大碗递给冯雪。冯雪迫不及待去接，冯雨不知想到了什么，又猛地把碗缩了回来。

沉默良久，冯雨破釜沉舟似的说：“妹，我听说很多蘑菇有毒，你看电视里也经常有人因吃了毒蘑菇中毒身亡的事。我先吃一点，一会我没事，你再吃。”

年幼的冯雪并不懂“中毒身亡”，只觉得那是很危险的事。她就那样呆呆地看着姐姐大义凛然地喝下小半碗可能有毒的蘑菇汤。

围着那锅香飘四溢的蘑菇汤，姐妹俩安静地坐着，神情凝重，忧心忡忡。时间似乎从来没有那样慢过。不知道过了多久，冯雪开始担心起来——姐姐不能“中毒身亡”。

“没事，”冯雨擦掉妹妹脸上的泪水，说出了她这辈子最长的一段话，“如果我死了，告诉妈妈，没人再是负担，让她带着你和弟弟一起去城里上学。女孩子，多读书总是好的。姐姐也想跟你一样去上学，满地跑来跑去……你不知道你去赶集那天，大晚上不见回来，姐姐想死的心都有了……”

“姐……”冯雪抱着冯雨哇哇大哭，她明白死是什么。

“没事，没事。”冯雨始终是微笑的，似乎一切与她并无关系。

时间从没像那天那样缓慢过，也许是过了一百年，也许更长，汤的热气越来越稀薄，空气里的甜香味儿却更浓了。

姐姐没有死，蘑菇汤美味而醇厚！

那是冯雨和冯雪这辈子吃过的最美味的食物。多年以后，回味起来，冯雪依旧口齿生津。

“姐，等我有钱了，一定带你吃最好吃的东西。”冯雪舔着嘴角的汤汁，心满意足。

冯雨宠溺地笑，她笑起来很好看，人们常说，如果不是双腿残疾，她是村子里最漂亮的姑娘。

“姐，挣钱了我就带你去最好的医院。”冯雪又说，那 12 张人民币，520 元钱一直挥之不去，那是她能想到的最大一笔钱。

热汤喝出来的红晕在冯雨脸上迅速消退。她默默地收拾碗筷，很久才抬头：“你记得就好。”

春节前两天，爸妈带着弟弟回家了。家里热热闹闹，冯雪喜气洋洋，冯雨安静地坐在角落，微笑地看着一家人忙忙碌碌。

除夕那天上午，一位衣着气派的男子带着母亲和刚会走路的女儿来拜访。男子的母亲正是那位领走了 12 张人民币的老奶奶。

老人抱着冯雪声泪俱下：“孩子，总算找到你了……”那天，刚会走路的孙女弄倒了开水瓶，烫伤了半边身子，老人手忙脚乱抱了孙女带了钱打了摩托车就往医院赶，没想半路钱掉了，她原本是想给冯雪点钱，可不知道医院要花多少，恐花费不够便作罢了。“你们生了个好女儿！”老人不停地说。

冯雪拉着小妹妹在竹林里跑来跑去，快乐极了。

男子注意到角落里的冯雨，和她聊了几句，让她走了几步，检查了她的双腿和脊柱，给爸爸留了张名片：“我是省人民医院神经科的吴医生，你女儿的腿能治，节后带她来医院找我。”

春节后，爸爸带冯雨去了省人民医院。

一年后，冯雨能丢开拐杖蹒跚行走了。姐妹俩终于跟着父母进了城。冯雪读初中时，冯雨如愿以偿地走进了小学课堂。

多年后，5 月 20 日恍惚间成了一个节日，相爱的人们会相互发红包发贺卡，告诉对方：520，我爱你。冯雪突然想起，上个世纪末的那个冬天，她捡了 520 块钱，12 张人民币，因那笔钱，她有过懊悔的泪水和苦恼的纠结，也因那钱，姐姐有了新生。

12 是个吉利数字，代表一个轮回。似乎冥冥中自有定数。姐姐 12 岁那年，遇见了 520。

（作者单位：广州市地税局办公室）

生如夏花

熊龙元

这是一个真实的故事。那个在孤儿院长大的姑娘，生如夏花，命贱如草，背后却得到一个刚正不阿、心怀大爱的血性男儿默默的支持。这个与夏花没有任何血缘关系的税务稽查干部，却给了夏花坚持坚守、明媚如花的底气……

——题记

风携着秋的萧瑟，载来初冬的凉寒。就在这落叶纷飞的日子，与夏花相依为命的蕙姨走了。

蕙姨走后，夏花的思念里一片浓雾茫茫。

蕙姨说，“夏花”这名字是文先生给起的，当年他把襁褓中的夏花带来时说：“这孩子可怜，刚生下来就没父没母。女儿当如花，希望她明媚如花。”

蕙姨常提起文先生，说：“那是个好人，要没他，你小命早没了。”蕙姨也常叹气：“唉，生在大冬天的野丫头，叫什么夏花，要真像花一样，还能有命？你呀，就该叫夏草。”

蕙姨是夏华福利院的院长，一手带大了200多个孩子。临终时，床前守着的只有夏花。“花儿，你是大学生，是这院里走出去的第一个女大学生。记住，女儿当如花，一定要行得端、坐得正……”蕙姨走得坦然。在她的遗物里，夏花找到文先生的来信和汇款单，日期定格在四年前，汇款单上留言：夏花成年了，当自力更生。

夏花白茫茫的思念里，一个高大伟岸的身影越来越清晰——那是素未谋面的文先生，那是给了她生的希望的文先生。

大学毕业后，夏花来到文先生所在的滨海城市，顺利进入一家叫新雅丽的置业公司任财务总监助理。总监关美伊是她的校友，精明能干，风风火火。夏花凭着所学专业在公司干得也很顺当。

工作稳定后，夏花燃起了找寻恩人文先生的念头。

中秋节前夕，关总安排夏花出席一个饭局，临行前扔给她一件黑色镶金边的连衣裙，要她穿得漂漂亮亮陪她去见几个据说能决定公司命运的领导。夏花战战兢兢换上裙子，在洗手间明亮的大镜子里，头一回发现自己也可以美貌如花。

富丽堂皇！站在豪华气派的酒店大堂里，夏花只想到这个词。

来宾只有两位，市政府的阳秘书长和市地税稽查局的袁科长。阳秘书长白白净净，一进门便与关总眉来眼去。袁科长高挺黑瘦，严肃冷峻，话不多。

关总示意夏花照顾好袁科长。

“夏花？哪两个字？”袁科长若有所思地问。

“夏天的夏，花朵的花。”

“生如夏花？”袁科长额头上深深的川字纹横在两眉之间，仿佛若有所思。

关总大笑，抢着答：“乡下姑娘，父母没什么文化，就会叫什么花啊草啊的，听着亲切，看着也朴实干净，就像刚汲上来的山泉水，一股子鲜活劲。”说话间，顺手将夏花往袁科长的怀里一推，差点撞了个满怀。

“我没有父母。”夏花站稳，给大家斟酒。陈年茅台，一杯抵得上蕙姨半月生活费。

“哎，你这丫头，怎么跟老板说话的！”阳秘书长略带怒意，拍响了桌子，“就这态度，能把你辞了。知道现在大学生就业多难？你能进关总这样的大企业，那是三生有幸。”

关总忙赔笑：“阳哥别生气，是我的错，我不知道这丫头没父母。你不知道，我们做企业的压力大，找个像阿花这样能干的年轻人不容易。”又看向袁科长，“今天带她来，就是让她长长见识，跟我们税务局的领导多学习学习。”

袁没搭腔，阳笑着走过来，拍着袁的肩膀道：“你找对人了，老袁是业务骨干、税务通。学习的事好说，他是我哥们，你的事就是我的事，我的事就是他的事。”老袁笑笑，没接腔。

“我是注册税务师、注册会计师，还是工程造价师。”夏花不知道自己为什么突然说这个，也许自尊，也许是自卑。

“哟，厉害！这个了不得。来，我敬夏大才女。”老袁活跃起来，脸上居然还有了光彩。夏花慌了神，急急端着水杯起身：“我不会喝酒，以茶代酒……”

阳秘书长眉头一皱，不满了，斟满一杯酒，推到她鼻子底下：“跟关总混，哪能不喝酒！”酒洒了夏花一身。

“不好意思，我真不会喝酒。”夏花挺直了脊背。

阳秘书长怒目圆瞪，正欲发作。袁解围：“老阳，你那么大领导，别跟小姑娘计较，不喝就不喝嘛，有什么关系。来，我陪你喝。”仰头，满杯酒倒进喉咙。

关总瞪了夏花一眼：“你这孩子太不懂事了。能和阳秘书长、袁科长喝酒，那是你的福气，别不识抬举！”又向阳和袁赔笑，“是我的错，没教好手下。来，我陪两位大哥喝。”

气氛一度尴尬。夏花努力保持微笑，给大家倒上热水。

关总能说会道，三言两语，两位大人物都眉开眼笑，谈笑风生。

夏花如坐针毡。

“阿花是财会专家，对股市有研究吧?”酒过三巡，袁问。

“不懂。”夏花老实答。

阳秘书长猛地一拍桌子，大喊：“美伊，我看你们新雅丽庙太小，容不下夏大才女这尊佛啊。”

“我看阿花挺好，老实，我喜欢。”袁大笑，对夏花安慰道：“阿花，你好好干，有什么我能帮上忙的，尽管开口。”

见状，阳秘书长点了支烟，表情轻松了许多。

关总面有喜色，招呼大家多吃菜。“加个微信，以后工作上有不懂的，多向袁科长请教。”她说。

“生活上的忙，老袁也是可以帮的……”阳秘书长带着几分醉意，眼神飘向关总。

又谈笑一番，阳秘书长话多起来：“老袁啊，你这人什么都好，就是太老实。不是我说你，我俩同年入伍，同年转业，都是缘分！这些年我运气比你稍好点，挂了个秘书长的虚名，事情多了，你呢，也就以为我看不起以前的兄弟了，都躲着我。别人不知道的，还以为我怠慢了你。”

袁憨笑，关附和。

阳叹口气，语重心长接着说：“老袁，你的事我一直记在心上，干了这么多年还是个科长，确实委屈你了，下一步我跟你们局长说说，眼下……”他伸了个懒腰，顺势将关总揽进怀里，道：“我妹妹的新雅丽有点小事，还得请你帮帮忙……”

袁的筷子停在半空，视线落在面前那道海鲜酿苦瓜上。他搁下筷子，笑道：“还有阳秘书长办不了的事？只怕我人微言轻，爱莫能助。”

“这事你还真能办!”阳认真了。

关忙赔着笑脸，小心地斟酌字眼：“其实也不是什么大事，就上周，你们稽查局通知我们说有点小问题，要立案稽查。袁科长您也知道，我们做企业的赚几个钱不容易，要挑毛病也不能说完全没有……您看能不能通融通融，撤销立案?”

袁推开椅子站起来：“阳秘书长，关总，立案检查是单位决定的事，我们有工作纪律，这事谁也插不了手。你们今晚要是为这事，恕不奉陪。”

阳秘书长脸一沉，低声道：“老袁，你这话什么意思?”

“实话实说。”老袁正义凛然。

空气里弥漫着火药味。夏花给袁的碟子里夹了苦瓜。袁顿了顿，重新坐下，语气缓和了些：“老阳，有些事你也清楚，税务的事，不能由谁说了算。”

“那是，那是。”关总很尴尬。

“老袁啊，”阳指着袁，一副恨铁不成钢的样子，“你啊，怎么就是不开窍？又没让你做违法的事，就是让你跟手下打个招呼。你是我兄弟，关总是我妹妹，她也是帮人打工的，一个女人家，独自拉扯孩子，容易吗？这事处理不好，她饭碗都得丢。你就算为了我，做个顺水人情，睁只眼闭只眼，”他语气软下来，“你最近不是为小军的工作犯愁吗？前几天你爱人还给我打电话，说你对孩子不管不顾，这怎么行？为人父母，哪个不希望为孩子谋个好前程？我和一个银行行长很铁，我来牵线，让小军过去上班……”

“这事不劳费心。小军现在大学毕业了，该吃的苦他必须自己吃。”袁冷静而客气，“感谢你记得小军。但公事公办，不能违规。”

阳双手抱胸，居高临下：“你要当我是兄弟，这事就不能不管。你们高局也是我铁哥们，这点小事，没必要惊动他老人家吧？”话里带着威胁。

夏花轻声提醒老袁吃点东西。

老袁低头吃苦瓜。这道菜，成本极高，味道倒不惊人。他抹了把嘴，缓缓起身：“多谢阳秘书长和关总看得起。我就是个做事的，帮不上两位，抱歉。”转身，从容离去。

关总忙塞了个信封给夏花：“阿花，你送送袁科长。”夏花急急追上去。

繁华的珠江岸边，聚集了音乐厅、美术馆、体育训练基地和高档小区，绿树成荫，花香四溢，时尚、浪漫而功利。

夏花紧紧跟在老袁背后。月明星稀，海风习习。她想起一句诗：晚风熏得行人醉，涛声几度梦萦魂。

“阿花，你觉得我不近人情吗？”良久，老袁回头问。

“嗯。”

“不识时务吧？”他笑。

“是的。”

“新雅丽案子的负责人是我。这饭我本不该来吃的，但阳秘书长的面子不好驳。”他长叹口气，问：“你是新雅丽的财务，对新雅丽的情况了解吧？”

“不，我工作时间不长。”夏花不会背叛东家。

他迟疑片刻，又说：“阿花，我们没有专业的工程造价师，新雅丽……”

“不好意思，袁科长，我无能为力。”夏花很坚定。

老袁紧紧盯着她：“你能的，阿花，你是注册会计师、注册税务师、工程造价师，你了解新雅丽。”

夏花知道新雅丽的症结，关总的账做得再细致漂亮，也掩盖不了成本虚高、盈利造假的事实。但她怎么能出卖自己的东家！

老袁似乎猜出夏花的顾虑，说：“时候不早了，你早点回家吧！”

夏花递过信封：“这是关总给您的。”

老袁神色凝重，目光严厉，冷冷道：“阿花，你年轻，这社会很复杂，不好的不要学。夏花这名字很好，希望你对得住它。”说完，他转身大步离去。

没几天，稽查局过来查账，拷贝了新雅丽 2008 年以来所有的电子账单，调取了全部纸质账册、凭证资料及项目工程施工图纸、工程档案、工程结算书等资料。

夏花是税企联系人，这轮查账才知道袁科长的姓名叫袁文。一个偶然机会，她发现了他的新浪博客，昵称竟是文先生。她激动得直哆嗦，点开资料，他的工作、生活、回忆在她眼前一一展现。

夏花在他的新浪博客里找到了夏华福利院，找到了“夏花”二字。他写道：“跟着微弱的哭声，我翻开草丛，发现了血迹未干的她。寒冬腊月，她裹着破棉被，小脸乌青，天下竟有这般狠心的父母！我也是快当爸爸的人……蕙姨人很好……女儿当如花，就叫夏花吧。生如夏花，希望你坚强勇敢，阳光明媚地活着。”

原来是你，原来真是你！从没掉过眼泪的夏花，在电脑前泪流满面，泪水流进嘴里，苦咸苦咸。

第二天，夏花便跟关总辞职。关窝在沙发里，筋疲力尽，挥挥手：“走吧，树倒猢狲散，用不了几天，我也打包走人了。”夏花想安慰点什么，终是无话可说。

接到夏花的电话，老袁异常高兴。

“谢谢你深明大义为国家税收事业做贡献。但情谊上毕竟有些对不住老东家，你不怕?”在税务局的会客室，他犹豫着说。

夏花笑了，平静而坦然：“我为你，不为国家。你要是愿意，我命都给你。”她是认真甚至渴望的。

专案组很快聘任夏花为案情顾问。在老袁的办公室等待时，夏花飞快扫视了这间局促、凌乱的办公室，书柜后面的铁丝上晾着毛巾和衣物，角落里摆着洗漱用品。夏花吃惊，老袁怎么会住在办公室。

专案组已经初步判定新雅丽存在虚大建安工程成本情况，关键的问题在于其业务合同、工程发票、款项支付等任何表面东西都合法。房地产开发涉及的领域广、专业性强，要审核大量专业数据难度很大，建材、人工、时间及配套设施等成本的真实性，没有权威的认定，难以作为稽查证据。这些，正是夏花的强项。在堆积如山的账本里，她打了鸡血似的浑身是劲。

午饭时，她向年龄大的女同事打听老袁的事，大姐长吁短叹，悄悄说：“老袁在办公室住了两个多月了，他老婆隔段时间来闹，老袁固执，怎么都不愿意把儿子安排进来……这男人其实怪可怜，大好人一个，处处吃力不讨好。”

夏花没再问，这世上，好人大多不讨好。饭后，她买了个护颈养生枕，托人送给了老袁。

案情进展到举证阶段时，老袁出了车祸。一辆高速行驶的捷达突然逆行，结结实实撞在他车上。传说是新雅丽的警告，又传说是之前被查过的企业的报复。老袁简单作了处理，次日就打着石膏回单位了，恰好他老婆过来，又在办公室里哭骂了一通。

新雅丽的案情复杂，专案组七八个人每天工作十余小时，花了足足四个月时间，才理出眉目：一是土地成本低，利润率也低；二是单位建安成本偏高；三是追加合同造假；四是绿化园建成本超高。

夏花对照文件法规，细致核算，精确到虚高材料单价及消耗量，分析出重复计取土方的费用，核算出虚列工程优质费、赶工措施费、文明工地增加费等不合理费用，对照当年的市场行情，测算出虚大的装修材料单价、重复计算工程项目虚报数额，还有重复计算柴油发电机组和发电机房环保项目成本。

在园林成本核算上，老袁亲自去现场调研，将每棵树，每丛花的品种、数量、规格都罗列了出来，让夏花惊叹不已。

五个月后，专案组拿出了一套数据详尽、脉络清晰的结算造价评审报告，给了新雅丽定案的充分证据。

交出评审报告后，夏花告别了税局，被一家知名会计师事务所聘请了，依旧埋头于各类账本。

端午节前夕，是君子花开的时候，夏花给老袁送了一些粽子。老袁很开心，他们俩一起吃了一餐便饭，饭后并肩走在阳光明媚的海堤上，就像一对普通的父女。

“你现在真像花一样了。”老袁说。

夏花笑笑，问起他的家事。

“都好，儿子自己创业了，老婆也承认错误了。要不中秋去我家吃饭？”

夏花摇头，莫名回了句：“不了，你幸福就好。”

一时之间，老袁竟不知说什么。沉默良久，他开口了：“你是好女孩。希望你能在这城市找到幸福。”

她扬起头，微微一笑：“放心吧，会的，我一定会幸福的。”海风将她长长的头发吹得老高，就像盛开的花朵。夏花感激，内心默默地祝福老袁：好人一生平安！

生如夏花，无论多难，人总得有所坚持，有所坚守。蕙姨如此，文先生如此，夏花也如此。

文先生始终没和夏花相认，他知道夏花，夏花也知道他，这就够了。

（作者单位：广州市南沙开发区地税局办公室）

我是在保护你

谢栋锋

七月的傍晚，天气异常闷热。

陈浩然关掉电脑和空调，拉开办公室的门，一股灼人热浪从过道上扑面而来，从冰窟窿掉进了火炉里，切切实实地体会了一把“冰火两重天”的滋味。

此时，下班时间已经过去十几分钟了，稽查局其他同志都已经下班离开了办公楼，三楼的走廊里静悄悄的，没有一个人影。

但陈浩然知道：一把手杨刚肯定还在办公室审看稽查案卷，虽然已经快五十岁的人了，六半点之前，他一般都还在局里忙。

在抬手敲杨刚办公室的门之前，陈浩然心里忐忑：就在两个月前，在一次重大案件审理会议上，因为一个税收政策问题，自己与杨刚面红耳赤地争执了一个多小时。虽然最后的结果是自己争赢了，但他总觉得杨刚从那天起，就对自己冷淡了许多，而且对自己在劳动纪律、工作作风等方面的要求越来越严，似乎是在蓄意报复自己那次公开顶撞他的行为……

忐忑归忐忑，陈浩然最后还是硬着头皮敲响局长室的门。

在听到“请进”两个字后，陈浩然推开门走进去，脸上挂着一丝不自然的笑容，对杨刚说：“杨局，关于舜星装饰公司的案子，我想向您汇报一下。”

杨刚有点诧异地看了他一眼，不解地问：“上午我问起这个案子时，你不是说跟你同组的小弘参加异地稽查了，这个案子要等他回来后才能出结论吗？怎么现在又要找我汇报了？”

陈浩然有点慌乱地避开杨刚犀利的目光，红着脸嗫嗫地说：“杨局，我进入舜星装饰公司检查时才知道：这个公司的老板周海光，是我未婚妻的表哥……他本该亲自来拜访您的，但又担心这样做太唐突，所以……所以……”

毕竟是第一次代替别人给领导送礼，陈浩然的心里特别紧张、特别慌乱，左手下意识地伸进裤袋里，紧紧地捏住那个装了四千元钞票的信封，却又羞于启口说明自己来送信封的来意……

杨刚见他红头涨脸满头大汗，神色尴尬无比，左手则插在裤袋里，里面鼓鼓囊囊的，是一信封，立即猜出了他的来意，皱了皱眉头，直截了当却带着一丝玩味地问：“小陈，是那个周海光委托你来给我送东西的？”

陈浩然的脸更红，点了点头，摸出那个信封，放到办公桌上，垂着眼帘低声说："杨局，周老板说这点小小意思，请您千万不要嫌弃。"

杨刚扫了那个信封一眼，忽然脸色一沉，出其不意地问："小陈，你跟我说实话：周海光是不是也给你送了信封？"

陈浩然吓了一大跳，脸上露出慌乱的神色，本能地摇了摇头，说："没有，绝对没有，他只是我未婚妻的表哥！"

杨刚又审视了他几眼，语重心长地说："小陈，这个信封你带回去退给他，告诉他别再搞什么名堂了。回去吧，我还有公文要处理！"

杨刚是部队转业干部，曾经担任过营长的职务，身上自有一股不怒而威的英气。所以，虽然他刚刚和颜悦色地跟陈浩然说那番话，但陈浩然还是感觉到了巨大的压力与不安，也不好再说什么，抓起那个信封，匆匆离开办公室。

杨刚看着陈浩然离开，脸上掠过一丝担忧，靠在办公椅上沉思了几分钟，忽然抓起电话，拨打了监察组长林少新的手机，请他马上来办公室一趟。

林少新进来后，杨刚开门见山地说："林组，麻烦你联系一位监审室的同志，跟你一起到陈浩然曾经稽查过的纳税户中做一下回访。暗访的重点是陈浩然有没有以权谋私、索贿受贿行为，越快越好。"

林少新脸上掠过一丝质疑，停顿了一下，似乎有所察觉，问："杨局，这件事很急吗？陈浩然这位同志虽然脾气有点犟，甚至有点恃才傲物，但在廉洁自律这方面，没听到负面传闻，我觉得应该没什么问题。再说，我们这么冒冒失失地下去调查，即使企业送了礼品礼金，他们也不一定据实告知。"

杨刚却很坚定地说："我还是不放心，你去查一下，并且把相关工作作风情况尽量详细记录，我过些日子应该会用到。"

说到这里，他意味深长地看了林少新一眼，说："至于你说纳税户不会告诉我们送礼品礼金给干部的事，我和你看法不同：绝大部分纳税人给干部行贿送礼，都不是心甘情愿的。可能他们送礼的时候笑嘻嘻的，但一转身就会骂娘。所以，如果陈浩然真的接受了别人的礼品礼金，只要你们去调查，肯定会有人偷偷检举告发。"

林少新想了想，觉得哪里不对，却也不能说什么，毕竟这是自身工作职责所在。便没再多说，答应明天一上班就约监审室的干部一起下户调查……

在林少新他们开展调查后的第三天，陈浩然忽然连续接到两个与他关系比较好的纳税人的电话。在电话里，这两个纳税人偷偷告诉他：稽查局一位林姓的同志和监审室一位副科长，正在下户调查他在廉政作风方面的问题……

得到这个信息后，陈浩然的第一反应是有点恐慌。但很快，这种恐慌便被一种怨愤之情所代替：这个杨刚，真是太阴毒、太卑鄙了！竟然想出这种办法来打击报复自己！

这时，这个念头刚一冒出来，他马上就想起了周海光送给未婚妻的那两万元钱，心里顿时又泄了气，仔细地思考了半天，决定先去找周海光谈一谈。

在周海光的办公室，陈浩然先将杨刚拒收的那个四千元的信封退给他，然后说："周哥，上次你送了两万元给我未婚妻，说让我们给新房买点家具。我仔细想了想，这钱我还是不能收。但是，那两万元已经被我未婚妻买家具了，我暂时也没有钱还给你。所以，我想先打一个借条给你，两个月后一定将钱归还。"

周海光先是一愣，笑了笑，拍拍他的肩膀说："表妹夫，你这也太见外了吧！咱是亲戚，那两万元钱是我给我表妹的结婚礼金，即使有人要查，这是我们亲戚间的人情往来，他们不能把你怎么样。打什么借条，到时反而说不清了，对不对？"

陈浩然想了想，觉得他说得也有点道理。而且，最关键的是：自己现在确实没有钱还给他。

于是，他便没有再提打借条之事。

几天后的一个下午，林少新独自来到杨刚的办公室，他是来汇报结果的。

"杨局，这几天我们一共调查走访了近两年陈浩然主持稽查的十七户纳税户。受访的纳税人普遍反映：陈浩然政策业务水平很高，人品也很好，从来不接受纳税人宴请，多次拒绝纳税人的信封礼金，而且他性格耿直，处事公正，所以被查单位即使补税罚款充分，对他工作作风问题却没有什么怨言。"

杨刚点了点头，不露痕迹的一丝微笑过后很正式地说："那好，林组的报告这几天应该能出来吧。"

林少新顿了一下，有点犹豫地说："不过，杨局，我上面所说的，只是绝大部分纳税人对陈浩然的评价。在调查中，我不经意了解到了一个有关陈浩然的负面传闻。"

杨刚凝视着林少新，问："啥？"

"据一家与舜星装饰公司有业务往来的房地产公司老板透露：有一次他与舜星公司的老板周海光喝酒，在大家都喝得半醉的时候，谈起了税收问题。那个周海光忽然用轻蔑的语气说：税务局的事，只要有钱就好办。然后，他就说这次地税稽查局准备查他，两万元就摆平了。而这次主持检查舜星装饰公司的，正是陈浩然。所以，我怀疑周海光说的用两万元摆平的人可能就是他。"

杨刚没有什么反应，阴沉着脸，看了看林少新："好，我知道了。"林少新也不知道这到底是什么意思："杨局，要没什么其他问题，我先去处理下报告的事。""行，你先忙吧。"林少新也没多说，就回去了。

第二天早晨刚上班，杨刚把陈浩然叫到办公室，面无表情地说："小陈，鉴于你跟舜星装饰公司的老板周海光有亲戚关系，根据有关规定，这个案子你需要回避。我已经安排林少新副局长和张烁烁接手这个案子，等下请你将有关检查的资料都移交给他们。”

陈浩然的脸一下子涨得通红，心中一股怒火马上要迸发出来，瞪眼看着杨刚，气呼呼地说：“杨局，我不太明白，有这个必要吗？幸亏我行得正、坐得稳，不然的话……能搞出什么名堂！”

自从那天周海光说了那两万元只是亲戚之间的人情往来后，陈浩然的心就安稳下来了，所以此刻才敢理直气壮地顶撞杨刚。

杨刚不动声色地看着情绪激动的陈浩然，等他发泄完后，这才心平气和地问：“小陈，你认为我是在打击报复你？”

“对，就是上次在讨论泰鑫钢铁厂的定案问题时，我顶撞了你，你怀恨在心吧！”

杨刚听到这句话，脸上的肌肉抽搐了一下，勉强控制住自己的不悦，继续平心静气地说：“小陈，我是在保护你！”

说到这里，他的脸色忽然一变，用犀利的目光盯着陈浩然，说：“陈浩然，有件事我必须提醒你一下：据说，前几天舜星装饰公司的老板周海光，在和几个朋友喝酒时，说地税局的干部有钱就好办，只用两万块钱就摆平稽查局。”

陈浩然听到这几句话，宛如五雷轰顶，脸色煞白，脑海里嗡的一声，差点晕眩过去。

同时，一个恐怖的念头在他的脑海里不停地翻转：完了，完了！杨刚既然知道了这件事，肯定会穷追不舍，不搞死自己绝对不会罢休！万一他向局党组汇报，或者直接举报到检察院，自己不仅工作难保，说不定还有牢狱之灾……

杨刚察言观色，见陈浩然的脸色忽然间变得苍白无比，身子也因为恐惧而微微颤抖起来，知道林少新反映的情况十有八九是真的，忍不住暗暗叹息一声，放缓了脸色，心平气和地说：“小陈，这件事如果是真的，你就点一下头。你先不要害怕，这件事还有挽回的余地。只要你勇敢地承认，并愿意改正错误，我们可以一起来商量解决的办法。”

陈浩然听到这几句话，很意外地抬起头，又忽然转而犹疑地看了杨刚一眼，见他满脸真诚，正用关切的目光盯着自己，心里不由一动，犹豫了片刻，然后轻轻地点了点头。

杨刚见他点头，便问：“这两万元到底是怎么回事？据我所知，你一贯都是廉洁自律的，在这方面，纳税人对你的评价都很高。这次怎么忽然接受周海光两万元了？”

陈浩然听到“你一贯是廉洁自律的”这句话，只觉得心里一暖，眼眶渐渐地红了，低声说：“杨局，您应该清楚我的家庭情况：我是从农村里考大学出来、再考公务员到咱地税局来的。家里穷，为了供我上学，借了很多债。工作这几年，大部分收入都用来还清债务。”

“两年前我谈了一个女朋友，我们决定今年国庆节结婚。但是，女方父母一定要我买房装修后，才肯将女儿嫁给我。所以，我只好又借钱买新房，又欠了一笔债。”

“上个月底，在我进入舜星公司开始查账的时候，我未婚妻忽然对我说，舜星公司的老板周海光是他的远房表哥，让我在查账时关照一下。当时我没有答应她。但是，几天以后，我未婚妻忽然告诉我，周海光给了她两万元做礼金，她拿去买了家具……”

杨刚听到这里，已经明白了前因后果，便打断他的话，问：“你现在可以将钱退给周海光吗？舜星公司的稽查结论还没有出来，只要你现在将两万元退给周海光，也许你这件事就还有挽回余地。到时候，我向局党组汇报一下，让监审室找你做一次诫勉谈话，这件事就到此为止，不会造成恶劣后果。”

陈浩然无奈地摇了摇头，说：“我为了买房，能借的亲戚朋友那里，都已经借了。所以，我暂时实在拿不出两万元去还给周海光，我本想先写个借条给他，争取在两个月内将钱还清……”

“不行，这样做绝对不行！”

杨刚断然否定了陈浩然的想法，然后拉开自己公文包的拉链，从里面拿出两沓百元钞票，推到陈浩然面前，用很真诚的语气说：“小陈，你的困难，我清楚。昨天下午当我得知周海光给了你两万元后，我估计你应该是用掉了，一时难以还给他。我做了点准备，这两万元算我借给你，你慢一点再还无所谓。”转而十分严肃并带着命令的语气，“但是，你现在必须将这两万元返还周海光，并让他打一个收钱的证明给你。”

陈浩然万万没想到杨刚竟然会如此为自己着想，想起自己刚刚对他说的那些无礼的话，心里既愧疚又悔恨，用颤抖的手拿起那两沓钞票，哽咽着对杨刚说：“杨局，谢谢您！我现在马上去。”

一个半小时后，陈浩然回到了杨刚的办公室，拿出口袋里的两万块钱，红着眼说：“杨局，周海光怎么也不收我的钱，说那两万元是他给我未婚妻的结婚礼金，而且他也没将钱交到我手里，所以没有理由收我的钱。”

杨刚想了想，片刻之后，说：“这样吧：我查了一下舜星公司的纳税资料，发现这个公司有三万多元城建税欠税未清缴。等下我到监审室喊一位同志，陪你到办税服务厅，将这两万元作为舜星公司的税款缴入国库，抵缴他们的欠税。”

三天后的下午，稽查局副局长林少新与另一位干部进驻舜星装饰公司，按照陈浩然初查提供的线索，很顺利地查实了该公司利用假发票偷逃一百多万元建安营业税的问题。周海光在签署处罚告知书送达回书时，暗自嘀咕了一句：“给我等着。”

一周后，陈浩然忽然接到市检察院反贪局的传呼，要求他交代近几年工作作风的问题。陈浩然感觉天塌下来，晕晕乎乎上了反贪局的车。

杨刚得知陈浩然被检察院传唤，马上叫林组长赶到反贪局，找到负责案件的相关领导同志，向他们出示了陈浩然代替舜星公司缴纳税款的那张税票，还给他们看了监审室当时的证明材料以及那份调查报告。

大概三小时后，拘押室门外的陈浩然望着天空，浩瀚星河中一轮新月藏在薄云层中，随着微微清风，云层逐渐淡去。心中五味杂陈，但同时心中怀有一份无以言表的感激。

第二周周三的下午，下班后陈浩然来到杨刚的办公室，杨刚让陈浩然坐下，泡了两杯茶，语重心长地告诉了陈浩然真相。周海光用暗藏的针孔摄像头，录下了他请求陈浩然关照的话语，以及陈浩然未婚妻拿钱的全部过程。事发后，他去检察院检举陈浩然，并提供了这一段视频资料，才有了后来的种种，至于自己做了什么却只字不提……一股冷汗顺着背渗了出来，紧接着是一股暖流由心而发。

“你是个好苗子，坏了就太可惜了！”杨局意味深长，望着窗外，似乎看到了青年时的自己……

陈浩然带着无比的感激与欣慰，对“我是在保护你”这句话的含义有了更为深刻的理解。

（作者单位：揭阳市空港经济区地税局地都税务分局）

执法“天眼”追凶记[①]

刘元卉

“3·15”是一个特殊的日子。对很多企业来说，“3·15”意味着打假；对天骄公司来说，2017 年的“3·15”也是不寻常的一天。

早上，五层的天骄公司大楼在阳光的照耀下显得火辣辣的。9 点 50 分，一队身着整齐制服的人员来到了天骄公司的大门前台，为首的一名身材高大、相貌威严的男子拿出一本黑色的检查证，对着前台 20 多岁的小姑娘说：“我叫张强，我们是金穗市地税稽查局的检查人员，现在要对你公司进行检查，这是我们的检查证，请你公司的财务人员出来配合我们的检查工作。”小姑娘脸色骤然一变，迅速拿起电话说：“请等一下，我这就通知我们公司的财务人员。”“嗯，嗯嗯，好的。”小姑娘在电话里沟通了几句之后，客气地对该男子说：“我已经通知了我们财务总监，她马上就下来，大家先在会议室里坐一下，这边请。”小姑娘将大家带到了四楼的会议室。

不一会儿，一个 40 多岁的女子来到了会议室，并主动递来名片，说道：“我是天骄公司的财务总监魏舒，欢迎你们来我公司进行检查，有什么需要配合的尽管说，我们一定全力配合。”与同事小李对视了一眼，张强说：“我们先把检查的手续办了，然后你再带我们参观了解一下你们公司的经营情况，你看这样怎么样?”魏舒爽快地回答：“没问题。”办完手续后，魏舒一一介绍了公司的部门构成和经营情况。走到三楼的时候，魏舒说：“这层楼原来是我们一个部门的办公室，现在已经没有办公了，你看灯都是黑的，没有人在这里，我们就不看了吧。”张强按捺住激动的心情，指着走廊尽头门上的一块牌子说：“这里写着金穗市青见有限公司，如果没有人为什么牌子还挂着?”说完也不管魏舒，带头大步迈进了三楼办公室。办公室摆着五六张方方正正的办公桌，没人在，有的桌面的电脑还开着，有的椅子上还搭着衣服，有的茶杯里的水还冒着热气。张强回头说：“魏总，你看着像是没有人办公的地方吗?”魏舒脚一抖，一个踉跄，赶忙说：“这里一直是没有人的，为什么会有东西放在这里，我要去问一下我们行政主管，你们稍等。”说完转身急急忙忙地走了。

张强长松一口气，对后面佩戴作战执法仪的小李说：通过作战指挥系统

① 本小说由真实税案改编而成。

向局领导汇报，已找到目标，通知外面的兄弟，干活！

初接重案

在同事们的印象里，张强是一个比较无趣的人，不过在金穗市这个拥有千万人口的大都市中一个小小的税务稽查局里，有趣的人确实不多。稽查员们每天忙忙碌碌，查案、取证、案牍文书，按照既有程序一丝不苟地忙活，对于大多数人来讲，这不过是一份普通的工作，一份只能糊口但听起来还比较光鲜的工作。

张强上大学时曾是风云人物，大学期间有着无人不知的辉煌，为此，他做每一件事都使出十二分的力气，对每个案子、每件事近乎变态的认真已经到了让人惊叹的程度，他确实是个办案的好手，敬业、执着，总是冲在第一线。

令张强无比激动的是他上任伊始，就接手了国税总局督办的限售股减持系列案中最难啃的硬骨头——青见公司案。这是一个全新的课题，并且出现在国家全面实施“营改增”后关键的历史时刻，它的出现，就如黑夜里的一颗明星，让张强的血液沸腾着，“机遇不会缺席，尽管常常迟到”，他一遍一遍地对自己说：“张强，盯紧它，抓牢它！”

张强想证明自己，他要属于自己的荣耀。他很会协调自己的工作，所以哪怕事务繁杂却忙而不乱。他享受着从一团乱麻的事务中抽丝剥茧，把它们一条条按照逻辑关系梳理出来，他很享受这样的工作方式，也很享受具有挑战性的工作。坚定的目标总是让人暂时忘记生活中的那些烦恼，尤其是抓住案子的突破点时，那种成就感让他异常兴奋。

张强绝对是税务稽查的“顶级猎人”，他特有的灵敏嗅觉和扎实的业务功底让他很快理清了青见公司的脉络。青见公司和天骄集团是关联企业，在没有特殊的情况下，短短两年内收入成本呈几何级数增加，而且 2015 年青见公司的费用总额超过了成本，这其中肯定有一个巨大的猫腻。他发现青见公司销售的化妆品都来源于天骄集团，而且交易量巨大，如此短时间内天量的交易，是不是做假账，甚至是虚开？在几次案情分析会议上，他大胆地提出自己的预判，并且在最终对局长的案情汇报会议上，用有限的数据给这个预判增加了砝码。

“我一直都认为，‘营改增’并不意味着地税稽查任务的减轻，相反，‘营改增’才是地税稽查的机遇，我们大有可为！”钟局长并没有如张强那样激动，他明白调查取证才是稽查最难的环节。“限售股减持一直都是社会的热点，也是总局关注的焦点和难点，好好把握，就从青见案突破，这个案子一突破，限售股减持系列案我相信都能突破，对所有持有限售股的企业极具震慑力。这个方向一定行!”

接下来，张强便和他的专案组开进了查账室，从网络、金税三期系统、税收分析平台等各种渠道调来的资料摆满了查账室的办公桌。他们把焦点放在了蓝海证券的十几年的几百份公告和青见公司十几家关联企业报表的逻辑关系上。经过两周的梳理，一个大胆的构想迸发在专案组的黑板上。张强发现，青见公司无疑是减持了蓝海证券股份的，这点通过公开市场公告和相关资料可以很容易地发现，最大的猫腻是，他们的减持收入未入账的同时，他们很有可能是通过做大贸易额，虚增成本费用，增加亏损额，来给减持证券收入打上“双保险”，试图用亏损混淆视听，瞒天过海。

张强把头埋在一堆报表中，紧张地搓着双手，他此时的兴奋度，不亚于升职的喜悦。他迅速建了一个简易的分析模型，对青见公司的各年度数据进行各种关联分析，经过不断的数据筛选和匹配，他预设的模型渐渐有了雏形，一条条关系链逐渐清晰，但不论怎么努力，始终无法连成一个他预判中的逻辑关系，他不断地用手中的笔头敲着自己的脑袋：“关键点在哪里呢?”

“这家传奇公司，它才是关键，找到它!”他兴奋地把手头的铅笔用力一折。对旁边正在做数据分析的计算机高手小李说：“小李，把所有传奇公司的资料找出来，看看漏了什么？一定是漏了什么!”然后他对前面整理资料的小刘说：“把传奇公司所有的工商资料打出来，我要看看它还在不在经营，公司股东等所有资料我都要!”

“好的，老大，马上去!”小刘噌噌噌地跑出了查账室。

一边在系统做着文书录入的小陈忍不住问道：“老大，是不是这家公司有问题?”

“肯定是它，2015 年和 2016 年的贸易额相差了几倍，如果我判断得没错，它肯定在 2016 年注销了！如果它真的注销了，证明十有八九青见公司利用了他们之间关联公司的关系，列支了传奇公司的费用，来达到他们虚增费用的目的!”张强斩钉截铁地说。

当夜，又是一个灯火通明的夜晚，专案组同事们一边干活，一边眯着眼睛小声嘀咕着：“老大一定是对的。”

“老大，你果然说对了!”第二天下午，小刘拿着一堆传奇公司的工商注销资料，兴冲冲地冲了进来。

“准备行动，我们今晚连夜制订方案，务必以最快速度拿到青见公司的一手资料!”张强狠狠地一握拳。“准备上战场了，给我精神点，以我的经验判断，青见公司的行动不会那么顺利，大家做好万全准备。”“是!”众人齐声应道。

突击行动

会议室里，张强向负责这次行动指挥的冯副局长汇报这次行动的准备情况。“青见公司不简单，在河东区的注册地点一改再改，据我们分析，如无意外，实际经营地应该在河西区的天骄公司里面，可以看出企业对于税务检查是有准备的，我们这次突击检查要格外小心，企业很可能对我们调取资料有所防范。”困难往往伴随着机遇，意外地，冯局告诉了他一个振奋的消息：“全省第一个稽查作战指挥系统已经在局里建成了，这个系统最大的特点就是实现了总局的三项制度试点工作要求，实现了大规模行动的现场指挥、执法过程的全记录和可回溯管理。这次青见公司的重要行动可以拿来小试牛刀，让企业见识下作战指挥系统的威力！明天正好是‘3 · 15’，一个特殊的日子，我们打的虽然不是企业的假产品，我们打的是企业的假账！”

张强很兴奋，有了作战指挥系统这把利器，可以更好地策划这次行动了。为此，他又重新精心设计了预案：“我们采用声东击西的战术，我带队以检查天骄公司的名义先杀进去，小陈，你带一队人在企业外面守候，等我这边找到了青见公司的实际经营地，会跟在局里指挥的冯局汇报，你那边马上开进来支援，控制青见公司的现场资料，务必要让企业没有反应的时间和机会。我就不信，它还能飞上天不成！”

无声较量

“3 · 15”注定是不平常的一天。

不得不说张强在行动方案上的准备是充足的，行动的第一步也很顺利，专案组顺利地找到了青见公司的实际经营地，并且控制了现场。

作战指挥系统里的汇报声此起彼伏：“第一组找到了天骄公司财务室，未发现青见公司账册资料。”“第二组找到了青见公司经营部，未发现账册资料”。

张强的眉头紧紧地拧成了“川”字，不可能啊。但是魏舒却一口咬定青见公司早已搬到河东区，这边没有财务室，也没有财务资料。

小李灵机一动，对小刘使了个眼色：“我们打下青见公司通讯录上财务人员的分机，听听有没有电话响，看看能否找到财务室。”小刘心领神会，马上组织人员在天骄公司逐层守候，通过作战系统沟通是否有电话响。果然，4 楼人员汇报，找到没有部门名称的 408 房有电话响。

“嘿，看你还狡辩！”张强对魏舒说，“把这个房间打开。”这下魏舒不淡定了，脸色突变，想了半天说：“我请示下领导。”

这一请示就是一个小时，眼看拖不过去了，魏舒说：“你们等下，钥匙在领导那，他现在赶过来开门。”

张强隐隐觉得有些不对，于是让魏舒给青见公司领导打了个电话，晓之以理，动之以情，电话里，青见公司王总“诚挚”地表示：我们一定配合检查，我现在就赶过来开门。

“我和小李跟魏总做个笔录，小刘和小陈你们带两个人在财务室门口盯着！”张强觉得稳妥起见，还是要了解清楚天骄公司和青见公司的经营情况。于是和小李、魏舒找了个房间，开始了询问手续。

时间一点点过去，突击战变成了阵地战。

一个体形略胖的黑衣男子径直走到财务室左边的406办公室，拿出钥匙开门。小陈见状，连忙走上前问道：“你是什么人？这间办公室是干什么的？”那人瞄了一眼众人，强自镇定回应道：“哦，这间办公室是我租的，我是开网络游戏公司的，你们忙，我还有事先走了。”说完也不等小陈说话，转身快步离去。“莫名其妙！”小陈说，“走那么快，心虚？难道406房也有问题？”

突然间，4楼旁边的洗手间响起轰鸣声。“怎么回事？我去看看。”小刘来到了旁边的洗手间，只见两名装修工人拿着电钻在钻马桶，“马桶坏了，公司叫我们来修下，打扰你们不好意思。”工人客气地说。

“4楼黑灯瞎火的，一个办公人员都没有，为什么马桶会坏？这个时候修什么马桶？”小刘嘟嘟囔囔地跟小陈说：“不对，我去四周转转。你们继续守着。”

“快过来，这里有人爬窗户！”小刘的声音在走廊拐弯处响起，小陈听到小刘的喊声，一个箭步冲了过去，还不忘回头说：“小李你们继续守着，我去支援小刘。”

来到走廊转角处，只见小刘急迫地指着窗户外面说：“快看，那边房间有人从5楼爬到4楼了！”小陈顺着手指方向看去，从5楼某房间窗户拉下了一条塑胶水管，直通4楼房间，却不见人影。“人呢？”“我看见他爬进去了，这个窗户应该是406办公室的，水管都没来得及收起来。”“用作战指挥系统拍下传回局里，跟领导汇报，我这就去房间门口加强戒备。”

4楼财务室门口，张强向局指挥中心汇报情况后，皱眉苦思着来龙去脉：“先派人来406试图混进去，后利用装修声掩护从5楼爬进406，这说明406也是一个重要的办公室。”“小陈，你负责盯着406，那个人既然进去了，想必暂时出不来，我们守着门，看他怎么办。小刘，你盯着窗户，防止他再爬出去。这里发生的一切，我们都用执法仪实时拍摄下来，传送到局里服务器，留作以后的证据。”

这时候，魏舒过来了："我们王总快到了，你们有什么需求和他说。"不一会儿，王总果然到了，王总身边跟着两人，一个身材壮硕，另一个西装革履，戴着眼镜。"不好意思啊，张科，路上堵车，所以现在才到。"说完指着西装男说："这是我们公司的法律顾问。"

"硬的不行来软的，"张强心里冷笑一声，说道，"没事，希望你们公司能配合我们的执法工作。""当然，当然，快把门打开！"王总指着魏舒。只见魏舒从身上口袋里摸出了一串钥匙，把 408 办公室打开了。

"你们……"年轻气盛的小李刚想发火，张强一把按住了他的肩膀。原来钥匙一直在魏舒身上，好家伙，你们拖时间也是没用的。该接受检查的账册凭证是跑不掉的。"还有旁边这几间办公室都打开，我们怀疑你们隐匿账册凭证！"

"这……"王总犹豫了一下，"没问题，全力配合，都打开！"于是魏舒打开了旁边几个办公室的门，406 的门一开，一个身材瘦小的男子拿着个酒瓶摇摇晃晃地走了出来。

"刚才爬进去的就是他！"小刘小声对张强说。"他是谁?"张强问道。

"我也不认识。"王总说，"魏总，他是谁?"魏舒回答说："他好像是我们公司维修工，怎么喝醉了躲在里面? 快带他去醒醒酒！"王总旁边身材壮硕的男子答应一声，架起了那人走下了楼梯。

专案组终于开进了财务室，经过检查他们发现，从 406 到 408 都是青见公司及其关联公司的财务室，里面的账册凭证搬出来后堆满了整个会议室。小陈他们讨论着这家公司的客气面孔下的强硬，他们刚才明显是想转移 406 的财务资料，这下被我们识破，后面肯定没那么简单，大家都是这样想的。

冲突升级

清点账册的时间是漫长的，转眼就到了晚上。"你是谁? 你是税务人员吗?"突然间，一个大嗓门从 406 办公室传了出来，"张科，这人是谁? 他的检查证呢?""来了来了，这次又是什么招数?"猛然间，楼梯又冲出了十几个青见公司人员，其中几个拿着摄像机，开始对检查人员逐个抓拍。"你们执法我们不干预，但我们也有权对你们执法过程进行记录。"戴眼镜的法律顾问嚣张地说。

青见公司人员的干扰本没有太大影响，不过是增加了取证的时间，但就是怕乱中出错。

这种挑衅让张强肾上腺素急速上升，青见公司越是这样，就越说明他们公司的账一定有问题，他就越有信心通过调取的账册凭证找出他想要的东西。为了稳妥起见，他通过指挥系统向局里坐镇的冯局请示后，直接打 110 报了警。

两名公安人员很快赶到了现场，警告青见公司王总不要阻挠地税稽查人员执法后，就想离去。张强赶忙对公安同志表明了对青见公司账册凭证安全的担心，并建议公安人员等检查人员离场后再撤离。带队的公安同志答复说："不用担心，我们已对他们公司进行了警告，他们也保证不再干扰执法。"

"我总觉得不放心。"张强小声对小李说，"我们也留一手，你把调取的电子账册数据随身保管。"

没想到，青见公司的保证就真的成了一句空话。张强留的这一手还真起到了关键作用。

晚上 11 时，就在检查人员将账册资料装车准备运走的时候，天骄公司周围冲出了几十人，将账册资料全部抢走，并装上了一辆白色面包车迅速逃离现场。为了检查人员的人身安全，张强没有让大家追，他在跟局指挥中心汇报后再次打 110 报了警。局里指挥的领导立即赶赴现场，公安人员也迅速出动，控制了现场并抓捕了 3 名抢账的嫌疑人员。

"这些人，不知道我们作战指挥系统的威力，青见公司的所作所为，全部都被拍摄记录在案，他们以为把公司监控关了就没有他们抢账的证据了吗?"现场指挥的冯局对公安带队民警说，"我们可以提供他们抢账整个过程的证据，并且我们还拥有全国最先进的电子数据鉴定实验室，刚才在青见公司采集的电子数据一样可以鉴定为证据，跟我们玩这套，他们的水平还远远不够。"

"确实是这样。"张强在一旁补充道，"刚才我已将调取的电子账册数据大致浏览了一下，我们案前分析的青见公司减持收入未入账和虚增费用等几项重要疑点的主要证据都能在里面提取到，他们这样做无异于掩耳盗铃。"

一直到第二天凌晨，检查组才撤离现场，并继续和公安机关配合工作。

尾　声

两天后，这桩惊动了整个金穗市的抢账案在省、市领导的重视和关心下有了初步的进展。青见公司法人代表及部分抢账人员被拘留。账册凭证在公安的见证下移交给了地税稽查局。

两个月后，张强对在地税征收大厅缴纳近亿元巨额税款的青见公司王总说："早知今日，何必当初？你们以为瞒天过海或者强抢账册这些手段有用吗？你这是赔了夫人又折兵啊。"王总长叹一声："那是那是，还是你们金穗市地税稽查厉害！我们真是悔不当初啊！"

（作者单位：广州市地税局稽查局）

下户那些事

肖　勇

一、 与危险的亲密接触

推开车门，一股热浪夹杂着刺鼻的异味扑面而来。

七月，一年中最热的时候，阳光从前挡风玻璃直射进来，晒在杨光和李洁的身上。空调开到四挡，都抵挡不住烈日的暴晒，车内闷热的空气让人汗流浃背。

虽然不少人开玩笑，说杨光就是“阳光”，不过这么毒辣的阳光，一点都不讨人喜欢。

最近催报催缴任务特别多，大热天，虽然谁都不愿意冒着烈日，开着蒸笼一样的车在外面跑，但是杨光不愿意手上的任务积累太多，只得冒着酷热坚持下户，向“钉子户”派发《限期改正通知书》。

不过，就是辛苦李洁了，要一个女孩陪着自己“蒸桑拿”，杨光还真是过意不去，所以路上特地买了个雪糕“慰问”一下她。

这是一家表面处理厂，推开车门时闻到的那股刺鼻的味道，就是从厂里的喷漆和酸洗车间发出的，典型的有毒有害气体。虽然有毒有害环境杨光已经见多了，不过今天这么刺鼻的味道还是让他非常难受。他和李洁不由得捂住了鼻子，心想还是快点完成调查，早点闪吧。

几个戴着口罩的工人在车间里忙碌，杨光走过去，问他们办公室在哪里，工人瞥了他的肩章一眼，一言不发，转头继续干活。

杨光只好自己寻找，终于在车间的尽头找到办公室，敲了敲门，很久都没有人回应。杨光捂着鼻子耐心地等了一会，又敲了一阵门，这时门才咿呀一声打开了。一个身形健硕、留着平头的小伙子露出了头，望着一身制服的杨光和李洁，吃了一惊，很生硬地问了一句：“你们找谁？”

杨光透过门缝，看到里面有六七个人围在一起，听到声音，都转过头来望着门口，眼神中透着警惕。

杨光定了定神，微微一笑，对着小伙子说：“你好，我们是地税局的。”

“哦，地税局的。”小伙子似乎松了一口气，声音开始强硬，“什么事？”

“你们厂已经有几个月没有报税了，我们过来了解一下情况，麻烦你们签收一份《限期改正通知书》。请问你们老板在不在?”

“改正?”小伙子冷笑了一下，回过头去喊了一声，“黑哥，税务局的。”

这时门完全打开了，杨光终于看清楚，一群人有的站有的坐，围在一张小茶几边，茶几上摆着一堆百元大钞。一个身形粗壮、皮肤黝黑的中年人站了起来，啪的一声将手中的扑克甩在茶几上，朝杨光和李洁走过来，身材足足高出他们一截。

“什么事?”中年人站在杨光面前，冷冷地说。

杨光的目光落到他的右臂上，忍不住倒吸了一口冷气。只见一条十多厘米长的伤疤，串起十多条缝合的印痕，像一条红色的蜈蚣，爬行在中年人的手臂上。

这时旁边的五六个人也跟着一起围了过来，站在杨光和李洁身边，轻佻地望着两人。

杨光注意到身边的李洁紧张得脸有点发白，他拉了拉李洁，示意她不要紧张。杨光强作镇定，对着中年人微笑着说：“你是这里的法人代表吧?”

“是，怎么样?”

“是这样的，你们厂几个月没有报税了，我打过几次电话，都打不通。我们现在过来了解一下情况，并且请你签收一份《限期改正通知书》。”

这时旁边有人起哄：“限期改正？还有人敢叫黑哥限期改正!”

黑哥冷笑了一下，得意地说：“是啊，你叫我签我就要签?”

李洁说：“依法纳税是企业的义务，你们厂既然在正常经营，当然应该依法申报。”

“怎么，你是说我们违法吗？我们可是做正当生意的。”黑哥厉声说道。旁边的人似乎听到命令，都向前挪了半步，紧紧围着杨光和李洁，目光中透着凶狠，空气似乎都凝结了。

气氛骤然紧张起来，不过幸好杨光还算有经验，他说：“老板你当然是做正当生意的，只不过现在几个月的税没有报，我们要提醒你补申报。其实这都是小问题，我们只要互相配合一下，就可以解决。我们也希望老板你的生意越做越大。”

这番话似乎让黑哥很受用，脸上的神情缓和下来，露出了微笑：“哦，误会而已。我们原来那个会计不听话，被我炒掉了，还没有请到会计，所以就没报。不是我们不守法，等请到会计我们会补报的，你们不用来催。”

“我们按规定要下厂和企业面对面地交流一下，看看有什么困难。如果真是这种情况，那还是快点找个会计，早点补申报才好，过了期限有滞纳金，对你们来说是损失。不过，现在我们按照程序要请你先签收这份文书。”

“那好吧，拿过来，我签。”说完，黑哥接过签收回执，大笔一挥，就还给了杨光。

车开出厂门，李洁长长吐了一口气，拍拍胸口说：“刚才真是吓死我了，光哥。还是你厉害，那么镇定。”

“其实我也很害怕，呵呵。”

“看不出哦。你以前遇到过这种情况没有？”

“遇到过几次。我们税管员下户，要面对各种情况，包括危险，这算是税管员的必修课吧。”

二、 微笑向暖

一间制衣厂，上百台针车整齐地排列在车间里，一排排工人坐在针车前埋头工作。

杨光微笑着对身边的女老板说：“老板，看来你的生意真是不错啊，这么多人开工，我刚数过了，足足有 300 人，你申请买 50 个社保应该不够啊。”

“其实大部分都是临时工，过来做几天的，正式员工才五六十人。”女老板保持警惕。

“没有差这么多吧，两百多个临时工？而且按照政策规定，不管是不是临时工，都要买社保的。这也是对工人的一种保障。”

“你说得轻松，买那么多社保我们企业怎么负担得起啊，一个人几百块，300 多人一个月就有十几万的支出了。你以为现在企业好做吗？本来工资负担就重，你们一张嘴就要我们多出十几万，你们公家单位的，要多想想企业的难处。”

看到女老板越说越激动，杨光耐心地等她说完，然后微笑着说：“老板你先别激动，我知道现在企业困难比较多，但是买社保是国家的政策，也是对企业有好处的。工人的社保待遇好了，招工就容易，也留得住人，这样你们企业才会越做越好。你们这个行业工伤又比较多，出了事故有工伤保险帮你们承担，不比企业自己来承担要好吗？所以说到底，社保是对企业和工人都有利的。”

听到这里，女老板声音缓和了一点，但还是很为难地说：“可是一个月十几万的支出，我们真是负担不起啊。而且，就算我们企业愿意参保，工人也不愿意买啊，很多工人只做几个月，都不愿买社保。我们统计过，只有五六十人愿意参保的。”

“那是他们还不了解社保政策。这样，你叫一些工人过来，我给他们讲讲社保的政策。”

听说地税局要强制大伙买社保，几十个工人立即围了过来，七嘴八舌地在旁边议论。

杨光耐心地听他们议论了一番，看到来的人越来越多，就清清嗓子，对大家说："各位工友，其实你们还不太了解社保的政策。你们有什么问题，可以一个一个问，我给你们解释解释。"

一个女工首先发问："现在买社保自己一个月要出两百多，谁知道到时候能拿多少？"

杨光微笑着说道："大姐，现在参加社保个人最低只需出两百多块钱，可是退休工资起码都在1000块以上，而且随着国家的发展，以后待遇只会越来越好。还有，社保除了养老保险，还有医疗保险、失业保险、工伤保险，万一遇到什么特殊情况，也有一个保障。是不是划算，你们自己算一下。"

另一个工人说："我过几个月就回老家了，现在买的社保到时候不就白买了？"

杨光说道："这个大可不必担心，现在社保可以全国存续，你在这里买了社保，下个月去另一个地方买社保，可以累积计算，只要买满15年，退休后就可以拿到退休工资了。"

工人又接着问："那迁社保的手续是不是很难办，谁知道你们会不会刁难？"

杨光说道："你放心，我们跟社保局沟通过了，现在社保迁移的手续越来越人性化，办起来很方便的。"

大家听到这里，渐渐安静下来，个个在心里盘算着买社保到底值不值。

后来有几个人说："如果真的这么好，那花200块买个保障还是值的。"其他人也跟着附和起来。

看到这里，女老板再也没有什么话说，同意按规定给工人参保。

三、 便民春风

敲开办公室的门，杨光说明来意，一个四十多岁的干瘦男人从座位上站了起来，显得有点紧张。杨光注意到他的腿似乎有点问题，走路一瘸一拐的。

杨光要老板陪他看一下车间，虽然他一直保持招牌式的阳光笑容，也试图用轻松的语调和老板交流，但老板依然显得有点慌张。杨光觉得奇怪，低头看了看房产登记资料，顿时明白了，原来厂房只报了200平方米，根据杨光测算，这个厂房起码在600平方米以上。

杨光严肃地指出了这个问题，他告诉老板，厂房面积和房产原值必须要调整。

老板的脸霎时有点发白，紧紧跟在杨光后面，哀求地说道："帮帮忙，现在办厂太难了，求求你不要调整了。”

杨光认真地对老板说：“现在企业的困难是比较大，但是依法纳税，积极配合税务机关的工作也是必要的，你现在的申报面积虚低，肯定是要调整的。”

老板张了张嘴，想说什么又没说，丢下杨光和李洁就走了。杨光和李洁莫名其妙地站在那里，等了一下，正想去办公室找老板，却看到他又回来了，神色慌慌张张的，走到两人身边，还没等他们反应过来，就把两个东西塞到了他们手上。

杨光低头一看，原来是一个红包，马上很严肃地对老板说：“老板，你这是干什么，你别害我们。”说完，就把红包塞回老板手中，李洁也赶快把红包还给了老板。

老板一面推推扯扯，一面嘴里念叨：“两位领导，求求你们，我们厂实在是困难，现在材料涨价，人工又贵，接的订单又少，再交这么多税，我们真是承担不起了。”

“现在小微企业有困难，我们也知道，所以国家出台了很多针对小微企业减负的税收优惠政策，流转税、个人所得税都提高了免征额度，但是房产税这些没有调整的税种还是要按国家规定来交，请你配合我们的工作。”

“小伙子，我也不是要你犯错误，是我们厂真的困难，能够减轻一点算一点。”

杨光摇摇头，脑海里浮现起老板一瘸一拐的样子，突然眼前一亮，于是说道：“老板，我冒昧地问一句，你是不是腿有点残疾？”

“是啊，我们残疾人办个厂不容易啊。”

“那就好办，残疾人有税收优惠啊，你可以申请减免的。”

“真的吗？还有这么好的事？我们不懂这些，不知道怎么办。”

“你有没有残疾证？带上残疾证、身份证、营业执照和税务登记证就可以去办了。”

“那我找谁办呢？”

“这样吧，你先去找我，到时候我带你去办，办好了你就可以省一大笔税了。不过房产税不属于减免的范围，所以房产原值是必须要调整的。”

“那真是太感谢了。我也是老实人，不是真的想要少交国家的税，只不过最近实在太困难了，所以才想歪了，你不要见怪。只要有税可以减免，国家愿意照顾我们残疾人，这个房产税我也愿意按照国家规定来调整。”

杨光的脸上又露出了开心的笑容，比阳光还灿烂。

（作者单位：中山市地税局小榄分局）

墨 迹

陈剑章

大全出生于1971年，双全出生于1976年，兄弟俩相差五岁。

大全从小长得白白胖胖，他脑瓜灵活，反应敏捷，嘴巴右下角长有一颗又大又突出的黑痣，当地人称这种黑痣为“墨”，因此戏称大全为“墨全”。人们都说墨全聪明伶俐，长大以后有前途。双全一出生就身体孱弱，身材瘦小，大家笑称为“奀全”。奀全不但身子弱，头脑也似乎比大哥迟钝得多。五六岁了，十以内的加减法还学不会。父母问：“三加四等于多少?”“不知道。”“数一数手指头看看，这边是三，这边是四，一共是几个指头?”“一，二，三……四，五，六，七。等于……等于……六。”

奀全很令父母忧心。

但是，几年以后，准确地说，是墨全、奀全哥俩先后上了小学以后，情况发生了变化。

墨全头脑的灵活没有用在大人最关心的学习上，相反，墨全一点儿也不爱学习。

墨全七岁那年，正在朝阳小学读一年级，每天下午放学后，墨全随随便便应付一下作业就出门玩了。但在这年十二月下旬，墨全一连几晚不能出去玩——父亲母亲要赶回各自的工作单位参加会议，听说还要观看电视新闻什么的，父亲母亲一再叮嘱墨全要待在家里看管好两岁的弟弟。几天时间里，左邻右舍时常聚在一起议论纷纷，大人们神色或凝重，或迷惘，或欣喜……墨全关心的只是一个字：玩。

好玩会玩的墨全很早就成为村里那群臭屁孩的孩子王。一有空闲，墨全就会带着村里的七八个小孩（奀全有时也会跟在后面）在村巷追逐嬉戏、捉迷藏；孩子们不时钻入别人的菜园里捉蝗虫、捕青蛙，有时偷偷摸一两根青瓜，用衣服一擦，就放入口中；村口是通往小河的道路，墨全带队到小河里戏水，用破烂簸箕捉几条小鱼，常常这边玩得正高兴那边就传来了大人的叫骂声，孩子们便衣衫不整地四散奔逃……

小孩们常玩一个游戏，每次由墨全指定谁是这边的，谁是那边的，然后双方各自拿着“枪炮”（以竹枝、木棒等替代）展开“混战”，当然，最后胜利的总是墨全的一方——墨全总是当之无愧地担任“总司令”。

墨全还是孩子群中唯一一个敢从小水沟的泥洞里掏螃蟹的人。

村子附近有很多小水沟，宽不过一米。小水沟虽然不显眼，水下却隐藏着许多神秘的泥洞，大的泥洞墨全可以把两个拳头伸进去。泥洞里一般都会有螃蟹，螃蟹不大，蟹壳也就比铜钱略大，但用这家伙煲的粥很清甜，对小孩来说是极大的诱惑。泥洞里有时还会有塘鲺，当然，还可能有蛇！所以，从泥洞里一般会掏出螃蟹，偶尔掏出塘鲺，但偶尔也会掏到蛇。墨全也怕蛇，有几次掏出蛇，墨全撒手就把蛇往外甩，和周围的小伙伴们一起哇哇大叫，之后又指着面色最惨白的小伙伴哈哈大笑。即使这样，墨全还是敢继续掏泥洞。所以，小伙伴们包括奀全都很佩服墨全。

一次，奀全看见猴子五又跟着墨全他们去捉螃蟹，便一把拉住猴子五说："猴五，平常你很少和我哥一伙玩的。怎么你一听到他们准备捉螃蟹时都要抢着去？"猴子五瞥了一眼双全："捉了螃蟹有的吃，说啥都要去啦！你家还能吃饱饭，当然不同。我有四个姐姐，家里根本不够吃。前几天我才用好些木薯和你哥换了点米，你哥学着那些大人说，'超生是违反国家政策滴——'。我说：'不超生哪有我啊。'"奀全一怔，小伙伴们已冲跑到前面去了。

墨全的学习成绩与淘气紧密相关。小学一、二年级时，墨全的成绩还差强人意，数学语文常常是八九十分；从三年级起，成绩开始不堪入目，数学语文常常是四五十分，基本上是班里倒数的一二名。

可能是奀全自小身体孱弱的缘故吧，奀全性格一直比较内向。奀全从三四岁稍稍懂事起，就喜欢看小人书，喜欢听父母讲故事，待在家里的时候多，跟墨全一伙一起玩耍的时候少。五六岁时，奀全还是一副不开窍的样子。可奇怪的是，一上小学，奀全的脑子就开窍了，成绩一直非常好，很出乎父母的意料。

这种趋势越来越明显。

小学毕业，墨全糟糕的成绩没有考上县里唯一的重点初中，但墨全父亲是县重点中学（含初中、高中）的元老，教学成绩出众，地位尊崇，校长看在墨全父亲的面子上，让墨全入了学。

上初中后，墨全上课睡觉，还经常逃学，有时会偷父亲的烟或偷父母的钱买烟，然后和几个一齐逃学的同学到街边或者郊外吸烟；一齐逃学的同学中有个叫高挺进的，父母是改革开放后县里最早做个体经营的，一开始墨全和许多同学都看不起挺进，但挺进的父母赚的钱越来越多，给挺进的零花钱也越来越多，大家渐渐对挺进另眼相看了，特别是墨全，身上没钱的时候常常叫挺进出钱买烟；到街边看录像是墨全他们逃学时的常备节目之一，特别是挺进身上的钱多了起来的时候——当红歌星的演唱会，各种流行歌曲的颁奖典礼，成龙的、洪金宝的、元彪的谐趣功夫片……墨全几个大开眼界，大呼过瘾，更加无心向学；挺进家里1982年已有了录音机，逃学时挺进也时常和墨全到街边用卡带录流行曲，那些流行曲墨全张口就来，有时唱着唱着兴致来了，还学着成龙来一个不伦不类的侧踢，再学着成龙来一个不伦不类的旋风腿，最后再加上两声类似李小龙“呜——哇——”的怪叫，至于墨全家里买录音机，已是1987年的事了；墨全还喜欢闹恶作剧，曾有一次逃学时带领几个同学把路边的一群小猪赶入一个泥洞，然后带头用自制的弓箭把七八只小猪全部射死在洞内。至于墨全的学习成绩，就不用提了，一塌糊涂……每次家长会，老师都对墨全的父亲、自己的同事兼前辈表示无能为力，不能教好这个捣蛋王；墨全好几次在全校大会上被公开批评，父母特别是父亲觉得老脸都被丢光了。父亲经常痛骂墨全丢人，丢得父母面子全无了。父亲时时骂，墨全时时有意躲开父亲。但饭总得吃啊，有一段时间，吃饭的时段成了父亲重点骂墨全的时候。慢慢地，墨全有了经验，吃饭速度变得特快。炁全吃饭并不慢，但炁全半碗饭未吃完，墨全已狼吞虎咽地吃完两碗饭并迅速闪开了。从此，墨全吃饭速度特快就成了习惯。

父母对墨全忧心忡忡，幸好，炁全给了父母莫大的安慰，炁全是另一种类型的孩子。炁全五六岁时，夏日晚上的地坪凉风习习，墨全带着小伙伴们在地坪打闹嬉戏，炁全却和大人们围坐在地坪，不时向摇着竹蒲扇闲聊的大人问问这问问那；1983年，炁全升读朝阳小学一年级，这时，隔壁姑母家有了村里第一台电视机，是一台十四寸的黑白国产电视机，一到晚上，姑母家里挤满了看电视的人，大人老人小孩一直坐到了门口，炁全却一个人静静地在房里做作业，做完作业看看课外书；炁全还喜欢钓鱼，村里的小伙伴时常到小河里摸鱼虾，他却喜欢到小河钓鱼，是村里有名的小钓手。墨全小学三年级以及初一、初二都留了级，墨全升读初三那年，炁全以全县第二的成绩考上了县重点初中。从小学到中学，炁全读书勤奋，成绩一直稳稳排在年级前三名。炁全十多岁就读过不少中外名著，写得一手好作文。1988年炁全升上初一的第一学期；参加了县教育局举办的全县中学生“金色十年”征文赛，炁全以自己在乡下舅舅家的所见所闻，写了一篇反映改革开放十年间，农村在实行家庭联产承包责任制后发生的巨大的、深刻的变化，歌颂了改革开放十年取得的成就。文章得到评委一致好评，获得了一等奖。炁全给父母挽回了面子。

由于父亲的面子，尽管墨全升高中考试成绩极差，但校长仍勉强同意了墨全在本校读高中。升读高中的墨全，依旧上课睡觉，经常逃学，依旧喜欢闹恶作剧，成绩依旧不堪入目。高一的第一学期，班里一个活泼漂亮的女同学成了墨全的女朋友。墨全和女朋友公然在学校搂搂抱抱，无所顾忌，在学校引起极大轰动。

只要墨全和女朋友走到一起，两人就俨然成了学生群中耀眼的明星。看着学校的学生——有男的，有女的，有同班的，有不同班的，有年级比他高的，有年级比他低的，纷纷用好奇、羡慕、妒忌的眼光看着他和他的女朋友，墨全越发得意。

“两个小毛孩，真是不要脸!”校长气愤地说，“田主任是怎么教孩子的!”老师们也对田主任、墨全、墨全的女朋友评头品足，特别是对墨全父子俩评头品足，总的意思是，田主任教书有一套，教子却无方。

尽管学校极度阻挠墨全的这段恋情，墨全和女朋友的感情依然雷打不动。父亲感到无地自容，向校长表示自己已无能为力，不愿再管墨全了。高一的第二学期，墨全被学校开除，这年是 1990 年。

父亲虽然希望墨全混到高中文凭，但开除之事木已成舟，父亲后悔也没用了。况且墨全不在学校，也使他的烦恼大大减少，再不用担心同事时不时又来向他告墨全的状，不用参加让他多次丢尽面子的家长会。

墨全确实讨厌读书，被学校开除，倒合了心意。

墨全进入社会，顿如龙归大海，一飞冲天。

墨全在社会上混了半年，认识了许多人，形形色色的人。墨全还有女朋友，就是高中那位女朋友，尽管墨全已在社会上混，女朋友还在学校读书，两人的感情却牢固得很，女朋友就是喜欢他这种调皮捣蛋、张扬自我的性格。一个星期天早上，父母出差在外未回。奀全到墨全的房间想找墨全聊天。奀全敲了半天门没有人应答，感觉奇怪，便趴在地上，从门缝看看房里的情况。门缝低矮，奀全只能看到墨全脱在床下的一双皮鞋，不过，这双皮鞋旁还多了一双高跟鞋，这双高跟鞋有点眼熟，奀全趴着想了好一阵，才明白过来。奀全此时对男女之事还是一知半解，但他还是知趣地走开了。

为了避免墨全在社会上无所事事容易学坏，又想给墨全找点正经事做，父亲就花钱让墨全考 A 类大车牌。

十多人与墨全一齐报考 A 类大车牌，清一色的男青年。有好几个男青年之前在国有企业工作，想不到遇上国企倒闭、转制等下岗潮，突然就失业了，听说做货运挺挣钱的，便跑来学车。墨全还听这几个男青年说，他们一些国企的旧同事下岗后，选择到本地或外地的外企打工，相比上班懒散、工作舒适的国企，外企工时很长，劳动强度高，挣的是辛苦钱。

聊天归聊天，正经事还是学车。

说到学车，墨全特有天分，他感觉操弄这个大家伙比读书学习有意思多了，也容易多了。驾校有三个教练轮流对他们执教。一个矮而胖的教练脾气暴躁，谁的表现达不到他的要求，他就会训斥谁；另一个高而瘦的教练的要求又似乎太宽，不管学员的表现如何，他对每个学员的表现都是说“得了”“就是这样”“可以啦”；还有一个不高不矮、不胖不瘦的姓郑的教练，教授学员时最认真细致，对一些学得差的学员，他经常手把手地教。不过，三位教练都很喜欢墨全，墨全无疑是这十多个学员中表现最优秀的一个，郑教练更是多次让墨全做模范演练给其他学员看。私下里，郑教练更欣赏墨全的聪敏，师徒两人结下了很深的感情。从此，墨全尊敬地称郑教练为师傅。

不久，墨全顺利考到驾驶执照。这时，师傅买了一辆大货车，下海搞运输，二十岁不到的墨全就做了货车司机，协助师傅运货。

以墨全的性格，一开上车就更加跳脱无忌了。

当时公路上汽车也不多见，墨全时常开着货车满载着货物从公路上扬长而过，嘟嘟嘟地猛按喇叭，路人纷纷闪在一旁，墨全很是得意。

有一次，墨全开着空车载着一位好友兜风。墨全心情不错，他加大了油门，开得很快。突然出现一个急弯，墨全刹车不及，竟连人带车翻滚落入路边的小河。万幸的是，墨全及好友都只有小小的皮外伤，货车的损坏也不大。

这是墨全意气风发的时代。20 世纪 80 年代后期至 90 年代中期，开货车运货是很赚钱的工作。陆路货运繁盛，做司机的几乎天天有货单，天天有运不完的货，有时开三四天的车，就赚到了一般人一个月的工资。

墨全协助师傅开了三年车，赚了不少钱，就自己花五六万块买下一辆货车独自运作，当时墨全的父母平均每月工资才四五百块。

墨全出去捞世界，免不了玩两手，很快就喜欢上了赌钱。

一开始是打麻将。墨全打麻将还真够水平，他揣度形势，估量机会，决定去留上碰，一直是赢多输少。墨全越打麻将瘾越大，越赢得多越打得大。他的自信心从来没有这么高涨过，他觉得这才是真实的他：他从不缺少灵活敏捷，只不过他的灵活敏捷没有体现在枯燥郁闷的读书上，而是体现在泡妞上、体现在学车上、体现在运货上、体现在打麻将上……他年轻，他遇上了好时代，一个随随便便就能赚到钱的时代，一个有了钱就可以花天酒地的时代，世界是属于他的。

不过，渐渐地墨全觉得打麻将还不够刺激，真正够刺激的是玩扑克。例如“三公”只需三张牌，三张牌就变化万端，底牌决定输赢，慢慢开底牌时那种心跳剧烈的紧张刺激让墨全欲罢不能。墨全的“三公”越赌越大，先前打一天半天麻将也就是两三百块的输赢，而玩“三公”，一次就敢押三五百块，不到一个月，墨全玩“三公”赢了一两万块，他决定玩一次大的，狠狠赌一把，狠狠赢一笔。经验告诉他，他应该会赢的，而且，他连人带车跌落小河都没事，不是说“大难不死必有后福”吗？

那个夏夜，非常闷热。墨全与七八个人如约在一间屋内聚赌，都是老熟人了，都亮出了自己的老本。规矩是赌“三公”，把“大哥大”关掉集中放好，赌局未结束不得出屋。这一晚，墨全就初始时赢了几把，随后一路往下输。很快，墨全带的六万块现款全输掉了。墨全赌红了眼，他向庄家借了六万块，很快，这六万块又输掉了……半夜，赌局结束了，曾经年少得志的墨全在这一晚栽了，不但输光了几年的积蓄，车也卖了，还欠了一大笔赌债。

1994 年，奀全高中毕业，考上了省城一所重点大学。这时的奀全虽然还比较清瘦，但有 1.78 米的个头，比许多同龄人还要高，渐渐地，“奀”的称呼消失了，奀全又变回了双全。第一次离家独立生活，双全要慢慢适应这种改变。不过，在省城，一个他再熟悉不过的亲人出现了。

这人就是双全的大哥墨全。

墨全因为躲债跑到了省城，在省城以开出租车为生，他在一个城中村租了一间小房间暂住。虽然是躲债，但墨全在省城也正好和双全有个照应。

墨全到大学见过双全一次，当时时间匆忙，墨全没有和双全细聊。一个周六下午，墨全特意没有出车，到大学找到双全后，带双全到城中村自己的住处聚聚。其实城中村离双全的学校很近，坐公交车十五分钟就到了。

9 月中旬的南方大都会，热浪逼人。

很宽的马路，车辆呼呼而过。马路那头，几十层高的大楼，落地玻璃窗在阳光照射下闪耀着金光，一派现代化的新潮气息。仰视高楼，双全觉得自己很渺小，有一种遥远的味道。马路这头，这个城中村，最高不过五六层的楼房紧连着紧挨着，跟自己乡下差不多，双全倒觉得平易近人。

对面高楼间的人行道上，行人并不多。而走进城中村的入村大道时，人来人往，热闹拥挤。大道足有两车道宽，商铺、地摊、来往的手推车，各种商贩各式的方言叫卖声不绝；西装革履提着公文包行色匆匆的白领，打着赤膊一身臭汗卖力搬运东西的汉子，提着篮子踱着步儿往市场买菜的老伯阿婆，穿着时尚手挽手一脸幸福的情侣，衣着暴露浓妆艳抹的靓女……双全目不暇接。偶尔有身材高大、衣着土气陈旧、面无表情的汉子从双全身边擦过，双全不免有点紧张，他裤袋里装着一百多元钱，大半个月的生活费在这呢。

双全边走边看，慢慢地就落在了墨全身后。墨全在前面带路走了一百多米，左转进入一条约一车道宽的街道，街道口有两个水泥石墩阻止车辆进入。这条街道也很繁华，但大部分商铺都是发廊。刚才在入村大道见过一些衣着暴露浓妆艳抹的靓女，想不到在这里满街都是。双全记起小时候第一次跟父亲到省城玩时见到那个一环环艳丽夺目、不断自转的东西时，不懂是什么，父亲说，这是发廊的标记，发廊就是理发店。可现在呢？双全内心一笑。再看看走在前面的墨全，自己的亲大哥，不知是“起机”（跑路）还是开出租车的需要，已剪掉蓄了几年的染黄、中分的长发，剪成了一个平头，短短的黑发看起来清爽利落，像个人样了。尽管是落难到省城，他依然穿着时尚，依然走得那么轻松自信，边走边哼着刘德华的新歌：“啊哈给我一杯忘情水……”

转入一条阴暗狭窄的横巷，走到一栋五层高的民房前，墨全说：“到了，我住三楼。”兄弟俩刚走上二楼，“哎，烟抽完了，你在这等等，我到士多买包烟就回。”墨全刚走开一两分钟，突然噔噔噔地从楼上快速走下一个高大健硕的黑人青年。黑人青年比双全还高半个头，双全心头一震，担心这是白天来偷抢的。“Hello.” 黑人青年微笑着打了个招呼。“Hello.” 双全回应，黑人青年继续微笑着走过双全身边，转过楼梯，噔噔噔地消失了。

墨全叼着香烟走上来，双全问起黑人青年，墨全笑笑：“我刚刚看到他从楼梯口走出去，那是住四楼的 Mr Smith。在本村对面马路一间外企工作，泡了个妞好正点，还是外语学院的大学生。”

墨全住的地方不足二十平方米，分为一个小厅和一个小厨房，厨房带洗手间，租金四百块一个月，四百块可以顶墨全的母亲在县城一个月的工资收入了。墨全已买好菜，他煮菜倒有天分，完全不需要双全帮手。晚饭后，兄弟俩聊到深夜。对于大哥如何赌钱欠债双全没有多问，墨全也是两三句带过。

墨全聊得最多的是开出租车。开车是墨全的强项，墨全说：“开出租车赚的钱还算可观。省城的港澳客很多，不少港澳客特别是港客出手大方，经常会给点小费，遇到长途时大方的港客给的小费会更多，例如三百块的长途费有的港客会给五百块（人民币，下同），二百块的小费很好赚。而且，大哥我还懂得随机应变。有一次，一个港客开着小车不小心碰了一下我的出租车，出租车侧面凹了一块下去。港客刚下车，我就拉着港客指着出租车的凹陷处一脸严肃地把车的损坏说得天花乱坠，唬得港客赶紧赔了三千元了事。港客离开后，我在车的凹陷处踢了几下，凹陷处就嘣地突了起来，与碰撞前无异，我白赚了三千，港客真的很肥。后来我大大玩了几日。”

双全被大哥的经历吸引，他告诉大哥：“昨天在饭堂吃饭时看到电视新闻报道，近日很多车匪路霸专门瞄准出租车司机抢劫，已导致几个出租车司机伤亡，你要注意安全啊。”

“切，你都没见过大蛇屙尿（大场面）。前几晚我把一个客人载到郊外时，坐在后座的那人突然拔枪指着我的后脑打劫。我很淡定，把几百块钱交给了那人。当时我面不改色，没一点事。小儿科。”

此后，每到节假日，双全除了奔图书馆外，也经常往城中村和墨全聚聚。大学学业压力比高中小多了，双全可以从容应对。

这是双全第一次比较多地接触社会上的人，也算开阔了一点眼界。城中村的朋友时不时在墨全那里煮饭吃，有时是墨全买菜，有时是那些朋友买菜。饭菜煮得还不错，至少比大学饭堂的味道好，双全觉得。墨全开出租车经常深夜才回，双全便和那些朋友聊聊天，看看电视，简单而开心。有时墨全深夜回来有点累，双全还帮他按摩。

城中村的出租屋极多，租客来自五湖四海，可谓品流复杂，治安情况一直不好。墨全租住的那栋楼就是城中村出租屋的一个缩影：五层楼每层有三个独立房间，十五个房间全部用来出租，都有租客租住。二楼的小周来自湖北，是隔壁饭店的厨师；三楼与墨全相邻的肥英（墨全的叫法，只是长得有点丰满）、小娟同住一房，都来自湖南，都做皮肉生意；四楼有 Mr Smith 和他外语学院的女朋友……墨全豪爽大方、洒脱不羁的性格颇得女人欢心，肥英就是其中之一。

肥英对墨全说，她家在乡下，离县城很远，山旮旯地方，不通公路。以前她在乡下种田，一年到头辛辛苦苦即使风调雨顺收成好，也只能勉强维持温饱，剩不了几个现钱；她刚到这个城市时进外企打工，虽然辛苦，但比起种田还是轻松些，而且在外企做一个月只要省吃俭用收入就比在乡下种一年田还要强；但打工毕竟挣钱不多，家里父母身体不好，她是老大，弟弟妹妹多，去年二妹也到外地打工了，三弟在县城读书，成绩特别好，明年就参加高考，她必须多多挣钱，挣快钱，好供三弟上大学。墨全不语，他忽然有种“同是天涯沦落人”的感觉，他对肥英有了不一样的看法。墨全相信肥英说的话，肥英姿色不错，“生意”也不错，而肥英平时的花销并不大，她好几次到邮局把大笔的现金寄回家，都由墨全陪同。肥英寄钱时不会写的字很多，经常要问墨全，墨全读书虽然不济，但应付那几个字还不是问题。

可以说，墨全在省城躲债的日子漫长，虽然和女朋友保持联络，但女朋友的家庭从一开始就反对这场早恋，在女朋友的家人眼中，墨全不过是一小混混，不会有什么前途。现今墨全躲债躲到了省城，不知何日是归日，在女朋友家人的极力反对和阻挠下，女朋友最终妥协了。多年的感情就此完结。

墨全是个乐观豁达的人，懂得面对现实，日子还得继续过；墨全又是个典型的三更富五更穷的人，有钱时随便花，今朝有酒今朝醉，没钱时，吃咸菜也能度日。

一天，墨全的钱花光了，就和也没啥钱的小周坐公交车跑到双全的学校找双全蹭饭吃。双全见大哥和小周到来，挺高兴的，很想和他俩吃点像样的，只是家中经济也不太好，每月给他的钱除去饭堂的伙食外，剩下的零用钱不多。墨全也知道弟弟的难处，他眉头一皱：“咦，你不是很喜欢钓鱼吗？我看校园里有好几个大湖，里面的鱼很多，晚上去偷钓，钓到了拿到我那边煮，怎么样？”“偷钓？”钓鱼是双全的强项，但偷钓这种事他从没有干过，也从没有想过，突然听到大哥的提议，双全顿感脸上火辣辣的，心怦怦跳起来。“怕什么？咱俩晚上假装坐在湖边聊天，不用竿，就拿手线钓，小周负责把风，应该安全。”大哥似乎说得有道理，双全心想，这些鱼平时没人钓没人捉，头脑比较简单，一定很容易上钩的，快速钓几条应该没问题，就犹豫着答应了。

钩线的问题很容易解决，与双全同宿舍的一个同学平时也爱到郊外钓鱼，在宿舍里就有钩线放着，双全一开口就借来了；钓饵就用郊野草地挖到的蚯蚓。

这天晚上，轻风吹拂，双全和墨全坐在校园湖边一块长石条上假意聊天，双全用手线偷钓。两人身后的校道灯光昏暗，很少行人经过，小周在附近把风、等鱼上钩。双全双眼紧盯着浮漂，心却在打鼓，毕竟是做贼心虚。还好，一小时不到，双全就用手线钓了两条各两斤左右的土鲮鱼、一条一斤左右的土塘鲺，每钓一条鱼，小周就用塑料袋装好先带回双全的宿舍。三条鱼，够了。紧接着，三人坐末班公交车把鱼带到墨全的住处煮食。这鱼的确美味，关键是不用花钱买。双全心跳得厉害：就这一次吧。

两星期后，墨全又和小周到学校找双全，希望他继续钓。禁不住大哥不停地说，双全又答应了。

又是晚上八点，上次偷钓的位置。和上次一样，双全和墨全坐在湖边的石条上，假意聊天，小周在附近把风。不久后就开始上鱼了，连续钓上三条两三斤的土鲮，都被小周带回了双全的宿舍。

“再钓一条，再钓一条就够了。”墨全说。

鱼很快上钩了，小周上来装鱼。突然刺目的手电强光从三人身后射来，双全刚想转身，左手就被另一双大手有力地反扣住。双全回头一看，三个身穿治安队员制服的大汉威严地看着他们，大哥和小周也被另两个治安队员反扣住双手，动弹不得。

更可怕的是，大哥和小周马上被治安队员铐上了手铐，一个治安队员说：“还想跑？盯了你们很久了。”

双全打了一个颤抖，尽管他没有戴上手铐，但他有一种成了罪犯被捉的感觉。

大学值班室的当值老师过来了，双全被逼出示了学生证，弄清了身份。见有本校学生，老师把三人批评教育了一番也就了事。可是，双全心里很不是滋味，他觉得这是他一生的污点。当然，他一点儿也没有责怪大哥。

此后，墨全再也没有叫双全偷钓了，日子一切如常。其间，继续有一些难忘的事发生。有一次双全一人在墨全处过夜，发现小偷在对面楼梯用竹竿伸进自家窗口挑衣服，双全吓得不敢出声，虽然后来没啥损失，但被墨全知道后大骂双全胆小，不像个男人。另一次，哥俩准备过马路回城中村时，刚好发现旁边高楼的一间公司把两三件破旧家具丢弃在公司门口人行道上，哥俩高兴得不顾劳累，马上起劲把破旧家具抬向出租屋，边走边担心公司的人会追上来要回破旧家具，直至把破旧家具抬回出租屋才放心——这破旧玩意总比墨全出租屋更破旧的家具强多了。

不知不觉间，墨全在省城待了四年。

墨全终于回到了家乡，差不多时候回乡的，还有刚刚本科毕业的双全。

四年了，家乡变化挺大的，虽然墨全从双全口中了解过不少情况，但亲眼所见、亲身体验还是不同的。

县城连接省城的高速公路建成了，汽车从旧公路到省城要走两个多小时，而现在走高速一个多小时就到了；县城到各个乡镇的公路建设也很完善了，很多乡村的村道建设亦颇有成就。县城多了两个大的新开发区，墨全他们小时候捉螃蟹的小水沟所在的地方已成为新开发区的一部分，建起了许多高楼大厦以及崭新华丽的民房，墨全开饭店赚了大钱的好友卷毛飞的豪宅就建在墨全小时候螃蟹捉得最多的那条小水沟旁；饭店、酒店、卡拉 OK、夜总会、发廊等不断涌现，昔日尊贵的“大哥大”手机已淡出了市场，小巧先进的“龟壳”手机成了新时尚……

墨全躲债离家时，家里的电视是父母花了好几年的积蓄于 1989 年买来的十七寸日立彩电，现在已换成 21 寸的松下彩电；照相机从无到有，买了一台富士傻瓜机，母亲忍住激动的泪水说，终于可以用这台照相机照全家福了；有意思的是，母亲和一向古板的父亲都用上了 BP 机，以后有事找他俩方便多了。

听说墨全这位“总司令”回来了，村里的一众伙伴纷纷到墨全家里拜见“总司令”。“看来要买台 DVD 了。”墨全打量着客厅说。村里大部分家庭都有 DVD 了，村民在家里用 DVD 看香港影片、港台 MTV，好热闹，好舒适，旧日的录音机基本上淘汰了。

钱确实可以买到很多东西。问题是，墨全缺钱。墨全偿还赌债的钱都是向几个好友借来的，卷毛飞最有钱，借得也最多，墨全不好意思也不敢向父母借。

墨全的强项无疑是开车，这时，公路货运生意已不好做，不少货运司机纷纷转行，但县城与乡镇之间的客运却兴盛起来。父母得知墨全想做客运，毫不犹豫拿出了他俩大半的积蓄，加上几个好友的再次资助，墨全终于七拼八凑买了一辆小型客运车，专营县城乡镇间的客运，经营得还不错。不过，墨全对生活梦想的追求是远不止于此的。他在等机会，他知道机会就在不远处。

墨全的机会就是郑教练——墨全的师傅。师傅车技精湛，为人随和稳重。师傅很有远见，墨全躲到省城不久，师傅就托了人情进入县政府当司机。当司机不到一年，原先为县委书记开车的司机因赌博闹出了问题，师傅因各方面口碑很好，书记便让师傅做了自己的司机。这是师傅的人生转折点，也是墨全的人生间接转折点。

师傅做书记的司机，首先能够兢兢业业做好开车的本职工作，同时师傅又善于和书记、县政府其他各级领导以及其他同事相处。师傅摸得准书记的脾气了，渐渐成为书记的得力助手。两年后，书记即将升调副市长，便委任师傅为县政府办公室副主任。又过了一年，师傅从县政府办公室副主任任上调到一个国有企业当二把手，这时国有企业的一把手已经五十七岁了。

师傅的情况，墨全是一清二楚的，墨全即使在落魄省城时也一直和师傅保持联络。墨全需要师傅的提携，师傅需要墨全这个称心可靠的帮手，墨全就在等这个机会。

墨全耐心地开了三年客运车，师傅也在国企当了三年二把手。这时，国企的一把手已经六十岁要退休了。不久，红头文件一下，师傅顺利升任国企一把手。师傅一当上国企一把手，墨全就卖掉了客运车，堂而皇之地入了国企。

这个国企油水不错，墨全可谓如鱼得水。墨全长袖善舞，左右逢源，在对内对外各项公私事务中，成为师傅离不开的得力助手和最信任的心腹。短短几年间，他成为国企的办公室主任。墨全和师傅配合无间，很快就捞了不少。

手底有了钱，又有了广泛的人脉，墨全开始拓展他的“事业”。墨全做地下赌波（足球赌博）的庄家，又做六合彩特码地下赌博的庄家，做得风生水起。墨全曾因赌博欠债“起机”，现在，因赌波赌特码欠墨全巨款而“起机”的人还真不少。另外，师傅以一个亲戚名义开的一间饭店墨全也占了一些股份，这间饭店以经营各种山珍野味为特色，许多单位来此吃饭，生意甚为兴隆，墨全每月又从饭店赚到不少。

2004 年年底，墨全已经三十三岁了。墨全到乡镇游玩时认识了一个乡下妹子，虽然她家境不好，但人长得漂亮，更兼善良朴素，墨全对她一见倾心。经过不懈努力，墨全终于娶得美人归。结婚花费了不少钱。

没过多久，一个娇艳的叫芳芳的外省女子成了墨全的新欢。为了讨得芳芳的欢心，墨全还真舍得花钱：一掷五十多万为芳芳买了一套商品房，一掷二十多万为芳芳买了一台小车，其他金银首饰什么的更不在话下。芳芳的住处俨然成了墨全的新居，妻儿那儿他只是偶尔回去看看。

妻子见墨全越来越离谱，再也忍不住气了，便到家翁家婆处哭诉了几回。家翁沉默不语，家婆叹口气说：“我俩劝也劝过了，骂也骂过了，他哪里肯听。”哭诉过后，妻子一个人带着儿子过日子。亲戚朋友知道了这回事，也知道墨全的性子，也不过对墨全随便劝两句。

对比起墨全，双全完全是另一类人，另一种情况。回到家乡不久，双全就考进了一个政府机关，成为机关公务员。双全是个勤恳踏实的人，多年来，他在单位努力工作，一直表现不错，得到领导和同事的肯定。不过，双全不喜欢交际应酬，更不喜欢灯红酒绿的生活，他极少和同事们出去吃吃喝喝，也不和领导套近乎。尽管有些名声，但始终还是一个小科员。双全下班后喜欢独个儿跑步散步，回家吃饭后看看书，看看电视新闻。到了节假日，双全就到江河水库钓钓鱼，这个爱好一直没有改变。

北京奥运会过后不久，墨全约双全到酒店喝茶。

“双全，你看看大哥，高中没毕业，前几年也轻轻松松弄了个大专文凭，现在在企业里吃得开，活得滋润。我只要帮师傅办好了事，在自己的办公室里关上门睡觉也没人管。其实领导也是人，投其所好，学会打交道才有前途。”

“哥，人各有志。我做好工作就够了。”

“话不能这么说。我又不是叫你做违法乱纪的事，你不抽烟不喝酒也就算了，还不打麻将，怎么和领导、同事合群呢？不要用旧思维想问题。就说拍拖，大哥高中时拍拖，轰动全校，最后被开除。现在呢？中学生拍拖也不稀奇。世界变化这样快，要与时俱进啊。”

“哥，你多说也没用。你要我干自己不喜欢干的事，根本没可能，我既不懂，也不想去学。”

“我虽然不在你的单位，但我知道你的同事背后都说你只知道死干活，傻子一个。”

“别人怎样评价我我不管。你还是想想自己吧，放着大嫂这么好的老婆不理，自己在外面胡混。”

“我的事你不要多管，你懂什么！”

茶会虽然不算不欢而散，但墨全觉得很无趣。

就在墨全兄弟俩茶会这会儿，墨全的妻子在家里抚摸着三四岁的儿子的头说：“孩子，你还小，不懂事。过几年读书了，要勤奋学习，将来像你二叔一样考上大学。大学毕业了，找一份好工作，建立一个美满的家庭。千万别学你爸爸，从小就知道玩玩玩，一把年纪了还是玩玩玩，玩得连家也不回了。”

“爸爸哪里去了？”双全的家里，同样三四岁的儿子问妈妈。“你爸爸朋友都不多一个，能去哪里。还不是你大伯约他喝茶去了。你还小，长大了千万别学你爸爸，就一书呆子，整天除了看书就是钓鱼。唉，还是你大伯有本事啊，虽然有些事情是有点出格。记住，宁愿学你大伯也别学你爸爸呀。”

2012年11月，十八大召开了。

风向开始变，各方面越来越正规。

很快，单位部门禁止公款吃喝，师傅的饭店生意一落千丈，从高盈利变成高亏损，师傅见势不妙，急忙命人把饭店结业；以前来自国企的诸如公车私用、私款公报等各种大大小小唾手可得的利益，这时大多已被严格规范、难以钻空子了；同时，赌球、赌特码这些非法赌博活动，也因政府有关部门的严厉打击，“业务量”缩水严重。这几下使墨全的收入锐减。

又过两年，从中央到地方，很多“老虎”“苍蝇”落马，每每看到这些听到这些，原以为反腐一阵风的墨全心里就泛起一种不祥之感。墨全不敢对师傅说出这种不祥之感，他有时又觉得，是自己过于忧虑了，简直有点杞人忧天。

2015年春节前夕，墨全收到消息，师傅即将升调市局副职，进入市局领导班子。

墨全还没开心多久，春节刚过，师傅突然就被双规了。

墨全一下子慌了，他帮师傅做了那么多的事，如今师傅出事了，他难脱干系啊。墨全收到风声，形势对他极其不利。一连几晚，墨全精神恍惚睡不好。

这天，墨全的手机突然响起，墨全提心吊胆地一看，居然是妻子打来的。

“喂……喂……阿全，听到了吗?”

“什么事?”

“听说……听说……你师傅被双规了。你……你的问题严重不? 要不要……要不要向组织交代一下?”

“神经病!”墨全一下挂了电话。

很快，有专业的金融投资顾问找上了墨全，墨全知道，不管形势如何发展，尽快转移财产是最安全最保险的方法。几天时间内，墨全全力套现。就在这时，传来一个同样搞财产转移的朋友被弄得损手烂脚的消息，墨全一打听，原来这位朋友的资产委托所谓的金融投资公司（其实就是帮人洗钱的地下钱庄）操作，好把资金和资产转移出去，还签了一个所谓的合同，投放到某个风险项目，结果钱没了。朋友和金融投资公司签订的合同注明有风险，而且那些钱来路不正，朋友哑巴吃黄连，声张不得。墨全大骇，不敢再相信所谓的专业金融投资顾问了。

思前想后，墨全盘算了一个自以为比较保险的方法，他需要芳芳替他具体操作。

可是谁想到，芳芳在墨全的资金运作上做了手脚，多过了几手，还听人建议增加了一些复杂的金融步骤——芳芳早已风闻墨全即将被查，如果墨全跑路，她要为自己考虑考虑了。

芳芳想套走墨全的钱，故意把墨全的钱多转几手，不料转了几手后墨全的钱再也找不到踪迹了——芳芳还嫩着呢，哪里是那些金融鳄鱼的对手? 被人一出手就套走了墨全的钱。芳芳不敢见墨全，墨全还未跑路，她就先跑路了。

傍晚，国企的人都下班了。墨全呆呆地坐在办公室抽烟，墨全的精神几近崩溃。一个多小时后，墨全烟抽了不少，他不知道自己该干什么，恍惚迷离中，他起身走到了街上。

街上的路灯亮了，霓虹灯也很闪，车来车往，人行道上饭后出来散步的人多了起来。

墨全漫无目的地走着。这山区小城比自己小时候大多了，真是今非昔比。

墨全想起了小水沟，想起了螃蟹，小时候的螃蟹粥真美味，那时候，物资短缺，买粮要粮票，买布要布票，买油要油票，过年才有机会穿上新衣服；

除了灯光球场偶然有篮球赛观赏，电影院就是人们仅有的休闲娱乐场所，一旦上映新电影，万人争看，连灯光球场加开五分钱的露天剧场也场场爆满；墨全想起了猴子五，猴子五好几次用木薯和自己交换白米，自己嘲笑猴子五是超生儿，猴子五并不在意，他拿着白米走的时候笑得真开心；墨全想起了父亲，父亲其实很疼爱他，以前去一趟深圳多么不易啊，为了给自己带回玩具枪，父亲在深圳换了外币跑了很远的路好不容易才买到，还有，那些从深圳带回的快食面让自己和双全大为惊叹，当然，也让吃到快食面的亲朋大为惊叹，父母感觉好有面子；20 世纪 80 年代中期开始，人们的生活明显改善，至少可以吃饱饭了，猴子五再也不用拿木薯和自己换白米；90 年代初，小城的许多家庭逐渐迈向小康生活，拥有了彩电、冰箱、照相机、洗衣机、录音机、收音机……偏偏没过多久，自己就“起机”到了省城——墨全又想起了省城的城中村，想起了肥英，想起了小周……自己虽曾落难省城，但年轻不服输，依然潇洒自如；回乡后的这十几年，社会发展更是飞快，看看街道两旁的高楼，一个个新楼盘，一个个新开发区，许多居民时不时外出旅游度假，出县的、出市的、出省的、出国的，不一而足，放松身心开阔眼界，香港、澳门回归后，去香港、澳门玩越来越容易了，去玩过的人比比皆是，自己和师傅去香港购物、去澳门赌钱都记不清有多少次了，当然，自己赌钱变得很有分寸了……

墨全叹了一口气，近十年来，自己也曾风光一时，如今走到这地步，究竟是自己不走运，还是自己真的走错路了？墨全不能回答自己。墨全感觉自己被上天遗弃了，好几次看到熟人，墨全都有意避开了。

夜渐渐加深，商铺纷纷关门，街上行人开始稀疏。又走了一段时间，不知不觉已是凌晨一点。墨全的肚子咕咕叫起来，但他每经过一间夜宵档，都不想吃东西。走到一个十字路口，墨全又叹了一口气。路口左拐约 50 米就是以前常和师傅去的星光 KTV，多少个夜晚，他、师傅和各路神仙所在的包房里灯红酒绿，莺声笑语……

一切都成了过去，墨全突然羡慕起双全来。

双全虽然一直是个小科员，但双全有一份稳定的工作，有一个幸福的家庭，做自己喜欢做的事；双全住不上豪宅，但所住的商品房也是三房两厅；双全开不起豪车，但七八万的国产车也不见得不好使；舒舒服服，自由自在。双全毕业于重点大学，自然有他的优势。其实，这年头只要踏实肯干，不赌博、不吸毒，过上有车有房的日子并不难。

自己呢？这些年来，数不清的交际应酬——吸烟，醉酒，打麻将，通宵熬夜，还净在饭局上、在 KTV 包房里、在夜总会包厢里说着互相吹捧且言不由衷的话……身体早已掏空，啤酒肚突挺，身材走样还是小事，可怕的是自己有“三高”，再不注意保养身体，后果很严重。而且，为了赚钱、为了所谓的风光而做的种种事情，时时担惊受怕，睡觉也不安稳。表面风光，却背着巨大的风险，冒这么大的风险值得吗？

墨全觉得，即使钱能转出去，自己始终也是一囚徒罢了……

半年后，正是炎夏，天气很热。

在小城的法院法庭上，法官宣判墨全的师傅贪污罪名成立，判处有期徒刑十年，没收全部非法所得；墨全贪污罪名成立，因有自首立功表现，判处有期徒刑三年，缓刑一年，没收全部非法所得。

（作者单位：肇庆市广宁县地税局城区分局）

秋日的私语

邱轶平

一片枯叶打着旋奔向大地。相亲?！梦蝶嘴角浮起一抹微笑。天格外蓝，朵朵白云漫步于蓝天。介绍人张阿姨不放心地追问："6 点 15 分能到吧?"梦蝶肯定地答："放心，能赶到。"

已到下班时间。一辆出租车突然停在门前，一位穿白衬衫的小伙从车上下来，冲进国税局办税服务厅。他朝梦蝶径直走来："这是纳税信用 A 级企业绿色通道吗? 麻烦帮我代开 3 张发票。"他的声音像是架在烧烤架上，冒着嘶嘶热气。梦蝶答："请把资料给我。"白衬衫一边从包里掏资料一边解释："抄税员有事赶不过来。"梦蝶微笑道："没关系。"心中暗自叫苦——代开发票需先进入 CTAIS 系统，再进入防伪税控系统。代开 3 张发票要半小时。梦蝶默念："张阿姨，对不起。"旁边的秋姐笑嘻嘻地问："娘子，要不要我?"梦蝶微笑着摇头。

秋姐走到玻璃门前，转身折回。从背包掏出一个透明饭盒，放在台面上。梦蝶起身将饭盒推给秋姐，秋姐作个暂停手势。梦蝶无奈只得放下饭盒，进入争分夺秒的战斗状态。

人去厅空，时间似乎屏住呼吸。忽然梦蝶的手机响了，《秋日的私语》铃声优雅地回荡在寂静的大厅，是张阿姨的来电。此时梦蝶正准备打印第一张发票。她朝白衬衫笑笑，歉意地说："不好意思，我接个电话。"她按下话筒键："对不起，张阿姨，我现在还在单位。可能半小时结束。"张阿姨甚是焦灼，迫切地说："那我们等你。你快点。"打印机慢条斯理地吐着纸。白衬衫抱歉地说："真是给你添麻烦了。"梦蝶笑着摇头。

3 张发票打印出来后，梦蝶迅速点击关机程序。白衬衫坐着检查，梦蝶只等对方起身。忽然白衬衫眉间皱起一座小山："怎么差一分钱?！"梦蝶愣了。不可能。她录入数据后仔细核对过。她说："请把发票和申报资料给我。"白衬衫将资料和发票递过来："总金额差一分钱。"梦蝶细看，果然差一分钱。白衬衫："我问一下。如果差一分钱可以，就不麻烦你再开。"

梦蝶："不用打电话。差一分钱都不行。我看看什么原因。重新开。"

白衬衫："我问问。万一可以，你就可以走了。不是有人等你吗?"

梦蝶执意道："差一分钱都不行!"

《秋日的私语》再次响起。还是张阿姨。梦蝶按下静音键，开始查看错票。

张阿姨又来电话了。刚接通，传来张阿姨焦急的声音："你搞什么名堂?"梦蝶刚要解释，那边啪地关闭。白衬衫叹口气，把另两张发票递过来："这两张发票也差一分钱。"梦蝶鼻子酸酸的，脑子里一片空白。一分钱，怎么都差一分钱？台面上秋姐的透明饭盒里装了6个精致的小点心，眼前浮现出秋姐的微笑。梦蝶感到一丝暖意，精神抖擞地坐直。

她打开电脑。这时，白衬衫的手机响了，"还没来？不来最好……千万别约下次。找个理由回掉"。末了，他嘱咐道："来接我，我还在办税服务厅。"

门外汽车的声音高亢刺耳。梦蝶全神贯注。哈，系统自动四舍五入，导致差一分钱。

梦蝶收回发票，一张张做作废处理。

"你们加班有加班费?"

"没有。"

"这不公平。想不到办税服务厅这么辛苦。"

"这不算什么。"

白衬衫用赞赏的目光凝视着她。梦蝶的酒窝里溢满微笑："我的小小心愿是办税结束纳税人脸上露出微笑。纳税人真诚的一句谢谢让我感受到赠人玫瑰的余香。"梦蝶想到自己在学习活动中写下的小小心愿。

白衬衫："如果你的同学进了大公司，挣钱比你多得多，你羡慕吗?"梦蝶摇摇头："如果把钱放在首位，就体会不到许多幸福和快乐。"

梦蝶测算出正确数据。打印机沙沙作响。白衬衫两手放在大理石台面上，左手不动，右手慢慢敲打台面。打印机似乎受了影响，"情绪"出现波动，打出的发票数字位置错位，错位发票认证过不了。梦蝶只得作废，再重新开。

白衬衫："你下班打麻将吗?"

"我不会，也不想学。"

梦蝶聚精会神地注视着电脑，双手蝴蝶般在键盘上翻飞。打印机唱着沙沙的歌。

白衬衫："你是不是眼光太高，所以没找到合适的男朋友。"

梦蝶回敬："你的女朋友想必漂亮脾气又好。"

白衬衫："我没有女朋友。"梦蝶不由多瞄了他几眼。浓眉大眼，鼻梁笔直，眼睛恬静，有几分英气。梦蝶调侃道："你眼光太高!"

"有些女孩子太爱钱，我不喜欢……"

玻璃门开了。一位穿灰T恤的小伙走进来，边走边说："介绍人眼特尖。问我怎么戴眼镜？我赶紧说开车才戴。介绍人还是怀疑，看得我心虚。幸亏开你家的车，介绍人认车牌，要不就穿帮了。"

"开发票的事真够复杂，我现在还饿着肚子。早知这样我宁愿去相亲。"

梦蝶忍不住问："你不愿意相亲?"

"我不喜欢那种方式。"

"扎克伯格和他妻子在排队时相识。你打算排队时认识女朋友?"

"你可真逗。"白衬衫耸耸肩，"男人应以事业为主。我现在还不想走进婚姻的围城。"

梦蝶忽然有了说话的兴致："我觉得婚姻像花园，用心经营就不会成为束缚人的围城。"

白衬衫："你喜欢做什么?"

"旅游、读书。"

灰 T 恤打了白衬衫一拳："嗨，你俩的爱好怎么一样?"

发票打印出来。梦蝶将 3 张发票双手递给白衬衫，愉快地说："这次不会有错啦。"

白衬衫将发票放进公文包，递给灰 T 恤："哥们，我终于完成你的重任了。"他瞧瞧手表，热忱地对梦蝶说："7 点半了。走，我们去吃顿便饭。今天辛苦你了。"梦蝶连声婉拒。白衬衫不死心，提议道："要不，我们 3 人投票，少数服从多数。"他一马当先举起手，灰 T 恤的手也高举。梦蝶急了："我们有规定，你们不用客气。"她指着宣传海报，"最大限度方便纳税人。我做的是分内之事。"

门开了，张阿姨走进来。灰 T 恤慌忙用手扶眼镜，趁机遮住脸。张阿姨瞥了他一眼，目光转移到白衬衫身上，仔细瞅了几眼。拿出手机，点开照片，问白衬衫："你才是秦大姐的儿子吧?"

灰 T 恤放下手，难为情地笑道："阿姨，我刚才还夸您眼尖。"

张阿姨对灰 T 恤说："我总觉得不像。惦记着梦蝶没吃饭，就买了包子，顺道看她在不在。我要不来，就上当了。"

白衬衫愧疚地说："阿姨，对不起——"张阿姨打断他的话，笑哈哈地说："我还没老糊涂吧。不愧是漂洋过海的人，见多识广，明修栈道，暗度陈仓。怎么样? 张阿姨对你妈说的句句都是实话吧。"白衬衫含笑看着梦蝶。梦蝶的脸上泛起一抹胭脂红。她的心跳得有些快。

张阿姨朝灰 T 恤递了个眼色，灰 T 恤跟着张阿姨朝门外走去。他们边走边朝梦蝶挥手。走到门旁，灰 T 恤回头大喊："你俩趁热吃吧!"

白衬衫的眼里燃起倏忽异样的光，那光照进梦蝶的眼里，射进她的心里，平静的心湖里泛起潋滟的光。"你真美。"白衬衫说。

（作者单位：四川省绵竹市国税局）

隐形人

宋姜春

叮的一声，电脑右下角弹出一个浮动窗口，随之阿雅的QQ聊天窗口中现出大片玫瑰花和生日祝福语。正在核对老板明日日程细节的她，漫不经心地瞄了一眼，是昵称“隐形人”的人发来的，看着这些看得见、摸不着又花哨的虚情假意，她忽然变得心凉了起来。“你果然就是个‘隐形人’”，想到这阿雅内心又多出一丝鄙夷，“人到30，这些早就不实际了”，阿雅愤愤地想，她不想再看到这个人了，索性顺手关掉了QQ。

天色渐渐暗了下来，阿雅的内心空落落的，她不想太早回家。是的，30岁了，收到的生日礼物大大小小都在提醒她，再不嫁就老了。可是，可以嫁和想嫁真是两回事，爸妈也在言辞闪烁间有了催嫁的嫌疑，结了婚的好友们也隔三岔五聊着聊着就告诫她结婚不易迟。“真的好烦，都怪‘隐形人’，这辈子最恨隐形人，”阿雅坐在电脑前，咬牙切齿地想，“家里有一个，现在好了，又多出一个来。”

“时不我待，难道真是这样？”阿雅的心就像窗外那薄薄的暮色，正在缓缓流入暗夜深沉之中，一向积极乐观的她，今日总觉得提不起神，内心荒凉。

事情已经做完，她依旧兀自坐在电脑前发呆。从大学开始，在“隐形人”还没有变成“隐形人”之前，她的内心是坚定而毫不迟疑的，但今非昔比，如今隐形人已成定局，她已无力回天。

“离开，是最好的选择。”阿雅正在心里盘算着。电话响了起来，她顺手拿起一看，“老隐形人”的来电，今日的她十分不想接听，但还是按下了接听键。“阿雅啊，生日快乐，下班了怎么还不回来呢，今天事情很多吗？”电话那头，是父亲的声音，父亲退休了，终于如涂了显影剂似的，开始参与她的生活了，也因此变得唠叨而烟火气起来。“谢谢爸爸，我忙一会儿就回。先这样哈，再见。”阿雅挂断电话，她想出去走走，走入繁华的夜市中，去冷静地感受这夜凉如水，感受这心如死灰。

她是明白和理解父亲的，但她内心深处却无比抗拒父亲的爱，害怕和恐慌让她只想远离与“隐形人”有关的一切牵连。没有人明白，这种宿命一般的感觉，在她工作后让她绝望又渴望，这也让他们父女之间无形之中多了一道沟壑。

她今天生日，但她拒绝了所有的宴请。因为她想，走过今天，从明天起要做一个全新的人，面朝大海，春暖花开，远离“隐形人”。

阿雅没想到，一件改变她这种想法的事正悄然而来，一日之后，一切都将不同。

清早，阿雅就发现秘书办处于低气压状态。每个人都变成了小心翼翼的猫，轻言细语，轻手轻脚，明显进入“防范”状态。她拿着老板的日程，正欲敲门而入时，阿珍拉住了她，告诉她公司此刻正处于“台风”来临前夕，据传是税务方面的问题，现在老板成立了财务清算小组正在配合税务稽查，进去之前，谨慎一点，别撞枪口上。

阿雅感激地点了点头，然后摁响了门铃。走进去，才发现老板今日看起来十分憔悴，但她不得不向他汇报一日日程，这是每日必备功课。老板听完她的汇报，不言不语。阿雅一时不知如何是好，只好轻声问：“陈总您看接下来我需要做什么呢?”她以为此刻，老板会像往常那样说：“知道了，你出去吧。”没想到，老板忽然问道：“阿雅，目前公司里有哪些人精通税务问题?”阿雅刚进公司半年，虽说对公司了解得差不多了，但这么一个细节问题，她一时还不能很确定，但她不想给老板留下自己工作懈怠的感觉，一时间，她的脑海里像过滤器似的将目前整个公司的人员筛选了一遍，但除了财务会计那几个，对税务有所涉猎，她真想不起谁能扛起现在这面“大旗”，忽然，她想到一个办法，或许可行。于是，毛遂自荐。其实，这也是她苦思遍寻不着的一个或能化解心结的良机。

走出公司，阿雅拿着老板给的一沓资料，资料里是公司现在面临的问题。阿雅想起这么多年来，父亲在税务部门工作，别的战绩她未曾关心，只是家里他那些已经有些泛黄的税务师、骨干、标兵等证书倒是被她无所事事时翻出来过很多次。其实，她心里是没有底的，但这是一次机会，她想抓住。但抓住此次机会，就意味着她需要向“隐形人”这一她抵触的情绪妥协，她又矛盾起来……

回到家里，阿雅随手将公司资料放在茶几上。“滴……”阿雅拿出手机一看，想曹操曹操到，“隐形人”来电。她没精打采地接起电话。

“阿雅，我这几天太忙了，没日没夜的，生日祝福收到了么？等我忙完这阵给你补过一个实在的，好不好?”那头，阿雅听得出来，人声嘈杂，她估计此刻应该正是“隐形人”吃饭的时间。“没关系，你忙吧，我挂了。”阿雅意兴阑珊，并不想多聊。“阿雅，你别这样，我知道我不好，但我真的是在忙正事，跟你说现在‘营改增’倒计时，很多旧账要了结的同时，我们面临着很大的挑战，压力巨大。这次改革，可以说紧系国计民生也关乎我的实力能否经得住考验，你能理解我吗?”“我理解，所以你忙你的吧，我只是有些累了。”阿雅心头冒起无名之火，她是理解“隐形人”的，她怎么能不理解？想到这，阿雅忽然不争气起来，眼泪滚滚而落，她按下了挂断键，进了卧室，脑海里浮现的，是小时候那一幕幕兴高采烈的等待和孤单寒心的失望，“老隐形人”一次次歉疚的表情此刻就像是电话那头“隐形人”的表情一样，如今，这个“隐形人”所说的话与曾经“老隐形人”说的何其相似，理解，天底下为什么都是她来理解和等待？可有谁知道她等怕了，她真的不想等了。

“咚咚咚……阿雅，在里面吗？”父亲在门外，阿雅迅速擦干了眼泪，整理了一下自己，开了门。

“阿雅，这是你们公司的资料吧？”父亲关切地问道。“是的，爸爸。”阿雅看着那沓资料，什么儿女情长一下子都退了潮，她还没有那么多时间浪费在儿女情长上，否则眼下就会英雄气短了。

“阿雅，你不要介意，爸爸刚刚看了下。”阿雅看见父亲不好意思躲闪的眼神，她知道他们之间的沟壑感父亲是感受得到的，所以自退休后，他一直小心翼翼地，做什么都怕触碰到她敏感的神经，看着双鬓斑白的父亲，阿雅心疼起来，这毕竟是养育自己的父亲，他不过是“隐形”于她之前成长的时光中而已，她是知道的，家里的情况让这个男人不得不去一力挑大梁。如今，他竟然因为一些莫须有的恐慌而让自己变得如此愧疚和谨慎。“没关系的，爸爸，我们公司遇到了麻烦，我想尽力帮帮看。”阿雅收敛起自己那些心结，决心做些什么改变自己、改变与父亲的关系，她既需要温暖的父亲，也不想失去伟岸的父亲。她忽然就想给父亲一个大熊抱，像小时候看见的别人的父亲熊抱孩子那样，她不想再羡慕，她想主动获得，这是阿雅很久以来，一直想做却从未敢做的事。果然，这一举动让父亲竟然不知所措起来，他僵直的身形和缓缓回抱的双手，让阿雅感受到了一个不再“隐形”的父亲真实的存在感。

“爸爸，你帮我吧，你是税务老兵，一定可以帮到我的。”阿雅看着父亲有些激动，嘴角嚅动了好几次才答复她一个“好”字。她知道这是第一步，这么多年来，她终于找到了机会，可以走进父亲的世界，也让父亲不再以等待为名远离她的世界。

当他们父女俩正在研究材料之时，门铃忽然响了起来。都快十点了，谁会在这个时候登门。

父亲起身开门，阿雅还在低头看资料。“伯父，阿雅在吗？”阿雅听到了熟悉的声音，脸色阴沉下来，继续埋头于资料中，她不想理这个人，若不是他固执己见，她或许不会放不下“隐形人”这个心结。

“阿雅，阿诚来了，快进来吧。”阿雅听见父亲迎他而入，心中的“病灶”莫名又开始发作起来，但她不想表现出来，整个人只是傻愣愣地看着资料，其实，她一个字也没有看进去。

“阿雅，对不起，我来晚了，但我真的是……”“不必解释，我想我已经跟你说得很清楚了，我们不合适。”阿雅打断了他的话。

“阿诚啊，来来来，先坐下来慢慢说，阿雅，不要激动，这么晚了，阿诚这个样子一看也是刚从单位赶过来的。”父亲打起了圆场。阿雅心想，我可以与父亲化解沟壑，但与你阿诚不可能，你一日为“隐形人”，我便不会再与你有瓜葛。

“谢谢伯父。”阿诚接过阿雅父亲递过来的水杯，低头看见桌上的资料。“阿雅，这是？”阿诚看阿雅气呼呼的样子，只好岔开话题。

“不用你操心，这么晚了，你过来有什么事？”阿雅冷淡地说。

“阿雅，今天我们终于告一段落了，可以休息调整一两日了，我知道你生我的气了，今天一有时间我就过来了。”阿诚嘴上说着，手上却未停，翻看着那沓资料。

阿雅看阿诚那副投入的样子，又气又恨。心想，好你个“隐形人”，都到我面前了，竟然还心不在焉，就别怪我了，你不是能耐吗，好，今天就给你这个发挥的机会。“这是我们公司目前面临的问题，你这么感兴趣，要不你帮我解决。”阿雅心头火起，却压抑着。“我先看看，只要能帮，阿雅，你放心。”没承想，阿诚这个榆木疙瘩，根本不曾关注阿雅脸色，倒真专注起她公司的问题了。

阿雅索性不说话了。“阿诚啊，我看你也蛮憔悴的，要不先回去休息吧，这些问题，我和阿雅应该可以解决。”父亲看不过去，开解道。

“伯父，您看，这里，您是老手了，这里或许是突破口。”阿诚倒真开始想解决问题的办法了，阿雅虽然心头有气，但看他如此严肃认真，也认真起来。

他们从积极配合税务机关稽查更改已有问题、滞纳金主动补交、主动在公司开展依法纳税知识培训等方面探讨到如何积极应对“营改增”、合理避税和出口退税等问题。阿雅听父亲有条不紊地罗列着法律依据，而“隐形人”则在一旁频频附和和补漏，他们俩面对着的是她公司的问题，却仿佛在工作岗位上似的，严谨严肃的样子，让她深感惭愧。原来，他们是这样工作的，原来他们夜以继日的晚归是在忙这些。阿雅忽然对“隐形人”心生疼惜起来，她想起了曾经他们一起踏雪寻梅，一起踏浪行歌的时光，还有他“隐形”之后，她形单影只的落寞……原来，父亲、阿诚，他们在做着更有意义的事，而自己只顾个人感受，是自己不够成熟。她想起母亲曾说过的话：“从未怪过你父亲，他虽然不能常伴我们，却是真真切切做着很重要的事，要理解他。”原来，母亲是懂的，不懂的是自己。

“阿雅，你怎么了？”阿诚一抬头，看着发呆中的阿雅。

“没什么，你们讨论到哪儿了呢？我去给你们温两杯牛奶，这都快一宿了。”阿雅回过神来，轻叹一声，起身进了厨房。这一幕，曾是阿雅无数次看见母亲为父亲做的事。从厨房里望向客厅，她看见两个男人正在认真地勾勾画画，她忽然心底通明了，这两个人正是自己一直未曾深入了解的队伍中的代表，他们在家庭和工作上，时常两难抉择，于家庭和儿女多“隐形”，只是自己因为年少的心结，固执地不愿意去理解、去欣赏他们的工作而已。

清晨的阳光，自窗外洒进来，阿雅仿佛看到了心房的门被打开了。她一直想要一个有担当的另一半，她以为父亲作为税务干将，在家庭事务中“隐形”多年，就是不担当，而阿诚在毕业后坚持入税务队伍，就是重蹈父亲之辙，自己变成了炸了毛的刺猬，犹如惊弓之鸟。直到今日，她走进他们的世界，他们亦参与她的事情，她才明白，工作，担当，是每个人生存的要义，阿诚不过是尽职尽责地完成工作，然后才能担当男友之责而已。

时间于每个人的长短不同，但从行动处方知爱的深浅。阿雅从厨房端出两杯热奶，阳光斜斜射进屋子里，天亮了。阿雅看清楚了“隐形人”憔悴的面容，还有那两双情真意切的眼眸。她想起了阿诚第一次穿上制服时拍的照片，在那样的队伍里，他们或许在生活中真的让人感觉“隐形”了，但在关键的岗位和事务上，他们无处不在。

（作者单位：广州市地税局办公室）

留白人生

余凯玲

还差一天就是民间传说的鬼节（也叫中元节）——阴历七月十五。天下着毛毛细雨，夜晚早早降临了。

她躺在床上，眉头紧锁，双眼无神，却能透视黑夜的一切。“采薇，你觉得怎么样了？”她闭上眼睛“嗯”了一声，再没说话。也许在这村里只有她丈夫还能准确完整地叫出她的名字。对于她的姓名，问起村里任何一个人，他们的回答无非就是“那个李广文的老婆吗？”“那个失心疯的女人？”在他们看来，她配不上有姓名，更不用说有“采薇”这么好听的名字了。

据说，采薇这个名字是一位教书先生帮忙起的，希望她的生命能像薇菜一样被采摘了依然会不断长出新苗，寓意重获新生。原因是，她出生后不久就得了一场大病，大家都认为她活不过满月，但是她出人意料地活了下来，于是她父母到村里教书先生的家里请他帮忙起个好名字，希望孩子大难不死必有后福。然而老天并没有眷顾她，那场大病在她的脸部留下了印记——眉骨突出，眼珠塌陷，鼻子扁平，双唇几乎看不见，只给嘴巴留了一道缝，一张脸就像被巨大的外力挤压过一样又短又扁。但令人意外的是，她跟正常的孩子一样在该会走路的时候学会了走路，该会自己吃喝拉撒的时候学会了自己吃喝拉撒，该会说话的时候学会了说话，只是身体干瘦，尤其与众不同的是，她几乎不说话，而且从来不笑。同龄人都不愿意靠近她，原因有很多，有的认为她长得丑让人无法接受，有的认为她是被阎王点过名的——晦气，有的认为她是鬼魂附身，是要祸害人间的……渐渐地她的父母也觉得养着她担负着常人难以想象的精神压力，于是总想着赶紧把她嫁出去，只要有谁愿意娶她，他们不但不要聘礼还会尽其所能配上嫁妆。从采薇20岁开始，父母就四处打听方圆百里要娶老婆的男人的消息，打听的对象要么是死了老婆的，要么是残疾的，要么是无儿无女的体弱老光棍。就这样，27岁的她已经嫁了六次，据说每次她所嫁的男人婚后不到一年就都死了。从此采薇便与诸如“命硬”“克夫”一类并且充满怪诞诡异的故事捆绑在一起，但始终没有一个人能说清楚故事的来龙去脉，她的故事在人们的口中变得愈发荒诞。

邻村的李广文，是采薇的第七个丈夫，右腿残疾，是个瘸子，走路时必须用手把住右膝盖。他是村里唯一的木匠，他做榫卯结构的精巧手艺在周围几个镇都是出了名的，哪家需要做木制家具都请他去，路程远的干脆直接请他到家里住一段时间，直到家具做好为止，有的甚至长达一年。他曾经娶过一个寡妇，带着前两任丈夫的三个孩子嫁给他，在他去邻镇为一个大户人家做家具时寡妇拿走了所有财物，带着三个孩子在一个夜里走了。村里人通知了李广文，并主动组织起几十人的搜查队，到处搜寻那个寡妇，除了要帮李广文找回老婆外，还要找回被拿走的钱。他们白天打听消息，夜晚偷偷伏击，前前后后折腾了近三个月，终究一无所获，反而闹得方圆百里都知道李广文的老婆夺尽家财跑路了。李广文47岁的时候经人介绍，要娶采薇为妻，尽管未曾谋面，但双方都同意见面之日就是成婚之日。

采薇过门嫁给李广文时，她的父母都不曾露面，带她来的是一位身材滚圆的中年妇女，自称是媒婆，问她采薇家的情况，她含糊其辞说自己也是受人所托，其他情况一概不知。李广文与采薇见面时，告诉她自己的姓名，采薇听了没有任何表情，只是“嗯”了一声，她甚至连自己的名字都没说，她的姓名是那位媒婆告诉男方的。就这样两个人在一起生活了，李广文依然做着木匠的活，依旧时常外出，采薇在家做着一个乡村已婚妇女应该做的一切家头细务。但是村里人，不管是男人还是女人、年长的还是年少的，都不愿意和她有任何交集，在他们眼里，采薇是个晦气的女人，命硬，克夫。婚后的第二个年头，采薇生了一个男孩，有人从她的脸上看到了像是微笑的表情。确实，采薇那与常人不同的脸部的确让人很难判断她是否在笑，但是她自己非常清楚，她的心是满足的，她看着怀里的孩子就能感到自己有作为一位母亲无所不能的力量。村里人因此对她改观，认为她是李广文家的功臣，不但续了香火，而且还验证了李广文是个男人。渐渐地一些女人出于好奇心和采薇接近，目的仅仅在于想了解她是如何克死了之前的六个丈夫。采薇当然是一如既往地不言不语，不但面无表情，凸起的眉骨下那眼珠凹陷的眼睛还露出不屑的神情，看到她的眼神，那些不怀好心的女人已经心惊肉跳退到十步以外了。采薇那可以透视一切黑暗的眼神确实让想靠近她的这些女人不寒而栗，她们在心里带着无名的恨和无名的怒暗骂：这样的女人一定没好下场！

果不出那些女人所料，采薇的儿子在七个月大的时候突然得了一种怪病，在发病的第七天就夭折了。那些女人像取得辉煌战绩的预言家，欢欣雀跃。在孩子夭折的当天晚上，村里的每一个人都说一整晚都听到了鬼哭狼嚎般的嘶喊，那喊声犹如千万根针刺在心头般悲痛欲绝，不禁让人心生悲悯。接下来连续好几个晚上，村里都萦绕着那嘶喊声，渐渐地村人开始厌倦了，直到后来习以为常，对采薇的怜悯之心荡然无存，转而把仅剩的丝毫同情留给了她的男人李广文。

时隔3个月，村里才有人见到采薇从屋里出来，依然是从前那张脸，那双眼，唯一不同的是，她张嘴说话了：“我还有命，我还有命。”村里人不知所云，认为她受刺激失心疯了。从此，村里一群不懂事的小毛孩只要一看见采薇就会齐声喊："我还有命，我还有命。"她听了，凹陷的双眼竟然透露出一丝母亲般的温柔，换作喊话的是村里的大人，她是要用那可以透视一切黑暗的双眼死死盯着对方的。从此，村里总有一群小毛孩追着采薇不断地喊"我还有命，我还有命"。她始终对孩子们报以善意的温柔，但这温柔在村里人的眼里是失心疯的例证。久而久之，村里人连厌倦都懒得留给她，直接视而不见。

就这样过了一年，她又重新回到村里人的视线，理由很简单，她又怀孕了。村里人都成了预言家，理直气壮地摆出算命先生的架势："这回她可就没那么好命再生个儿子了，生女儿也一定是个丑八怪。"这次预言家们的预测只对了一半，采薇生了一个女儿，但是五官还算得上标致。预言家们喜怒参半："就说吧，是女儿，是给别人传宗接代的。""李广文就是没有生儿子的命。""看，克夫相是生不出儿子的！"生了女儿，她的男人虽然心有不甘，但并没有迁怒于她，也十分疼爱这个女儿，毕竟他已将近知天命的年纪，老来得后怎么都是件让人高兴的事。她的男人给孩子起名叫囡囡。自从生了女儿，采薇的口头禅就变成了"好好的，好好的"。村里那群小毛孩始终没有改口，依然追着她喊"我还有命，我还有命"。采薇除了露出母亲般的温柔外，脸上还多了一份让人非常容易辨别的笑。

囡囡一天天地长大，最不缺的是父母的爱，最缺的是玩伴——她的玩伴除了妈妈就是各种能看得见摸得着的小昆虫。村里有小孩的都不让自家的孩子接近囡囡，原因是她有一个失心疯的妈妈。在囡囡还小的时候，她和妈妈是很亲昵的，看着妈妈为自己洗衣做饭，看着妈妈为保护自己遭受无名的谩骂，看着妈妈在床边哄自己入睡，她觉得自己的妈妈是天底下最温柔可亲、最勤劳善良的妈妈。渐渐地囡囡长大了，到了上学的年龄。在学校里，她依然没有玩伴，原因是她的妈妈总是待在学校门外那棵苍老的榕树下等她放学。她的同学认为她妈妈是女鬼附身。榕树下面设有土地公的神像，村里人无论是过年过节还是死了人招魂都要到此处供奉祭拜。采薇无所畏惧地站在榕树下，村里人十分肯定地认为除非她是鬼魂附身，否则是不可能如此无畏无惧的。囡囡因此渐渐疏远了她的妈妈，除了上学，她只跟着爸爸，爸爸到哪干木匠活，她就跟到哪，只有在妈妈的视线范围之外，她才感到舒适。采薇因为女儿的改变，往日脸上清晰可辨的笑容消失了，脸上的表情透露出的似乎是一种释然，但嘴里依然终日念叨着"好好的，好好的"。她丝毫没有怨恨。

囡囡在上初二那年终于选择逃离生养她的父母，毅然决然选择了退学到深圳打工。李广文为此深深抱怨了几句，却找不到抱怨的确切对象，之后便如往常一样干木匠的活，只是眼睛越来越不好使，要时刻戴着老花镜才能干活，有时甚至要用放大镜才能准确完成榫合的工艺。采薇在女儿出走后并没有任何抱怨，脸上露出从未有过的欣慰和让人一看就能辨认的笑容。村里的男人见了她都说“真是一个疯婆子，竟然还能笑”。村里的女人莫名地怒火中烧：“她真是克星，看阎王什么时候收她！”采薇并不在乎这些言语，她在乎的只有女儿。此后，她嘴里一直念叨的是“好，好”。

从此以后，村里人再也没有人见过囡囡，只是有人听说她托人给父母捎了话：说她打工时认识了一个外省的男孩，不久就怀孕了，接着就跟男孩回了他的家乡结了婚，等孩子满三周岁时，她就可以把结婚证和户口一起办了。采薇的男人始终放心不下女儿，把这些年来攒来的大部分钱存到了银行，说是要留给外孙。采薇则不然，心情似乎开朗了起来，没有人知道为什么，只是总听见她嘴里念叨着“离开了好，离开了好”。此后，再也没有听谁说起过关于囡囡的消息。李广文依旧是有钱就攒起来，采薇则是日子越过越是一副无所谓的样子。

如今，采薇躺在床上，守在床前的只有她的男人，他的眼角藏着泪水，却始终没有流出来。“你有什么想吃的吗?”采薇没有说话。“你有什么想说的吗?”此时，采薇突然瞪了瞪凹陷的双眼：“好吧……这就是我的一生。”这是采薇这辈子说话说得最多的一次，尤其是“好吧”两字，音拖得特别长，说完，她那凹陷的双眼，连同那可以透视一切黑暗的眼神，一起被皱褶的眼睑盖住了。紧接着墙上的挂钟在午夜里敲响了，一共十二下。这是一个令村里人宽慰的时刻，当地有个说法是鬼节前总要有人到阎王爷那里报到，不分年龄，不论男女，只要有人去了，其他人就平安了。鬼节的黎明打破了夜的漆黑，村里人得知采薇死去的消息后个个都像吃了定心丸一样。正如村里人所期许的，村里除了采薇没有其他人死去，甚至连那些久卧病床只剩一口气的老人都安然度过了鬼节。

采薇的男人没有为她举行丧礼，因为找不到她任何的家人、亲戚，而村里人压根就没想起丧礼这件事。采薇被火化后，她的男人独自一人把骨灰埋了，从此，村里彻底没有了一双可以透视一切黑暗的眼睛。

（作者单位：广州市地税局）

冲锋在稽查最前线

戴盛桃

炎炎烈日下，有这样一群身影，他们穿梭于高楼大厦，也奔波于市井巷弄，调账、外调、笔录，汗水浸湿了他们的衣裳；夕阳西下时，有这样一种声音，回旋于局里的会议室、查账室，讨论、交流、定性，下班的时间被抛诸脑后，这是最美的团队——稽查一科，一支业务素质高、责任心强、凝聚力战斗力旺、作风硬的稽查队伍。一科中的共产党员，更是处处体现着党员先锋模范作用，关键时刻还成为化解危局的定海神针。

犹记得那是去年的10月12日上午，稽查一科在党员蒋劲锋科长的带领下，对广州华美医疗美容医院有限公司开展突击检查。一行人到达现场后，发现隐蔽的出纳室铁门紧闭，而华美公司的相关人员又称出纳外出，无法打开房门。为了防止华美公司藏匿、销毁相关的财务资料，蒋劲锋科长当机立断，分组对华美公司新旧两栋办公楼实行同步控制，由党员苏凯生和入党积极分子李蘅留守旧办公楼看紧出纳室。华美公司负责人表面上拍胸脯声称全力配合，实际却在不断地借故离开以便通风报信，密谋与税务人员顽抗到底。

时间一分一秒地流逝，离华美公司负责人承诺的有关人员回归、开门时间越来越近，现场平静而祥和，看似一切问题都将在我们税务人员的耐心与细致下化解，没想到突发情况骤然而至：下午2：00左右，华美股东林振带领出纳吴风祥及一名男子悄悄出现在出纳室门前，林振和另一名男子突然出手拦住苏凯生和李蘅，吴风祥迅速打开出纳室，冲进房内并反锁，现场气氛顿时紧张起来。刚调入稽查科的“新兵”李蘅从未见过如此场面，紧张地看向苏凯生。关键时刻，稽查“老将”苏凯生毫不犹豫冲了过去，果断拍打房门，厉声要求吴风祥打开房门，配合检查，同时要求李蘅通知别处的税务人员火速赶来增援。吴风祥此刻在房间里试图藏匿相关财务资料并逃离，但见税务人员在门口守候，无法离开，只好打开房门让税务人员进门。苏凯生和李蘅进门后，立刻对现场进行查看，发现吴风祥正在手忙脚乱地往背包里塞账册资料。吴风祥担心藏匿的资料被发现，立刻拿起背包往外跑，税务人员迅速出手阻止，苏凯生同志眼疾手快，一把抓住黑色背包。林振和另一名男子及华美赶来的一名男性工作人员见势不妙，协助吴风祥一起对税务人员进行推攘，撕扯着他们的手臂，试图帮助吴风祥转移材料，不多时苏凯生和李蘅手臂上就添了许多道深可见骨的伤痕。暴力之下，背包被一点点地拉过去，眼看他们的意图即将得逞……在那危急时刻，虽然手臂上不住传来火烧一般的疼痛，但平日斯斯文文的苏凯生犹如猛虎下山大叫一声，夺过背包拼命护在怀中，同时李蘅不断阻止其他人员靠近。吴风祥等四人见他们誓死不肯放开背包，其他税务人员的声音也越来越近，意识到大势已去，借机逃离现场。苏凯生和李蘅最终把华美公司试图藏匿的关键财务资料带回了局里，案件得以顺利开展下去，等待违法企业和违法人员的，将是公安和税务机关的严惩。

稽查一线与企业斗智斗勇，正所谓沧海横流，方显英雄本色，处乱不惊，无愧党员风采。

（作者单位：广州市地税局稽查局）

两个男人的约定

柘　木

甲方："邱生，你好，有事吗?"

乙方："朱生，租约下个月到期，你看租金……"

甲方："两年没涨租金，续签的话，这次要涨租了。"

乙方："续签。要涨多少？你也知道，现在舞厅是没落产业，没几个人来跳舞，生意惨淡，我那点工资……"

甲方："涨200吧，1 800涨到2 000。"

乙方："朱生，能不能涨100？1 900可以吗？我7楼租给人家1 500元，每个月我要倒贴几百元，压力很大。"

甲方："那好吧。"

乙方："谢谢朱生，谢谢。"

电话里的对白看似简单，但挂了电话，两个人都叹了一口气，好似这个约定让两人都很为难。

朱生听清通电来意时，已有忐忑，不是担心对方不租房子，而是不忍与不好意思。邱生的经济情况他较为了解，那个华贵舞厅他去过。小时候那阵子，舞厅生意火爆，人满为患，许多爱情都是从舞厅里开始的。可是这几年，城市的夜生活变得丰富多彩，舞厅已没多少人去。况且那个舞厅二十多年了，装修显得陈旧、落后，壁纸都剥落了很多。平日里只有一些上了年纪的人去那里怀旧，喝喝茶，听听歌，跳跳舞。门票10元，二十年不曾涨过，不是老板不想涨，而是怕涨了更没有人来。老板早有停业的心，但当初跟着他混的一帮人要吃饭，这才惨淡经营着。

舞厅开业时邱生就在那里工作，负责打碟。那时他青春年少，头上戴着红色头箍，意气风发。打碟之余，还时不时敲打架子鼓，喊麦，喊上一些充满激情和诱惑的话语，舞场里的人们跟着骚动起来，蹦着迪斯科……

朱生那时候十岁余，跟着大人混场时特羡慕邱生，和一帮小伙伴总是挤在主控台看着他，觉得他敲打架子鼓的每一个动作都很有魅力，两支筷子长的鼓槌在空中弹跳时带出山河气韵，给人大势磅礴的震撼感。而打碟也让人着迷，他拨弄着按钮，音乐就多了灵动，多了激情，偶尔释放的电音更是带出魔力，把整个舞场的人都带出劲头。朱生有一阵子想学打碟，想摆弄架子鼓，但缺了点音乐细胞，终究没学会。

若干年后，朱生回想这段时光，都会沉默下来，不知该庆幸自己没有音乐天赋，还是觉得那段激情岁月依然让人着迷。而不像眼前，城市变化太快，随着楼价的噌噌上升，谋生的负荷变得太重，人每日里忙忙碌碌，却觉得百无聊赖。

而当年他羡慕不已的人，早在六年前已成了他的租客。当然，邱生有房子，就在7楼，邱生之所以租住一楼，那是因为他父亲80多岁，有点失智，上下楼梯不方便，邱生又没经济条件租住电梯房，迫不得已，才出租自己的房，租下朱生的房。

这也是朱生觉得涨租不好意思的原因。一楼光线不好，一年总有一段时间非常潮湿，换了别人未必愿意住一楼。邱生因为老人才租一楼，人总不能在别人的孝道上榨出钱吧？朱生想到这里就唏嘘，当年那个意气风发的人，经过岁月的沉淀，有了英雄迟暮的落魄。

可是，妻子不知从哪里打听到，隔壁邻居那间房租金是每月2 500元呢，这次说什么也要涨上来。只不过到了朱生这里，已经打了折扣，又耐不住邱生的一句还价，便只涨了100。朱生挂了电话，心里一阵子烦闷，老婆又要唠叨了。

邱生去舞厅，还没到营业的时候，他开门进去，站在舞厅门口，一股说不出的复杂气息扑面而来。他来做准备，调音试麦，手拨弄架子鼓的铜镲，发出哐当的脆响。人孤独地坐在架子鼓面前，心事重重。

朱生是个好人，邱生差不多是看着他长大的。但是好人，并不意味着要施舍，这年头大家都不会跟钱过不去，房租由最开始的每月1 600元，涨到1 800元，又涨到现今的1 900元。100元对别人来说早不算什么，只是到了邱生这里，100元包含的内容多着呢。油盐酱醋茶，老父亲的医药费，孩子的生活费，提神的香烟……更主要的，还意味着妻子的失望，她会傻傻地站在房子正中间，一怔好一会，长吁短叹，说日子没法过了，看他的眼神里有了冷意，看父亲更是带着几许不耐烦。

再不能让她寒心了。他和妻子是在舞厅认识的，妻子当年是他的铁粉，追他，把他当神看待。但是神一旦跌入凡间，被凡间俗务熏染，就会失去神的法能。看来，要戒烟了，他心里有了打算，只是觉得堵心、怅惘。今年算过了，明年呢？何时是个头，他不想想那么远，想远了人就没了主张。

这些年，舞厅的生意可谓惨淡，他们这些工作人员跟着凄凉。他负责打碟，是核心工作人员，一个月工资才两千四五百元，扣了社保，到手里两千出头。而老婆是舞厅的售票员，还兼着保洁，一个月下来两千多元。在这个城市里，两个人的工资满打满算，还比不上别人一个月的工资。

邱生早几年想过另谋高就，沿着海珠桥过江，对面的沿江路上有许多酒吧，他一个个问过去，可是人家一看他的年纪，都不给他打碟表演的机会。

那时候，邱生想是不是自己在舞厅待得太久，人跟着舞厅没落，赶不上这个时代了。但是打碟和架子鼓是技术活啊，许多小年轻未必懂。在最后一个酒吧，他点了一支啤酒，那是他喝过的最贵的啤酒，一支三十多元，他不是心情郁闷才喝的，如果心情郁闷，他宁愿去超市买上一打，价钱也不过是这个数。他要看看，现在的酒吧到底是什么样子。

结果，那个酒吧根本不需要打碟，主控室的小年轻只需要播放现成的音乐，随后就坐在那里看手机。音乐或激情或抒情，只是烘托一下氛围。客人们没有谁在听音乐，这些年轻人三五成群，喝酒的喝酒，玩骰子的玩骰子。等到十点的时候，有钢管舞表演，穿着比基尼的长发美女在表演台上就着几根钢管做出许多暧昧的动作。紧跟着，是脱衣舞，明明是一个男的，把自己打扮得花里胡哨，站在台上抛着媚眼，嗲声嗲气地挑逗着观众，在观众一声声“脱”中脱着衣服。

邱生看得目瞪口呆，眼的余光看向别处，吆五喝六的小年轻都停下来，聚精会神地看表演。邱生感叹，现在这时代不是跳舞的时代了，而是看别人跳舞的时代啊。

他要走，却有一个女人在他旁边坐下来，凑近他耳朵，问能不能请她喝酒。那女人看不出不正经，长发素颜，很清纯，黑色长裙裹身，把她曼妙的身子掩藏得很好。邱生想摇头，但看着女人那双幽深哀怨的眼睛，就招来服务生，点了一支酒。掏钱的时候，后悔了，心疼钱，更觉得在美女面前没有拿出鼓囊囊的钱包，而是从口袋里掏出几张皱巴巴零钞挺丢人。

好在女人不计较这个，紧紧地挨着他坐。她凑近他的耳朵说：“你很独特。”

哈气如兰，他的耳朵都痒了。“怎么独特?”

“你跟他们不一样。”女人说着扫视四下的客人。

我年纪大了，他想，但没有说出来。他40多岁，但皮肤白皙，眉清目秀，并不显老。

“哪不一样了?”邱生刨根问底，换了20年前，他和眼前的年轻人一样，也是时代的弄潮儿，穿着时髦，意识超前。

女人说：“别人来是喝酒的，你来这里不像是喝酒的。”

“这样啊，”邱生忙说，“我来是找工作的。”

女人咿呀一声，不信，但审视地看邱生笃定的眼神，信了，说句“难怪”就喝酒。她抱着瓶子喝，仰头灌酒的时候，脖子拉长，那里有个红玫瑰的彩绘，下面则是英文“love”的刺青。邱生觉得长脖子的女人就是优雅，喝酒的动作充满诱惑。

喝了半瓶酒，女人问：“一晚多少钱?”

邱生开始还没明白，但几个呼吸间，明白了。他脸上有了惊恐，自己这么像不正经的人吗?

女人看他慌乱,忙解释:“彼此彼此,我一晚至少500呢。”

邱生想死的心都有了,瞟了一眼正在跳脱衣舞的“女人”,起身往外走,不管心里多么痛苦,这里不是他待的地方。女人错愕,不知道对方吃错了什么药。

他去找过别的工作,面试过保安,但工资待遇好不到哪里去。也想过做环卫工,但没有编制,临时工的待遇差很多,每个月虽然比舞厅里的待遇多几百,但每天累死累活。后来通过交通辅警考试,他被录取了,工资待遇四千多。等他满心欢喜递交辞呈时,老板一向犀利的眼神瞬间寂灭,好一会,嘟囔着:“你都走了,这舞厅就别开了,大家都散了吧。”

老板这话不咸不淡,透露着落寞萧索。十几个服务员眼巴巴地看着他,目光里有羡慕,有哀怨,有不舍,在他们眼里,他一直是精神领袖,此时却要弃他们去了。只有妻子不看他,低着头站着,看着她的鞋尖,好像犯了错,是她鼓动他辞职的。

“散了吧,生意半死不活,早做不下去了,等我把它盘出去,凑点钱每个人发点安家费。”老板不耐烦,起身往外走。

几个大姐立马哭了,她们本意再挨几年就退休,眼前却要失业了。只不过都没有埋怨邱生,她们哭的是前路未卜,哭的是二十年的舞厅就这样没了,就像一个家要散了。

邱生眼睛涩涩的,看着妻子,妻子回看他的眼神里有了闪躲、不安。他定定神,说不走了。老板没有扭头,邱生只好提高声音说“不走了”。那人终于停下脚步,扭头看一眼,又落寞地走远。

这样,邱生继续留了下来。转眼又几年,当初的几个大姐已经退休,只剩下七八个还在等退休。他甚至想,某一天,这里会只剩下他和妻子,那时候不知道舞厅会不会真的退出历史的舞台。想到这里,心里憋屈,拍打架子鼓,铿锵有力的声音把苍老的舞厅吵醒,他拍着拍着,两眼婆娑,好像看到人影绰绰,当年的那群人穿越时空,正在舞池里轻歌曼舞……

他敲打着激昂的乐点,精气神重新充盈身子,似乎又回到二十多年前那个意气风发的年代,他风华正茂,对工作带着热忱,心间有着自豪。正玩得起劲,头仰着,眼睛眯着,很是陶醉,却有人喊他:“邱之行,你嘚瑟什么啊,还不快点帮忙打扫卫生?”

他停下来,手中的鼓槌半扬在空中,整个人瞬间颓败下来,恢复了惯有的疲软。是妻子,她来了。昨晚散场后两人已打扫过场地,但开场前,习惯性再清扫一遍。

他悻悻然走下主控台,冲妻子讪笑,拿起抹布。妻子一边打扫,一边问给房东电话没,租金那事要早点定下来。

他说打了电话，今年不涨租。人心虚，住了五六年的房子，一直当自己家来经营，但每到租期，夫妻俩人心惶惶，租金不定下来，心里不踏实，就连进了房间，都觉得生疏、陌生。

“真的？前段时间看到房东他老婆在跟邻居攀谈，还以为她来摸查行情呢。你说隔壁那个人，太没良心了，那么黑那么破的房子，就欺负老人家瘫痪在床，把租金涨到 2 500，这明摆着讹诈人……”女人愤愤不平地说着。

“别那样说人家，那房东明摆着赶人走，却不想对方还是租下了。”邱生人善良，在他这里不论多么过分的事情，都有理性的一面。

“也是，那房东是担心人死在里面啊，那多不吉利？”

两个人一边唠唠叨叨地聊着，一边麻利地干活。虽然舞厅给两人的工资不高，毕竟是干了一辈子的地方，他们都把这里当成另一个家。

朱生挂了电话，进了干洗店。妻子凑过来，问是谁打来的电话，有什么话不能在店里说啊，还避开她。

朱生没好气，说租客打来的，要跟他谈谈租金的问题，店里干衣机的杂音这么大，怎么听得清啊。

“邱生啊，他续租吗？”

“能不续吗？租金涨到 2 000 了，随了你的意。”朱生说着，把洗衣机里的衣服捞出，挂起。

“什么随了我的意，我可是说 2 300 的，我们房子比隔壁大，光线又好，人家都能租 2 500，我家 2 300 都是同情价了。”妻子不开心了，虽然说了不能低于 2 000，但真的成了 2 000，心里还是有落差。

“别人可以昧着良心挣病人的钱，我可做不来。”朱生开始熨烫衣服。

“你是圣人啊？自己也是穷人，还同情别人。这个年代，同情心都在裤裆里。就说这个干洗店，屁大的地方，我俩累死累活干了五六年，赚了多少？银行的存款从没有到六位数，可是支付的租金多少？一个月 2 万，一年 24 万，六年你说多少？140 多万，想想就绝望了，人的辛勤劳动还不比一个房子、铺子，干一辈子都不如天河一个房子半年的升值。你看吧，过两月租期到了，他一定会涨价，我估计要加一万，至少 5 000 吧，那我们就要关门大吉喝西北风去了。”妻子说着，眼睛红了、湿了，看着十多平方米的铺子，神情阴郁，心口憋得慌，自前年算了收益和支出，她都没心思干活了，每日里唠叨着去哪里买个铺子，而且一定要买，后来在萝岗买了一个小铺子，可是因为地理位置偏，到现在都没租出去，每个月还搭一千多元管理费。

“再涨，那就关门吧。大不了搬去萝岗自家店，反正几个大客户都是上门收衣服的。到时候再辛苦辛苦，看能不能承接周边几个厂的洗衣工作。”朱生另有打算。

“那也好，不租了。每次看房东趾高气扬的样子，就不爽，好像我们欠他似的。”妻子心思活络了，表情里多了点光彩。自从萝岗的铺位开始收管理费，她一直自怨自艾，心疼那一千多元钱，怪自己不该盲目买那么偏远的铺子。

朱生不搭话了，麻利地熨烫衣服，把皱痕熨平，把衣褶熨齐整。心里则叹着气，家里的钱都有数，付按揭的付按揭，付车贷的付车贷，付租金的付租金，付管理费的付管理费，付儿子学费的付儿子学费，日子过得去，却过得紧巴巴的。那一百元，他不在乎，但总是窟窿，要填平，看来，烟的档次要再降一个了。

他倒是挺乐观，心间还有希望。熨烫一件制服，发现扣子松了，就放一边吩咐妻子帮忙钉一钉。妻子正盘算去自家铺子开店的收益，心思活络了，人喜滋滋的，绷紧的表情终于放松下来，忙应着去找针线包。

（作者单位：广州市经济开发区地税局）

羊城往事

曾 金

广州的七月，夜幕与白昼之间的过渡并不明显，以至于还在税务所忙碌的税管员周正准备回家时，已经快九点了。窗外的主干道上，车水马龙，亮堂的路灯下，伴着高分贝的舞曲，百余名男女老少正在扭着时髦的广场舞，仿佛这是一个不夜城。

手机上的微信提示音响了，周正定睛一看，原来是微信群“羊城三人行”里的魏来在说话。

“@周正@方明 周五了，你俩总下班了吧，老地方约?”

“@魏来 好啊，我家小孩刚睡着，马上出发。@周正 你不会还没下班吧?”方明说。

“@方明 你怎么知道我还在办公室，刚忙完，我也现在出发。”周正嘴角微微一笑，手指在手机上快速地敲下了这行字，然后收拾了一下桌面，就出发了。

魏来说的地方，叫老友记。

一、 老友记

老友记是十年前石牌村里的一个烧烤大排档的名字，原来用毛笔大字写着的门店牌匾，已经换成了闪烁着五颜六色的LED灯，名字也换成了文艺气息的“深巷食堂”。

“深巷”两字，描述得倒是一点也不假。2007年，在北京读完大学的魏来和在上海读完大学的方明，竟然不约而同地从学校卷起铺盖，南下“投靠”在广州的周正。三个人决定在广州城中村石牌租房子，村里横七竖八的巷子，被错综复杂的电线割裂的“一线天”，愣是使三个大学毕业生摸不着头脑，三个人犹如老鼠一般钻来钻去，钻了三四个小时才找到一个阿公放租的房子。

那一天，周正记得，正好和今天同一个日子——7月1日。那一年，据官方公布的数据，全国普通高等学校毕业多达447.79万人，虽然那年媒体还没开始用“最难就业年”来形容大学生就业形势。

那晚的老友记，生意格外火爆，石牌村里3 500栋握手楼里住着的十多万外来人口成为临街商铺固定的消费人群。周正三人点了标志性的碳烤生蚝，魏来和方明点了些鸡翅、豆制品和蔬菜，每人先要了一瓶珠江啤酒。

就在准备举杯时，店里的电视机上，衣着鲜亮的夜间新闻主播正在播报一条新闻："2007 年上半年，广东地税组织各项税费收入再次突破 1 000 亿元大关，收入总量继续排在全国地税系统首位。"三个人不约而同地朝电视看去，屏幕上，罗列了广东地税 2006 年上半年组织税费收入 1 129. 20 亿元的情况，广东地税事业繁荣之势领先全国。

"我们一起考地税吧，我是财政专业，魏来是经济学，刚好对口。方明，你是新闻学，也可以去地税系统写材料，挖掘一下税务系统的感人故事呀，一样是奉献青春嘛。"周正一手端着啤酒杯，一边说道。

"确实是一个不错的选择，地税事业蒸蒸日上，而且和我们的生活息息相关，为民收税，为国聚财，你看广州市的基础设施建设得越来越好，肯定离不开地方税收的财力保障。"财政学毕业的魏明格外认真地从财政角度分析道。

"好啊，反正我是新闻专业，走到哪里都需要写材料、做宣传的嘛，兄弟们一起报名吧！"方明也应声说道。

"君子一言，驷马难追，为广东地税干杯！"

"干杯！"三人同时举杯，一饮而尽。

二、 青春税月

周正坐车到约定地点时，魏来和方明已经坐了有一会儿。魏来熟络地吆喝了一句："老板，例牌！"

"好嘞！"烧烤店的老板还是十年前老友记的老板，自称老张，这个来自四川的生意人看着三个戴着眼镜的熟客，对他们说的例牌早已记得滚瓜烂熟，就是 2007 年 7 月 1 日那晚的那几样，他们每次来都是固定点那几样。

老张知道的不仅仅如此，他还通过每次和他们闲聊了解到，这三个来自内地省份同一个小县城的年轻人，十年前分别舍弃了外企、国企和报社的岗位，一起去了地税局。十年来，三个人在各自的工作岗位上兢兢业业，勤勤恳恳，踏踏实实，都取得了不错的成绩。尽管在职位上得到晋升的只有魏来一个人，但是周正和方明也都是所在局的骨干人员，在自己的工作岗位上发光发热，无怨无悔。

"生蚝一打，啤酒先来三支，吃好喝好哈！"老张满脸笑容地一手端着生蚝，一手拎着三支珠江啤酒，放在了三人桌上。

新闻专业毕业、在校期间做过出镜记者、现在在一区地税局办公室做文秘宣传工作的方明给每人满满地斟上一杯，极具仪式感地说了一句："兄弟们，今天是我们来到广州的十周年纪念日，也是我们在地税的第十个年头，十年青春，十年奋斗，为我们的十年先干一杯!"

在"羊城三人行"的微信群上，魏来发出了 2007 年用像素不高的手机拍的三人合影，照片上的三人，在岁月的沉淀和生活的打磨下，如今多少变了些模样：青涩、瘦削的周正，如今已是微胖界的代表，脸上更是写着沉稳和豁达；反而以前白白胖胖的魏来，这些年坚持健身，体型苗条了许多，人也精神了许多；方明原本身材保持得最好，但是因为一场突如其来的病痛，导致他胃口大减，身高 175 厘米的他如今体重只有 126 斤。

入职的第一年，在结束初任培训后，三人都在入职感言上写上了同一句话："我将把青春献给地税。"再回首，作为现实主义者的方明那时虽然觉得这句话充满着理想主义，甚至有一丝丝虚无，但此刻却真真切切感觉到这句话原来是客观描述。南粤大地的税收队伍，每年都有来自五湖四海的大学毕业生，或者从各个行业跳槽出来的人才参加公务员考试，经过千挑万选进入地税部门。一日又一日、一年又一年，成千上万的年轻人将最美的年华奉献到了工作岗位上，多少年轻人早生华发，多少人如今已不复青春，他们在用青春书写着"为民收税，为国聚财"的税务人的天职，他们用自己的"辛苦指数"换来了纳税人的"满意指数"，为提升岭南大地老百姓的"幸福指数"奉献着自己的青春税月。

三、 往事并非如烟

羊城十年的往事依旧历历在目，丝毫未曾在记忆中模糊，甚至仿佛就发生在昨天一般，时不时浮现在这三个伴着丝丝酒意的"80 后"的脑海中。

十年来，他们看到了不少发生在身边和同系统里的故事。有正面的：和周正同一批的一个同事，在自己的工作岗位上表现优秀，如今已是副处级干部，成为系统内少有的"政治明星"；还有一个很交心的同事，跳槽去了一个创业公司，因为在税务部门积累的业务素养，创业过程颇为顺利，如今已经身家上千万。诚然，也有不少负面的：和魏来同一个单位的一个老同志，因为一些坏习惯，在"八项规定"后依旧"四风"问题不改，最终东窗事发，被戴上了手铐而抱憾终身；还有一个年轻同事，在税源管理科管着上千户，人称"千户大人"，却罔顾法律法规，最终"纸包不住火"，因为贪腐亲手断送了原本一片光明的前程。同时，在内部 OA 系统上通报的各种系统内的极少数个人在"十八大"之后依旧不收手，以为中央的高压反腐态势只是"一阵子"而放松了自己内心那根紧绷的弦，最终成为全系统警钟长鸣的反面案例。

曾经周正他们三人也都面对过形形色色的诱惑和挑战。有一年，他们三人都在税源管理科时，经常会遇到管户企业为了企业利益，或为了变相减少纳税金额，或为了违规取得税收优惠，总有企业通过各种各样的关系“套近乎”，请客、吃饭、旅游等各色招式齐全，还好三人自我约束能力都比较强，及时“刹车”，悬崖勒马，方明总结是：“抵挡住了‘糖衣炮弹’。”

魏来曾经开玩笑地说，抵挡住诱惑的根本原因是“小农思想”作祟。事实上，他想表达的是这三人都来自农村，父母都是农民，从小接受的教育很简单，耕耘好自己的“责任田”，勤勤恳恳尽职履责，老老实实靠自己的双手“走正道”获得自己想要的，明明白白做一个本分之人。

周正差点离开税务部门，导火线是2012年的毕业五周年聚会。那晚，在全国各地工作的同学赶回广州同聚一堂，在做自我介绍时，班里三分之二的人年薪都比他高了，他们有的是在世界名企，有的是自己创业，发展得都很不错。

饭桌上，曾经的室友问周正这五年发展得怎么样，并且说了一句“今时不同往日了，要不要跟着我一起混，待遇绝对比你现在好”。面对老同学伸出的橄榄枝，周正回家和妻子还讨论了一下，妻子没有发表特别的建议，只是简单地回了一句：“按照你自己的内心走，我相信你。”

关于周正内心的真实想法，魏来和方明都心照不宣，因为他们和周正一样面临困惑。但是他们都心存不舍，尽管政府机关工作朝九晚五，在外人眼里是“一杯茶一张报纸过一天”，其实则不然，他们在各自的工作岗位上，每天都很充实，尤其是和纳税人打交道，不仅学到了专业的税收知识，也学会了与人打交道。同时，在服务企业的过程中，见证了很多小企业从0到1的发展，很多创客也成了自己的知心朋友，共同学习，共同进步。

辗转反侧了几个夜晚，在一个阳光明媚的早晨，周正很坚定地和妻子表明：“我还是选择继续留在地税。”

难以细数的这些往事，构成了十年来的成长记忆，也让他们更加明白自己想要什么，想过怎么样的生活，并且义无反顾坚定地走下去。

记忆越清晰，选择也愈加坚定。

四、　三人行

凌晨两点的石牌村，巷子里依旧人来人往，与马路对面静谧的高端小区形成鲜明对比。无疑，夹杂着烧烤味、啤酒味和各种饭菜味的巷子，更具有市井生活的味道。巷子旁的水果店，也依旧是灯火明亮，老板还在忙碌着生意。

“我们已经结束了职业生涯的‘二五’计划，现在国家的十三五规划都出来了，我们也要开始我们的‘三五’计划了。”对数字极为敏感的魏来，习惯用数字说话，也很喜欢做计划。

“下一个十年，在紧跟形势学好税收知识的前提下，我会继续发挥我新闻专业的优势，尤其是文字方面的特长，多读、多写、多发现，挖掘税收工作中的感人故事，切切实实讲好税收故事。”方明首先脱口而出。

“我想深入钻研税收业务，尤其是现在供给侧改革形势下的税收业务，以及一带一路大背景下的国际税收业务，争取成为这方面的专家。”周正也格外认真地跟着说道。

“我的计划和周正差不多，不过我更想在做好专业税收业务的同时，加强自己在文字表达以及管理方面的能力，做一个综合发展的税官。”魏来微露笑意，眼神里充满着坚定和信心。

三人点的烧烤已经吃得差不多，啤酒每人3瓶，也只剩最后一杯左右。隔壁桌还在热闹地摇着色子玩喝酒，也有人早已靠着桌子鼾声如雷。

“作为‘羊城三人行’的群主，我宣布今晚到此结束，来，最后一杯，祝大家工作顺利，天天开心！”魏明端起酒杯站了起来。

“顺心如意，干杯！”

（作者单位：广州市海珠区地税局）

我的人生因你而变

刘杏芬

每年的税收宣传月，局里都会组织开展各种形式的税收宣传活动。一到这个时候，我就会想起那个面庞灿若朝霞的姑娘。

2003 年，我毕业后被分配到偏远的镇地税所。每天坐在低矮潮湿的办公室开票、收税，下班后看着窗外灰蒙蒙的天空，我的心就如同一口枯井暗无天日。

当时正值 4 月税收宣传月，所里组织我们到街道设立宣传点。我们刚摆开桌子，准备好宣传资料，就听到远处传来一阵音乐声。经打听，我们得知一个外地女孩在镇上开了一家化妆品专卖店，音乐就是从她的店里传出来的。那时的小镇还没有一家像样的化妆品店，我在心底暗暗佩服这个有胆识的女孩。

下班后，我和同事迫不及待地到那个外地女孩的店里看个新鲜，还给她带去相关的税收宣传资料。

小店被布置得温馨典雅，女孩正在为几个顾客试用化妆品，她专注地涂抹着、描画着，脸上的笑容像夏花一般灿烂。她的笑容让我的心境开朗起来，晚上闲来无事我写了一篇散文寄到报社，没想到过了几天竟发表了。这件事就像一颗投石在我静寂的心湖荡出一圈涟漪，我开始改变自己的心态，乐观地对待工作和生活。可惜，没过多久女孩的小店就关门了，我再也没能遇见她。

直到前年，一个春光明媚的日子，我收到一封信笺。让我意外的是，来信的就是那个开化妆品店的女孩。

“姐，很冒昧给您写这封信，虽然你我素不相识，但您的名字一直铭刻在我心中。那年我父母在一次事故中去世，我在万般无奈之下投奔小姨，自谋生计开了那家化妆品店，但生意并不好，我只好到深圳去打工。之后，我辗转漂泊过许多地方，您写的那篇《笑在严冬灿如夏花》的文章我一直带在身边。我还记得其中的一段话：‘女孩的小店如一朵春花装点着沉寂的小镇，女孩的笑容像一缕春风吹散我心头的阴霾。我突然明白，其实每个人的生活都可以如夏花般灿烂，只是在严冬来临时你选择如何去面对。’我想您一定是一位细心敬业的税务干部，一定是知道了我的遭遇，才写这篇文章鼓励我的。为此，我一直没放弃过自己的梦想，我通过打工积攒了一些资金，在广州开了一家美容院，现在生意很红火。今年我有资格填写 12 万元以上个人所得税申报表了，我感到自豪和幸福。我不知道如何表达我的感激之情，只想让您知道，我的人生因您而改变……”

看完信，我的心久久难以平静，我很想对那个女孩说：你也许不知道，是你灿烂的笑容让我看淡挫折，我的人生，也因你而变。

（作者单位：深圳市地税局）

难忘的搜寻

——我的稽查故事

郑　懿

时光飞逝，一转眼三十年工龄已过半，我从事税务稽查工作也超过十年，在稽查四环节的岗位上走了个遍，像个老人似的常常忆起一些难忘的片断。

一

下午开了会，单位布置了晚上的突击检查假发票行动。被查名单是省局下达的，为了保密直到晚上行动前才告诉我们，大家同时上交了手机。我所在的行动小组中，有两位本来就和我是一个科室的同事，分别是大钟和小唐。

晚上9时，各小组各自上车，分头奔赴突击地点。我们组接手的是南屏桥下一个比较偏僻的歌舞厅。彼时的南屏还处在城市化边缘，鱼龙混杂，这个歌舞厅的名字也起得颇有帮派地头聚散地之感。据一起行动的公安局经侦支队的人说，二十世纪八九十年代的南屏是走私和黄赌毒重点防控地区。

我紧跟小唐进了灯红酒绿的歌舞厅，与公安经侦员一同直扑收银台。也许是我们穿着制服，也许是来得突然，在控制了收银台以及分出人手四处探查的时候，原本散在门口和歌舞厅阴暗角落里的黑衣壮汉才开始有了反应，几乎一瞬间，一个经理匆匆过来，请我们移步到房间有话好说。与之前布置的分工一样，其他检查人员没停下，该干吗还干吗，见经理点头哈腰一再恳求，小组长大钟叫上我，随经理一起进了房间。后来我想大概因为我是唯一的女组员，大钟才准备让我做文书记录。

我和大钟先进了门，转身时，忽见经理身后多了四个黑衣大汉，他们也闪身进来并关了门，形成掎角之势把我俩与房门隔断，挤在房间最里面，空间突然变得狭小紧迫。大钟是我们系统师资库早期知名的讲师，也是我稽查业务的师傅之一，理论基础与政策解读都很在行，可称为学院派。我们之前接触的多是上市公司和正规企业，多半按部就班走出示检查证、派发检查通知书、做笔录等一系列规范流程，没有遇到过今天这种情况。女性的第六感令我立即产生了抵触与戒备，我下意识拉开身后紧闭厚重的布窗帘，几乎同时，房间的灯灭了，外面依稀响起“跳闸了”的呼喊声。

经理与大汉们并未出去查看，我感觉到对面这几个黑影的气场完全变了，拉开的窗帘透进外面的光，背光的我，视觉在逐渐适应。经理啪地点了一支烟，细小的红点在黑暗中竟然有些刺眼，刚才客客气气的声音此刻有些暗沉："大家混得不容易，有什么不对望高抬贵手。"大钟一进房间已经坐下了，此刻手还停在准备拿资料的包上，停顿了半刻他说："我们只是按规定检查，如果无事……"对方显然不接受，突然大力拍向中间横放的小茶几，我听到烟盒破碎的声音，脑子里电光火石。

我知道大钟也感到了压迫，说话刻意的谨慎和柔和是想缓解这种不适。可是对方的气场如同这黑暗，邪恶而嚣张。此刻父辈根植在我骨子里的军人血性迸发出来，不容多想，我亦拍案而起，气势比他更足："这是依法办案，你求财而已，不要犯罪！外面都是人，你敢动我们试试！"我努力瞪大眼睛看着黑暗中的经理，呼吸声被放大，空气凝固了。

这难熬的沉默中，灯复亮了，与我对峙的经理脸上出现一丝松动，他坐下来，我分明看到大汉们手里还攥着铁棍。我知道危险过去了，背上已是冷汗一片，实则不过短短几分钟，却像经历了数小时一样。当我带着经理签了字的检查通知书送达回证与组员们查获的违法物证胜利汇合的时候，已经是凌晨 1 时。

有很长一段时间，小唐总是笑话我一马当先冲进歌舞厅、以少对多进入陌生房间的傻愣模样。后来我在日记中写道，稽查源于生活，不能按部就班、千篇一律按照检查正规企业的方式方法去做。这次经历令我对稽查开启了一个新的认知。

二

大钟传达任务的时候有些迟疑，因为这是一宗由其他组转来的举报"两套账"案件，已经突击检查过，没有搜到第二套账和丝毫隐匿收入的线索。据再次分析，举报材料很详尽，举报人是内部员工，可信度较高。也就是说已经打草惊蛇，陷入死局。

被查对象是一家私立医院，按照上组的描述，我们已知医院的进门朝向、主任办公室、服务台等设置。为了降低对方警戒度、保证突击胜算，新组合的检查组特地将行动时间定在了下午 2：00，制订了尽可能详尽的行动方案。彼时互联网正在逐渐深入生活，我们申请把局里开发中的技术稽查力量也加入进来，作为一次实践。但似乎还缺点什么，我在准备进场检查文书的时候，脑子里感觉有什么东西一直没抓住。

我们准时进入医院前门后，各组员迅速进入状态，有的在服务台了解看病流程，有的到挂号处寻找缴费凭证，还有的在主任值班室察看线索，等等，在场的医护人员似乎全都没有惊讶的神色。当一个引导员带我们到接待室并去通知主任的时候，我将文书交给同事，独自退了出来。

大楼整体是个长方形，东西狭长，大门向南，门前一条大路，楼后背靠一个居民住宅区。一楼大堂很宽敞，房间在两侧铺开，大堂正中设有服务台，背靠巨大的承重柱，上面张贴了些宣传海报和就医指南，绕过柱子就是楼梯。我迅速跑到顶层 5 楼，没有天台或附楼，每一层布局都相似，也没有异常房间。我继续往下排查，总觉得漏了什么。

在 3 楼楼梯拐角处，有个清洁工在拖地，我停下问："阿姨，你们财务室在哪里?"她迟疑了一下用四川话答："你说啥子嘛?"我不假思索回以方言："就是说你们平时发工资哩地方，拿钱哩地方!"她眼睛向外一瞟，头一偏说："这后头!"我下意识再问："后头是哪一栋? 从哪儿过去嘛?"楼梯拐弯处的一侧是半墙，没有装窗户和栅栏，看出去就是居民住宅小区。正当我探头看去，一个穿着蓝 T 恤的年轻男子从我眼皮下冒了出来，向正后方一栋居民楼疾走过去，一边走一边回头看，视线与我对个正着。

这张脸我刚刚见过! 我心中一跳，隐隐觉得事有蹊跷。我大喝一声：站住! 年轻男子反而跑了起来，瞬间消失在单元门口里。我三步并两步下到了一楼，往楼梯后一转，果然不是墙! 只见半扇照壁，留着侧身可过的门洞，只装了半人高的铁栅栏，上面靠着一些拖把扫帚。我拨开这些拖把扫帚，侧身跨过栅栏，向年轻男子消失的单元跑去。

这是个老旧小区，层高有 5 层，一梯两户，南北相通，每个单元门口装了大铁门。我呼叫同事梁东赶紧来增援，待他守住单元门，我绕到楼后去看楼上有没有往下扔资料袋，正是这一绕我看见三楼东头住户的窗帘闪动。目标锁定了，我和梁东同时呼叫其他组员。这时，有人下来开了单元门，手里提着一包垃圾，我和梁东对望一眼，他很默契地跟着去察看了。

大队人马到了，我压着单元门让大家直上了三楼去拍东头住户的门。梁东也很快返回，说刚才只是另外住户的生活垃圾。良久，三楼门开了。一厅三室一卫，厅里五个人，三男二女，三个房间锁着门。厅里一字排开摆放了三台电脑桌，一只大铁柜，靠窗的桌子上只有显示器没有主机。在场的三名男子，一个瘦高个，一个年纪偏大，一个就是刚才逃跑的年轻男子。我记得之前检查组说过瘦高个是主任，姓林，我便直奔主题，让林主任交出这台缺失的主机，可他转移话题对此避而不谈。要知道我们是没有搜查令的，不能直接开锁或强迫对方。这时有同事要求他们开房间门，有同事要求他们开铁柜，技术稽查员李文拿出设备对现场电脑进行数据分析，我便开始一一核实这五人的身份。看起来有些杂乱，但我们知道这也是种策略，不能与对方出现僵持局面，避开焦点问题，东一榔头西一棒槌，总能敲出点裂缝。

三名男子的身份很快确认，但两名女子自称不是公司的人，是过来找朋友玩的。看着手上空空连个手包都没有的两名女子，我将计就计，坚决要求她们离场，并回头故意叫同事给局里打电话申请公安支援，说今天要带走房间所有物证。两名女子最终按捺不住，用紧攥的钥匙打开了一个房门，房间里有两张写字桌，收拾得很整齐，桌上一个空文件盒、几张空白报销凭证，还有一只玻璃盖杯，硕大的菊花和红红的枸杞子搭配得赏心悦目，触手温热，我转身直接问她俩谁是会计谁是出纳。

也许是我们态度坚决、宣讲到位，也许是对方阵地失守的连锁效应，很快另外两间房和大铁柜也依次打开，分别找到一些银行资料和收入凭证，但这些无法构成举报信里所说的“两套账”。两个多小时过去了，重要线索仍然没有找到，我们都略带焦灼地看了看带队领导的脸色。这次的任务必须成功，否则两次行动失败，违法行为不能核实会令人质疑稽查力量，带来极坏影响，务必再仔细确认一下现场。为免思维疲劳，组员们交换房间再一次开始排查。

我打量着这间略小的房间，一个占了半面墙的衣柜挂了几只空衣架，半旧窗帘斜挂在墙角，下堆一大团旧衣布料，显得杂乱而突兀。我顺手拨了拨这堆散发怪味的旧物，似乎触到硬件，再一翻，我大叫：“快来！主机在这儿！”李文很快连接设备破译密码，备份所有数据。

经过这一波三折的突击行动后，第二套账得以胜利告破。由于我们检查组的细致敏锐、耐心坚持，狡猾顽固的对手最终彻底败下阵来，表示心服口服配合接下来的所有检查。

（作者单位：珠海市香洲区地税局）

坐月子

卢　韫

“喂，小君，恭喜啊，荣升妈妈了，我打算待会儿去探望你，你在几号床啊？是在人民医院吗?”小君的同事嘉嘉兴奋地给小君祝贺道。

“嗯，你太客气了。我是在人民医院，27 号床。”小君回答道。

“小宝肚子饿了，来，给他尝尝你的奶。”月嫂给小闹了一阵子的小家伙换好尿裤后，温柔地把他抱到妈妈小君身边。小家伙懒洋洋地吃力地吸了几口，便又睡着了。“别担心，这小家伙刚用尽了‘洪荒之力’来到这个世界，要好好睡一觉，饿了自然会找吃的。”月嫂安慰不知所措的小君。

这时，一位老人家提着一篮子东西急匆匆地小步进来：“小君，我做了早饭给你，赶紧吃。”原来是小君的婆婆。老人家昨天一天陪着小君待产，可到晚上九点，还一点动静没有，便在年轻人的劝说下回家好好地睡了一晚。没想到，醒来便被告知小调皮已出生了，母子平安！老人家乐了，一边念着“谢谢菩萨的保佑，谢谢列祖列宗的福佑”，一边给小君做早饭。“阿姨，您放心，小君从产房出来后，我便马上给她喝了一瓶热辣辣的胡椒水，这胃还暖着呢。”月嫂一边整理好吃的，一边跟老人家说。“哎，你这么做，我可就放心了，要知道，当下的年轻人洋化，喜欢喝冷饮，我们的体质可与外国人不同啊，别人天天喝的是直饮水，我们喝的可是烧过的热开水；别人吃的是沙拉，我们吃的是炒菜。说外国还远着呢，就是与北方人比，也是大不相同。北方人吃的凉菜什么的，也是生的、凉的，而我们却是把水烧滚，把菜烫个够熟才上桌的。”老人家一边喋喋不休，一边偷偷地看了看小君。只见小君慢悠悠地吃着早饭，青菜早就吃光了，而肉只吃了几口，老人家又忍不住说：“不能光吃青菜，这青菜寒凉，要多吃点肉，热能上来了，身体才好恢复，人奶才好。”“哎，老人家，您可别急，小君现在还是挺虚弱的，跟平时吃的差不多也就可以了，过几天再慢慢给她补身子。”月嫂一边安慰着老人家，一边拉了旁边的椅子给老人家坐。

吃过早饭，小君终于产后第一便，在月嫂的搀扶下晃悠悠地完成了大小二便。这么一折腾，小君感到天旋地转的，赶紧乖乖地躺下休息。就在此时，隔壁的空床来了新住户，是个二胎妈妈，小君向她们点头示好后，便闭目养神了。老人家闲不住，笑眯眯地道：“恭喜啊，是男孩还是女孩？这声音特响亮。”“是个闺女，头胎是个男孩，这回凑个‘好’字。”二胎妈妈掩不住喜悦之情。“一男一女，多好啊，这位准是奶奶吧。”老人家继续说道。“哎，您好！是的，我是娃娃们的奶奶，这边的习俗可不让娘家人陪产的，说是怕难产。”隔壁床的老人家嘴忙，手脚更忙。

时间过得飞快，一眨眼便到中午了，吃过午饭，小君百无聊赖地看着朋友圈，看着几乎一样的几十条祝贺，她耐心地逐一回复。就在此时，嘉嘉到访：“喂，小君，这么有精神玩手机啊！”“嗯，躺了一个上午，该活络活络骨头。”小君笑道。“你现在身体比较虚弱，我给你拿来了红枣枸杞，你平时爱吃水果，这回给你带来樱桃和葡萄，千万不能吃生冷的东西哦。”嘉嘉蛮有经验地说着：“你瞧，这孩子风热挺好的，红润红润的。”“嗯，是我婆婆有法子，在我怀孕中期，就开始煲去胎毒的汤水给我喝，什么白莲须、青骝叶、茉莉再加个鸡蛋。起初是一个月一次，后来是半个月一次，到最后是一个星期一次。”小君感激地看了看婆婆。“你这生产过程痛苦吗?”嘉嘉饶有兴趣地问。“不痛是假的，你都经历过啦，但是我这回请了导乐，这导乐挺专业的，一边让我听舒缓的音乐，一边教导我先生如何帮我按摩；一会让我自由旋转适合的体位，一会让我坐在瑜伽球上；这么左弄右搞，注意力都给分散了，宫口开得快，不到六个小时，就结束了产程。真是温柔地对待了小宝一把。”嘉嘉听得目瞪口呆，真没想到现在的生产如此先进……一小时过去了，嘉嘉也该上班了，老人家热情地说：“过几天，到我们家来吃姜醋啊。”“谢谢，阿姨，我一定来品尝您家的姜醋，我可喜欢了。”嘉嘉一边挥着手，一边走出了房门。

两天过后，经检查，小君和小宝都可以出院回家了。临出房门，老人家仔细打量了一下小君的穿着：帽子、长袖衣裤、袜子，都穿好了，才放心地走出房门。回到家门口，小君抱着小宝，跨过火盆，寓意火旺兴旺，身体健康。然后便是一连串的祭拜仪式。折腾了半天，小君和小宝终于可以休息了。为了让小君坐好这个月子，月嫂负责带小宝、照顾小君的起居饮食，家里人负责煲姜醋和家务活。

这姜醋是怎么回事？这是广东妇女产后的滋补营养食物。以前，全家人出动刮姜皮，这姜皮是用来煲水给产妇沐浴的；而姜呢，自然也就与米醋（顺德是黑甜醋）配在一起，待味道调得适中，便加入猪手猪脚、鸡蛋或是鸡脚，这么一来既可以帮助产妇祛风，二来又可以给产妇补钙。不过，现在分工明细，市场上已经有刮好皮的姜卖，为有需要的人大大地省去了刮姜的时间。广东不同地区，姜醋的做法也略有不同，主要是姜醋的味道不同，如顺德，就喜欢吃甜醋，所以姜醋大多是偏甜的，颜色为黑色；而中山、佛山等地，就喜欢吃爽口的酸醋，所以姜醋大多是偏酸的，颜色为棕褐色。

“小君，你这姜醋喝完了？还要吗?”穿着围裙的月嫂刚洗完菜，探着头问小君。“够了，待会还要吃饭。”小君望着这一下子被喝光的空碗，皱了皱眉头说。“哦，对了，今天晚上想吃什么饭？蒸饭、炖饭还是煲仔饭？”月嫂趁热打铁地问道。“可以跟你们一起吃家常便饭吗？”一天三顿特别的饭，让小君吃腻了。“你想吃清淡一点，那就吃蒸饭吧。”月嫂体贴地建议道。其实，月嫂原本就想给她蒸个肉饼饭的，这肉末剁得又黏又有弹性，放在大米上，然后配上几朵黑木耳，把锅一盖，呵，二十分钟后，这饭香喷喷的。说起吃饭，产妇的米饭配菜比普通人的讲究，一般来说，广东产妇吃黄鳝、田鸡、鸡、猪腰、排骨、猪肉等，平常吃的四大家鱼是很少给产妇吃的。为了补身子，这米饭的做法也与平常的不同，蒸、炖、炒、煲等，基本上是直接把肉菜配到米饭里一起煮熟。由于产妇身体比较虚弱，在月子里天天吃这样的饭，就不会上火的。

一缕阳光透过明净的窗户射到小君的床脚，小君缓了缓身子，走到小宝床边，一把抱起小宝，小宝睁了睁眼睛，手握拳头，伸了伸懒腰，继续睡觉。小君小心翼翼地坐在床边，轻轻地把小宝放在大腿上，这缕阳光刚好划过小宝的头部，一直抚摸到小脚丫，小君帮小宝侧了侧身子，好让阳光伤害不到小宝的眼睛。看着看着，小君总觉得哪里不对劲，这小家伙俨然就是个小黄人。怎么会这样子呢？虽说是黄种人，也不至于成了蜡黄色啊？小君细细地想，莫非是黄疸？那是生理的还是病理的？初为人母的小君一时半刻想不到法子，便求助于网络。可惜，网络众说纷纭，不但帮不了小君，反倒加重了小君的心理负担。二十分钟后，小君又小心翼翼地把小宝放在婴儿床上，轻轻地盖上被子，便往厨房走去。“阿姨，我觉得小宝很黄啊，有什么处理的办法吗？”小君虚心地向月嫂请教。“嗯，放心，今天早上我就看出问题了，刚煲好了一壶凉水，待会等小宝醒了，给他泡。你忘记了我之前让你准备的中药吗？”月嫂淡定地微笑着说。小君想起来了，是哦，临盆之前，还特地到药材铺配了七包中药（茵陈、田基黄、溪黄草、大黄、枝子和甘草），怎么就没想起来呢？真是一孕傻三年！“别愣着了，我给你煲的艾叶姜皮水，已经好了，赶紧去冲洗一下。”月嫂一边说，一边把艾叶姜皮水提到洗手间去。

时间过得飞快，一个星期又过去了。小宝的黄疸慢慢地退去了。小君在月嫂的照顾下，日渐恢复，开始慢慢地向月嫂学习如何照料小宝了。这时，正是晌午时分，月嫂正为小宝洗澡。“一般情况下，在宝宝心情最好的时候给他洗澡是最好的，饿着或者困着的时候，小家伙容易哭闹。在阳光最灿烂的时候给小宝洗澡是最适合的，这时温度高，小宝不容易着凉。”月嫂一边说着，一边熟练地脱掉小宝的衣服，然后，右手沾上水，往小宝的胸部拍了几拍，“小宝乖啊，我们准备洗澡了。”继而，右手抓住小宝的左肩膀，让小宝的下颚到颈部之间的位置倚靠在她的右臂上，轻轻地把小宝放入水中，小宝成蛙泳姿势。月嫂先给小宝洗背脊，然后是臀部，这里搓搓，那里揉揉。等小宝习惯了水中的乐趣，月嫂便把小宝翻过来，她左手抓住他的左肩膀，左臂靠在小宝的颈部，这时的小宝成仰卧状态，兴奋地在水里蹬来蹬去。月嫂一手抓住小宝，一手把毛巾摊开铺在大腿上，然后双手捧着小宝，放到大腿上，立马用毛巾包裹着小宝，这里擦擦，那里抹抹。继而，张开一个手掌，捧着小宝的脑袋，大拇指和小指各护着小宝的左右耳洞，开始给小宝洗头了。头洗毕，月嫂顺手拿包裹着的大毛巾擦了几下小宝的头发，旋即干了。小君准备把衣服递给月嫂时，月嫂说："先别急，还有许多工序呢。"只见月嫂用棉签蘸了蘸酒精，点到小宝的肚脐眼，缓缓地由里往外涂抹，然后给它包上纱布，"这个肚脐上的东西如果脱落了，那就可以不用给小宝涂酒精了，当然，你可以多涂两三天，以防感染，一定要抹干肚脐的水，再由里往外涂哦，记住哦"。月嫂千叮万嘱。"穿衣服的时候，我们先给小宝穿好尿裤，对于男孩子，要注意把他的小鸡鸡往下捋，不要往上，不然尿尿时很容易洒得他满身尿。穿衣服的时候呢，我们一定得抓着他的手指，顺势慢慢地拉衣服，千万不要把小宝的手留在衣服里，那是非常危险的，很容易造成手指被棉线缠住，也容易造成骨折，当然，不能死拽硬拉，一定要轻柔，不然很容易让小宝受伤。现在是夏天，穿衣服好穿，如果是冬天，那就更要小心了。"月嫂手不停，口也不停。小君认真地看着，心想，这小家伙乖乖地配合，那倒不难，如果他调皮捣蛋，一个人能处理得来吗？"放心，我会让你熟练的。"月嫂似乎看出了小君的心思。

一眨眼，一个月即将过去。这天，阳光明媚，月嫂一大早便给小君坐月子的房间大清洁，从蚊帐到被铺，每个墙角都不放过，里里外外搞得干干净净，最后还用黄皮叶扫每个角落，俗称"洗苏"。对于"90 后"的小君，这当然是陌生的，听月嫂说，是把晦气一扫而去。小君更觉得莫名其妙了，生个小宝有晦气？月嫂笑着说："不是说你的小宝，是说你啊，古代认为女子月经是相当污秽的。凡是她所躺的、所坐的地方都非常不洁，甚至摸过的物件，也会不洁。所以，你产后一个月，几乎都在流血，你说污秽不污秽？当然，这到现在纯粹是一个仪式而已，求个心安理得。试想一下，爱干净的人，不也是经常换洗被单？房间就更不用说了，一两天不清洁都觉得蒙上一层灰。"

满月了，一大早，小宝就被剃了"满月头"，接着便是一连串的仪式，小君跟小宝有点像木偶一样，任人摆布！小君是"90 后"，对习俗的事情一窍不通，只因为"一切为你们好"，便顺从地接受着这一切。也许，老一辈对这些仪式也是一知半解，但只要不影响到别人，那求个心安理得，也是无可厚非的。

（作者单位：佛山市顺德区地税局）

少年火车

钟立华

她有时会想，发明微信的那个家伙，是天使还是魔鬼呢？微信让地球突然变小了，真的变成地球村了。

微信让人与人之间，再没有了远方与诗。

他的火车将于 17 点 15 分经过武州东站，停留时间只有 5 分钟。

她倒没有过多地打点自己的容颜，甚至都没有去美发店做个头发。她只是在单位洗手间斑驳的镜子前多停留了片刻：长相是没办法改变了，眉毛还行，整体的面容还算不错。她理了理散逸的发缕，嘬了嘬嘴，轻盈地出门了。

她请了一个小时的假提前下班了。她算好了时间，骑着电动车到“盐香坊”买三只盐焗鸡，大概要用十分钟，剩下半个多钟头足够让她提前赶到火车站了。

可路上还是出了些事情。主管部门打电话来询问一份自查报表情况，把她吓一跳，生怕出了差错要她马上回去重报。还好上级只是问了几个数字口径方面的问题，她解释之后就没事了。刚放下心，妈妈又打电话来，火急火燎地让她买个播放机马上送过去，说原来那个突然坏了，等下跳广场舞就要用的……等她匆匆赶到火车站时，已是 17 点 25 分。站台上空空荡荡。她轻叹了一口气。可问了列车员又得知，火车晚点一个小时呢。

她十二岁那年，有个经常到她爸妈店里买鸡、很有几分清高的女人，说要教她拉小提琴，父母竟然高兴地答应了。老师并不和蔼，甚至是有些严酷。一开始她感觉不错，想起电视里那些拉琴者的光辉形象，她就很有些气质地按老师的教导学了起来。可学到十四岁她就觉得很累了，而且讨厌耳边那桀骜不驯的琴音。学到十六岁她心情平静了下来，虽然明白自己无法成为一名专业琴手，但她不讨厌小提琴了。她拉着巴赫的小提琴奏鸣曲，太无聊了，她觉得。

早年的武州市只有一条大街，沿武河而建，房屋参差错落，青瓦白墙。有几栋没有瓦顶的混凝土楼，墙面也是白色的。河岸上长着六七棵庞大的古榕树，枝丫横斜。河面上天天有“哒哒哒”满载货物缓慢上下的货船、靠岸边飘荡的渔船、码头上来来回回的渡船……还有难得一见的又宽又长的木排，扎得整整齐齐的木材，几乎漂满河面的一半。排面上前前后后十几个放排工，几乎光着身子。河道顺畅时，他们或站或蹲，闲适地漂流。遇到弯道或浅滩时，他们则手忙脚乱，左拐右撬，嘴里还不停地吆喝着，奋力掌控着木排的航向。

武河上游是群山。下游郊野地里有片树林，周末，她喜欢背着琴骑着自行车到树林里练琴。树林里几乎没什么人，她喜欢在那寂静中，琴弦抖颤着拉扯空气的感觉。若是清早，就有轻俏的晨曦在树木间拉起一帘帘迷人的光幕。若是临晚，则有夕阳撒下细碎的金光满江满河地跳荡。

有个周末的早上，她看见树林里有个年轻人，笔直地站着，狠狠地唱歌。应该是在练声吧，她想。可那声音实在是太难听了！扰得她无法拉琴。

她等了好一会儿，实在忍不住了，走上前去对他说："你休息一下可以吗？让我拉一会儿琴。"

看着他愕然的表情，她重复了一遍刚才的话，并补充道："你吵得我没法拉琴了。"

"噢——"他似乎明白了，退后几步站着，等着她拉琴。

他的脸型偏圆，身形又偏瘦，怎么也不像吼出沉厚嗓音的那个人。

她兀自拉起自己的小提琴来。

她拉完一首莫扎特的奏鸣曲，发现他还在定定地看着自己，不由得扑哧一笑，对他说："喂，算了，你继续唱你的歌吧。"

他也有些不好意思地笑了："不，还是你拉琴好听。"他的声音确实比一般人要粗。

他上身着一件短袖T恤，下身穿一条牛仔裤，脸上还带些稚气，她以为他也是城里的高中生。他却说，他的家离这有一千多公里，坐火车要一天一夜。他在这边的军营里当兵。

"你是在练唱歌吗？"她好奇地问。

"胡练的。"他说，他小时候，隔壁有个在剧团唱歌的叔叔，天天在院子里唱歌吊嗓子，自己就有些喜欢。长大后，嗓音变得雄厚了，许多人都说他该去学唱歌。有次军营里来了位歌星，他鼓起勇气去请教，歌星就教了他一些练习方法，他就开始练起来了。

"你也想当阎维文、郁钧剑？"她故意逗他。

"谁不想啊！"这回他倒不客气了。

"军营里好吗？"

"好是好，就是吃不饱。"

"哈哈，怪不得你那么瘦。"

……

那一年，他十九岁，她十七岁。每个周末，他们都能在树林里相见，每次她都会带一块半块鸡肉给他解馋。她告诉他，那是本地出名的盐焗鸡，他父母做的，是最好的。他大快朵颐，"就一个字：香！"

他练声，唱《我爱五指山，我爱万泉河》《我爱这蓝色的海洋》。她对着深缓的河水，拉着克莱斯勒的《爱之喜悦》《爱之悲伤》……

她个子不高，脸蛋圆润，拉琴的时候喜欢微微噘着嘴，轻合的眼帘显出长长的睫毛，微弯的颈项闪着白嫩的光……

“你一定能成为小提琴家!”他不由自主地说。

“不可能的。”她笑着回答，也不多解释。

“克莱斯勒是谁?”

“不知道，你知道海菲兹吗？那个伟大的小提琴家。”

“不知道。”他说。

“老师跟我讲了个故事，说克莱斯勒和海菲兹一起搭火车旅行，途中他们收到一封信，信封上写着‘致世界上最伟大的小提琴家’。海菲兹以为信就是给自己的，但为了表示对长者的敬重，他又把信给了克莱斯勒。信果然是给克莱斯勒的，海菲兹就暗暗庆幸自己没有拆信，回去后更加努力练琴了。”

他不知道说什么好。

“哎，要不你唱首歌吧，我给你伴奏。”

“唱什么歌?”

“嗯——就唱两只老虎?”她仰起脸调皮地看着他。

“好!”他高兴地说。

然后两人站好，起势，对眼，开唱……

一遍还没唱完，她就笑得拉不动琴了。

“你的嘴里真有两只老虎跑出来，哈哈哈……”

“你那琴声也能割死鸡了，呵呵呵……”

高三冲刺，她没时间去练琴了。等高考完回到那片树林里时，她再也没看见他。“退伍了？也好，省得妈妈老说我偷鸡吃。”她嘀咕着。

她在树林里独自拉着巴赫的十二首无伴奏小提琴奏鸣曲，觉得挺好。

“火车就是追着时间跑的那个人。”

有一次她的老师喃喃自语道，她不明白什么意思。

虽然城里通了火车，但她在参加工作前一直都没坐过火车，城外那个小小的火车站台也没去过。高考后送同学去外地读大学，她去过两次。他消失之后，她独自去过一次，站台也没什么人，两根铁轨横亘面前，向左，是无限的，向右，是无限的。站台外面是无边的旷野。

她没能考上大学，通过招工考试进了机关，做了一名会计。琴也渐渐不拉了，结婚，成家，生小孩。父母年纪大了，也没做盐焗鸡了。

后来，她起了个微信昵称叫“河边唱歌的人”，又发现他的微信昵称叫“河边拉琴的人”。互加好友之后，说了些各自的情况，就没什么好说的了。她连昵称也改了，叫“桐桐妈”了。他问为什么要改，她说知道了就没意思了。他就把自己的昵称改成了“隔壁老王”。

他在一个县里混了个副科级干部。这次去外地培训，经过她的城市，就在微信里说了一句。她当时就回了“哦”一字。经过武河东站前一个小时，她才告诉他到站下车一下。

他没问什么事，心里却不免期待起来。跟同伴们打牌也不太集中注意力。过了许久也不见到站，又有些烦躁。被告知火车晚点后，他又匆忙告诉她。

一个小时的时间不长也不短。还好今天是周五，上初中的女儿不用上晚课，晚饭迟些也不打紧。她在站里的椅子上坐了一会儿，又忍不住站起来，走出车站。站前广场是越来越繁华了，整个城市都越来越繁华，完全看不出她小时的模样了。她逛了几家店，也看不成什么东西。看看时间差不多了，又回到站台。还是没什么人，有个女人拉着个小男孩在站台上等着。小男孩显然是不耐烦了，不断问妈妈火车怎么还不来。

列车员终于出现在站台了。没多久就听见一声汽笛声鸣过，火车终于进站，缓缓停下。火车长舒一口气，她的心却快跳起来。

火车门开了，陆续走下几个人。她一眼就认出了他，虽然样子陌生了。他也径直朝她走过来，脸上挂着憨憨的笑。

“不用来了啦，呵呵。”倒是他先开口了，还是低沉的声音，但有些散了。

“经过我家门口，不出来打个招呼，说不过去呀。”她赶紧笑起来，尽量轻松地说道。

他明显想说些什么，嘴唇动动又说不出来。她一时竟也没有什么好说的话了，脸上就有些涨。她马上又想起手里的东西，就赶紧把两只硬纸包好的盐焗鸡递到他跟前，说：“这个给你。”

他一看又笑了：“呵呵，”然后回头看了眼说，“我要上车了。”

她就说：“好。”

进车厢之前他还回头看了一下，她就朝他挥了挥手。

火车跑了之后，她慢慢地出了车站，又赶紧骑上车往家赶。

初夏的晚风不凉不热，街上的灯管也亮起来了。下班高峰期还未过去，街道上的汽车挤挤挨挨，她的电动车裹挟在车流中。她的思想有些飘忽，几次差点碰上旁边的车辆。她又觉得无聊，这越来越多的车辆，这每天拥堵的街道，日复一日地奔忙……太无聊了！二十五年瞬间就过去了，她看见什么了？那位中年男人好看吗？

回到家中，看电视的女儿大叫一声：“妈妈回来啦！”丈夫正在厨房里洗青菜。她赶紧过去，系上围裙说：“我来吧。”“饭已经煮上了。”丈夫说。

丈夫原来是中学教师，后来去了家企业，虽说做了副总，但企业生意一直不是太好。

晚饭时，女儿看见盐焗鸡又大叫起来：“好吃，我喜欢！”她心里觉得还是爸妈做的好吃。丈夫说怎么想起买盐焗鸡了，她说想吃就买呗。女儿笑她："原来妈妈嘴馋了，嘻嘻!"她脸上就起了些红晕，斥了女儿一声，低头吃饭。

在厨房里洗碗时，她看到了他的微信："真香!"她就回了个微笑表情。

她看见的可不止站台上的他呢！她分明在他局促的身上，看见了那个河边唱歌的少年，甚至还在他闪亮的眼里，看见了河边拉琴的少女！她就藏在他的身上，藏在那车厢里，和着那车轮"嗒嗒嗒嗒"的节奏，越野穿山，奔向远方。

她现在住的楼房位置，就是当年的那片树林所在地。如今已经变成高楼林立的住宅区。从阳台上往外看，城市繁华的夜景一览无余。左边老城区的灯光密集琐碎，右边新城区的灯光疏朗大气，武河上三座跨河大桥亮着彩色的霓虹。她突发奇想，那沉郁的泛着粼光的武河水，不正像他的歌声吗？而武河两岸璀璨流溢的灯光，像不像她的琴声呢？……

（作者单位：韶关市翁源县地税局）

蓝天白云

蓝钦辉

嘶嘶的声音像沙子一样灌入我的耳朵，吵得我脑仁发麻。虽然肚子里空空的，但还是想呕，至少想吐出听到的这些恶心的声音。我想那个洞穴里面一定装满了黏滑的蛇，它们吐着信子抱团纠缠在一起。想到这里，我打了个冷战，紧紧靠着妈妈柔软的手臂。妈妈的脸蹭着我的头，温柔地说：“不要怕，孩子，那个洞窟里面装满了粮食，那些声音是粮食流淌的声音。”我说：“那么多粮食?！还会流淌？是像蛇那样爬的吗？那些粮食有毒吗？它们会不会咬我啊?”母亲哈哈大笑：“傻孩子，那里的粮食没毒。只是在那里看守粮食的动物不仅吃粮食，而且还会吃了我们，所以我们要找准机会，趁它们不注意的时候再进去。”我感到疑惑：“妈妈，那我们不是成了小偷了吗？我们是要去偷它们的粮食吗?”妈妈无奈地说：“我们每天去抓虫、施肥，虽然和它们的劳动比起来不足挂齿，但是我们索取的也微不足道啊，我们要的是同一片蓝天下的公平和平等，所以这不是盗窃。”

如果不是因为森林越来越少，田里的庄稼和山上的果树都喷洒了农药，我爸爸也不会被毒死，我姐姐也不会被饿死，我和妈妈也不会来这个烟尘漫天的鬼地方。可能是我的咒怨被空气所洞察，趁我不注意的时候，空气裹挟着烟尘冲锋陷阵，对我的喉咙发起了进攻，我被呛得直咳嗽。妈妈示意我安静点，我绷着嗓子不敢出声，肚子却不争气地咕噜噜地叫。我和妈妈站在电线上左顾右盼，观察周围的情况。在洞窟里面，稻谷被铁盒子黑洞洞的大嘴吃了进去，一粒粒雪白的大米从另一端的洞口吐在麻袋里，它们漂亮的金黄色皮肤被活剥了。铁盒子咀嚼的声音轰隆隆地响，被剥肤椎髓的稻谷一定很痛，那嘶嘶的响声一定是它们痛彻心扉的尖叫，比蛇吐信子的声音更恐怖。几只高大的动物直直站在铁盒子旁边，把一袋袋雪白的大米提到墙边。妈妈警惕地说：“那几只提麻袋的动物叫‘人’，那个洞窟是它们的工厂。”说到“人”这个字的时候，她的声音颤抖得很厉害，好像“人”这个字很冷或者有毒一样。

我跟着妈妈降落到洞窟外面的平地上，柔软的沙地上散落着一些稻谷，它们的皮肤在阳光下闪耀着金子一样灿烂的光芒。我埋头狼吞虎咽地吃稻谷，妈妈一边低头吃，时不时抬头谨慎地环顾四周。忽然，大地剧烈地震动起来，传来嘣嘣的巨响。难道那几粒金灿灿的稻谷是大地的宝藏，吃掉了就会触发机关，引起地震？我疑惑地抬起头，看到一个人张牙舞爪地从洞窟朝我们跑来，席卷起一阵尘土。妈妈惊慌地尖叫一声：“快跑!”我们慌张地上下挥舞着双臂回到电线上，我的心脏怦怦地跳动，好像要突破胸腔逃窜到外面去，我喘着粗气安抚心脏，它慢慢恢复了平静。我清理了一下蒙在身上的尘土之后，悠闲地四处张望。风和日丽，蔚蓝的天空一如既往地庇护着我们，棉花一样洁白、柔软的云朵浮在空中。我希望有一天可以在白云的背上安家，每天沐浴着温暖的阳光，长出金灿灿的羽毛，和太阳一样耀眼；晚上的时候，星星会赐予我一双亮晶晶的眼睛，洁白的月光会轻轻抚摸我柔软的羽毛，让我伴着美梦安睡。

“妈妈！快看！那个洞窟里的发财树叶子上有一只菜青虫。”我慌张地叫道。“我们去帮它把菜青虫抓走吧。”菜青虫伪装得天衣无缝，它和叶子的颜色简直一模一样，不仔细看的话很难发现它。它脸上露出狡黠的笑，嘴角流着贪婪的涎水，黏糊糊的，泛着刺眼的光，它一步步向叶缘蠕动，准备啃食树叶。发财树动弹不得，对它的欺凌无能为力，只能任由它宰割。那棵发财树绷紧了肌肉，拼命地颤抖身体，但实际上却纹丝不动。它害怕得要流出眼泪了，但是皮肤依旧干裂。如果它能和我一样飞翔该多好，它就可以选择逃离黑夜，选择追求太阳。妈妈严厉地说：“不行！那是人的房间，太危险了。”我委屈地说：“妈妈，你看发财树那么可怜，它没法行动，它的耳朵、眼睛、嘴唇会被虫子咬烂的，它会流血的。它在向我们求助。”我说着说着几乎对妈妈嚷了起来。妈妈坚决地说：“不行！我们不能冒这么大的风险。我已经失去了你的爸爸和姐姐，我不能……”没等妈妈说完，我穿过粗大的铁网冲进了房间。妈妈吼叫着：“快回来！”妈妈央求着：“快回来，孩子。”我没有理会，落在冰凉的光滑地板上，随后妈妈也跟了进来。我机警地东张西望，妈妈不敢出声。突然，门开了，它张大嘴巴，一个人跨过门的牙齿走了进来。我的心被惊得要爆炸了，妈妈也吓得呆住了。

“黄鹂鸟?!”那个人惊叫着朝我们跑来。我们被它刺耳的惊叫声震醒了，我的双脚往后一蹬，同时摇动手臂准备起飞，但是地板太滑了，我的脚没办法用上力气，在地上摔了好几个趔趄。妈妈已经飞了起来，她在空中忐忑不安地转来转去。妈妈心急如焚地呼叫着：“孩子！快点！用力！快起来！快！手脚同时用力！”我的力量实在太弱小了，而且我已经饿了好几天，刚吃的稻谷还没消化，我实在没力气了。加上刚才的惊吓，我的手脚冰凉、僵硬。突然，我的脚趾钩到了地板上的缝隙，像抓住了救命稻草一样。我咬着牙，把力气集中在脚上用力往斜上方一蹬，手同时用力向上一撑，身体终于离开了地面，我赶紧高频地大幅摇动手臂，我飞起来了。我看到头顶上有大片大片洁白的云朵，我像一支从地上射出的箭一样，径直向白云冲去。我想躲进白云柔软的怀抱，然后飞到更高远的天空。但是，当我碰到白云的时候，我的头却被撞得嗡嗡响，除了嗡嗡的响声，耳朵听不到任何声音，眼前一片模糊。白云拒绝了我，我被它弹开了。我再次冲向它的怀抱，但它依然像石头一样坚硬，毫不留情地拒绝我。我一次次地往它怀里冲，它一次次地拒绝，它的铁石心肠让我疑惑不解。遥远的地方响起妈妈的声音，越来越近，越来越大，越来越清晰。“这边!”“那是墙壁!”“跟着我！快!”“妈妈在这里!”妈妈大声疾呼。我恍然大悟，妈妈还陪在我身边。我循着声音转过头去，看到妈妈的手一直拍着我的背。妈妈熟悉的脸瞬间把我融化，我带着哭腔叫了声“妈妈”。妈妈温柔地笑着说：“孩子，不怕，有妈妈在。”

我飞在妈妈身后，看到了蓝天白云。我欣喜若狂地跟着妈妈朝它们飞去，天从未那么蓝，云从未那么白，它们从未那么安详。“嘭!”我好像撞到了什么东西，阻挡了我前进，但是前面只有蓝天白云，可以看到云卷云舒，它们一定是真实的。我望着蓝天白云，尝试各个方向朝它们飞去，却始终无法靠近。眼睁睁地看着云飘得越来越远，天越来越黯淡。脚下的人举着手，不断跳起来想抓住我们。妈妈气喘吁吁地说：“那个人已经把窗户关上了，我们再看看其他地方有没有出口。”“嘣!”身旁传来爆裂声。我转过头，妈妈不见了。我低下头，妈妈像颗石头一样往下坠落。我看到她张着嘴巴，却没有发出一点声音。眼睛睁得很大，像被冰冻住了一样僵硬，眼神空洞洞的，什么也没有。她重重地摔在地上，手脚抽搐着，头偏向一边，歪着脖子撑在地上，想把身体弹起来。她声音颤抖，断断续续地挤出一句话：“孩子……到天……上去，越高越好，到……山里去……越远……越……好……我在那……里。”她的嘴里流出鲜红的血，慢慢闭上了眼睛，眼角缀着一滴泪。我声嘶力竭地哭喊着：“妈妈!”“我去不了!”“回来！妈妈！没有你我哪也去不了!”……我歇斯底里地一遍遍呼喊，喉咙针扎一样地痛，我嗓子里冒出一股血腥味，混着咸津津的眼泪。

那个人扔掉手里的棍子，不断跳起来想要抓我。我离开窗户，在房间里飞来飞去，找不到出口。房间被封闭了，我已经无处可逃。我飞得筋疲力尽，手臂酸麻，我飞不动了。沿着墙壁下落到地上，气喘吁吁地躲在墙角寻求庇护，我祈求着墙壁能够融化出一个洞，或者下一秒它就心软了，成了一朵云。但它对我的祈求无动于衷，脸色依然苍白冷漠。我颤抖着缩在墙角，那个人弯腰半蹲着，张开双手一点点靠近我，嘴里念念有词：“不要怕，小家伙。我不会伤害你的，乖乖的。”我惊恐地看着它，它的嘴唇像两只肥大的蚂蟥在交尾，耳朵由几只蛔虫蜷缩而成，眼睛像两片枯黄的叶子，叶子上面蠕动着两只毛毛虫，草莓一样的鼻子粘在脸上，让我觉得随时会掉下来。它身上没有浓密的羽毛，不知羞耻地暴露着皮肤，身体用布套着。它脸上有那么多虫子，吃起来一定特别美味。它离我越来越近了，手像网一样慢慢收拢。我看到它手臂上长着黑色的短毛，像尖刺一样。它的手臂慢慢伸向我，手指微微拨动，我感觉是蟒蛇在吐着信子爬向我。蟒蛇的舌头把我缠住，我拼命挣扎着，乱蹬着双脚，手臂用力往外推，但是越挣扎勒得越紧。我苦苦哀求着：“求求你，放了我吧，我知道错了，我不应该未经你的允许就进入你的房间抓虫，我再也不敢了，求求你放过我吧。”那个人说道：“听话，不要乱动，不然我会不小心弄疼你的。”

它把我抓进黑色的纸箱里，周围一片黑暗，空气沉闷，我在箱子里“咚咚咚”地横冲直撞，趾甲挠得箱子窸窸窣窣响。我心惊胆战地待在黑暗中，黑暗可以把我隐藏起来，可我也对周围的危险一无所知。后来，那个人把我抓进一个笼子里。我到处乱窜，破口大骂：“你这恶心的东西！你把自己关在牢笼里也就算了，为什么要把我也关进笼子里！你凭什么主宰我的自由！你这不知羞耻的玩意！你脸上的虫会通过鼻孔、耳道爬进体内，吃掉你的五脏！你蟒蛇一样的手会通过眼窝、口腔钻进体内，掏出你的六腑！”那个人自以为是地说：“小宝贝，你的声音真好听，淡黄色的羽毛多好看啊，你长得就像个可爱的蛋黄。看！我对你多好，马上就去给你买了个新笼子。以后，你就可以享受衣食无忧的生活了，再也不用经受风吹日晒雨淋。”妈妈身上的味道从它嘴里溢出来，当我看到它牙缝里的肉丝时，我的胃翻江倒海。

接下来的几天，为了尊严，我拒绝吃食盘里的面包虫。为了自由，我每天喝点清水。我看到旁边发财树的叶子被菜青虫一点点蚕食，它残破的叶子让它呼吸艰难，过不了多久它就要死了。我知道它需要帮助，但是我困在笼子里无能为力。那个人每天傍晚会提着笼子带我出去散步，那是它最享受的时光，也是我最折磨的时间。各种嘈杂的声音在我耳朵里横冲直撞，有的尖细如针，有的粗钝如锤，有的扁平如刀，有的厚重如斧。我不明白它的两只耳朵为什么可以应付那么多复杂的声音，一张嘴巴为什么可以说出那么多千变万化的语言。空气更糟糕，让我怀疑它是不是不用依赖氧气，它只靠呼吸空中的尘土和各种颗粒物就可以存活。那个人每天都变换款式、颜色不一样的布套在身上，但它的脸依然由虫子组成，皮肤上依然长着刺，手依然是一条吐着信子的蟒蛇。

有一天，那个人把笼子放在窗台上。一阵强风从窗户旁边扫过，我在笼子里央求道：“风哥哥，你可以帮我把笼子吹倒吗？我想像你一样自由，到很高的天上去，到很远的山里去，我妈妈在那里等我。可能你妈妈也在等你回家，所以你才会这么着急的吧。”风铆足了力气把笼子撞倒了，摔在地上，笼子的门被弹开的瞬间，我跳了出来。风吹过，发财树痛苦地呻吟着。我转过头去，看到它面目全非的叶子上渗出绿色的血，我于心不忍，飞过去帮它把菜青虫消灭了，然后乘风而去。

我直直地朝头顶的蓝天白云飞去，房子越来越小，山林越来越大。我穿过白云，风停了，一切静了下来，慢了下来，只听到我平静的心跳声。我平视太阳，它赐予我金黄色的羽毛。

（作者单位：河源市龙川县地税局龙母税务分局）

台风天

陈　祺

“好的，我现在就出门，一定赶回家吃饭，你和囡囡放心。”何嘉对着电话那头的老婆满口应承，随后放下了手机，望了望窗外。

何嘉住在 26 层，当初他们夫妻俩买房就是看中了“一览众山小”的高层视野，平日里阳光明媚、宽广大气，令人心旷神怡。此刻却是黑云滚滚、深沉压抑，令人“高处不胜寒”，只因台风即将来临。据说此次代号“乌琴”的台风来势汹汹，极有可能是五十年一遇，或是八十年一遇，但对在这座沿海城市才居住了七八年的何嘉而言并没有差别。

就在前几天，何嘉的妻子小宁带着女儿回娘家避暑，他因工作原因走不开，留在家中。没承想，财务工作上的问题一直没能解决，而今天是纳税申报期的最后一天，身为企业会计的他不得不在台风天赶去办税服务厅现场办理业务。由于电视、报纸、网络对此次台风铺天盖地的报道，远在娘家的小宁非常担心丈夫在台风天出门，千叮咛万嘱咐，眼看实在劝阻不了，便和何嘉约定快去快回，必须回家吃饭报平安。

临走前，何嘉还检查了一遍门窗是否关紧。此时外面已经刮起了猛烈的风，狂暴的大风面对钢筋水泥无可奈何，却总想着从透明的玻璃钻进屋里，不断地压迫窗户。他孤身来到这座陌生的城市打拼多年，现在成家立业，分外重视这个名为“家”的居所。窗外的呼啸声越大，何嘉检查得越仔细，他可不想回来后见到家里满地狼藉。

但是二十分钟后，公交车上的何嘉内心已然“满地狼藉”。此刻狂风大作，暴雨如注，数十年一遇的台风“乌琴”依约而至，一登场就气势夺人。坐在车窗边的何嘉努力透过车窗上细密水珠的间隙去观察街道，偶有一片绿色映入眼帘，他猜是摇摇欲坠的大树枝叶；偶有一块红色掠过眼角，他猜是被吹飞的红伞或红雨衣；最能辨认的是黄色，不用猜，那是连绵不断的双闪灯。车灯闪得欢快，车辆“步履维艰”，何嘉平时坐车半个小时就能赶到办税厅，现在才走了三分之一左右的路程。

台风“乌琴”肆意地玩弄着整个城市，打乱了正常的运转节奏，打乱人们的出行计划。何嘉一会儿计算何时能到达办税厅，一会儿又担心税务局根本没开门办公。不过他转念一想，今天是申报期最后一天，除非延长申报期，不然应当会正常办理业务。可征收人员再怎么坚守岗位，要是自己赶过去时已过了下班时间，那也办不成事啊，到时还要在外面吃饭……得先想想怎么应付老婆，不然挨得过台风也挨不过老婆的怒火。何嘉一时心乱如麻。

“妈妈，街上都是水，我们坐的是‘水上巴士’吗?”旁边小孩的问话打断了何嘉的思绪。他闻言哭笑不得，也只有天真烂漫的小朋友才能对张牙舞爪的台风充满新奇感。不过此时大水浸街，有些焦躁的何嘉其实恨不得真的坐上水上巴士，“直挂云帆济沧海”冲到办税厅去。但车外风雨更盛，似在嘲笑他的妄想。

期间小宁又打来电话了解情况，何嘉在电话里对台风天轻描淡写，很是不屑，并一再承诺可以按时回到家。可实际上，公交车一路“乘风破浪”，晃得乘客七上八下，分外难熬。何嘉惦记着事，刚开始还时不时拿出手机看时间，后来觉得心烦意乱，索性不再看了，只是祈祷“乌琴”能高抬贵手，让他在下班前赶到办税厅。可好不容易赶到税务局时，遥遥望见办税厅外围一片漆黑，何嘉的心都凉了半截，一下车就冒着瓢泼大雨急匆匆跑向目的地，也顾不得溅起满地泥泞。

还好，一进门何嘉就看见了显眼的蓝色制服，熟悉的税服令他心安不少。站在门边的是办税厅的导税员小陈，一位精神十足的男青年。此时办税厅里没有其他办事人员，小陈发现了走进来的何嘉，连忙迎上去。

何嘉也认出了打过不少交道的小陈，没等对方发声，他急道：“小陈，这是怎么回事?”说完还指了指整体昏暗的办税厅。“受台风影响，这一片都停电了……”虽然在意料之中，但一听到停电，何嘉的心还是沉了下去，而小陈继续说道，“不过我们启用了应急后备电源，前台电脑系统能正常办理业务，只是照明设备无法使用，请见谅。”还能办理业务就是好消息，何嘉此时一点都不介意昏暗的环境。他正准备走去前台，突然想起了什么，又问小陈：“现在几点了？下班了吗?”但没等小陈回答，何嘉自个掏出手机一瞧——“12：09”无情地抹杀了他的希望。

“都这个点了，前台人员早下班吃饭了吧，而且这种鬼天气也就自己会迫于无奈过来办税，小陈他们估计早就轮换着先吃完了饭，现在是准备过来关门的吧。”一想到这里，满心失落的何嘉顿时觉得“乌琴”根本就是“无情”，吹来无情的风、无情的雨，又无情地吹走他的时间。一旁的小陈眼看何嘉就差将失望二字写在脸上了，忙说：“鉴于今天情况特殊，大家冒着台风过来办事都很不容易，我们决定延长办理时间，虽然下班了，但还是可以办理业务的。”

一听还能办理业务，唯有一句“山重水复疑无路，柳暗花明又一村”可以形容何嘉此刻的心情。他感激地向小陈点了点头，快步走向大厅前台。只见前台一片昏暗，唯有计算机屏幕发出淡淡荧光，照亮工作人员的脸庞。这个放在平日里有些可笑的场景却让何嘉心头一暖，他也不浪费时间，直接摸黑翻出业务资料递了过去。后台工作人员见有人办理业务，纷纷打开手机的手电筒功能，为何嘉和前台人员照明。

办税厅外风雨如晦，街道上偶有行人出没，都是慌慌张张赶路，嘴里不经意流出的抱怨马上就被冷风冷雨撕碎了；偶有车辆经过，也是打着双闪，灯光明灭不停，在疾风骤雨中远去。大厅内，小陈已经回到了导税台边，继续守着门口，依然精神抖擞；前台这边，手机灯光偶有晃动，人影随之摇曳，却丝毫不影响业务的正常办理。

一切很顺利，困扰了何嘉多日的问题，在短短几分钟内解决了。他长舒了口气，向几位工作人员致谢。办税厅隔绝了风雨，此刻虽有些昏暗，却令他有种“我心安处是吾家”的感觉，第一次在办完业务后颇为不舍。不过再怎么不舍，他也得赶回家去，不然老婆会担心责备。

“何会计？何会计！您怎么过来了？”不承想刚走没几步，一位从楼梯口方向走过来的高壮中年税官叫住了何嘉，他循声看去，却是何嘉所在企业的税收管理员秦佑。何嘉一直以为自己只是普通的小企业会计，平时跟税管员公事公办，并不起眼，没想到秦佑却认得他，便上前打了招呼，说明缘由。

秦佑听何嘉说是“顶风作案”来办业务，很是佩服，打趣道：“何会计，您这么敬业您老板知道吗？”何嘉闻言却是竖起了大拇指：“你们才是真正的敬业，台风天都坚持上班，还特别贴心地延迟下班时间，我要给你们点 32 个赞！”

“不，您瞧现在外面这天气多可怕，我们顶多算是坚守阵地，您才是不畏险阻。之前大厅就接纳了一批避雨的人，遇到突然断电马上进行了疏散，幸好当时电梯里没人。后来见风势凶猛，我们更赶紧加强了外围防灾措施。考虑到台风天出门已经很不容易，不能让人白来一趟，我们才延长服务时间，只是没想到这种情况下您还真赶过来了。”遇上数十年一遇的台风天，秦佑也是感慨连连。

之前急匆匆跑进来办事，何嘉没怎么留意，现在认真看了看，果然发现大厅外围布置了防水沙袋和加固铁条。他觉得工作人员应该花了挺多工夫，高高大大的秦佑说不定是搬运沙袋的主力军呢。不过这时他也注意到外面愈加恶劣的天气了，不由自嘲道：“我都不知道之前是怎么赶过来的，现在更不知道该怎么赶回去，何嘉啊何嘉，你如何回家？”却是越说越无奈。

秦佑瞧了瞧砰砰作响的窗户，外面这天气确实不适合赶路，便问道：“你急着回家是担心老婆孩子吗？”何嘉摇了摇头说：“老婆孩子都回娘家了，我急着回家是怕她们担心我，而且看这情形，饭店估计都关门了，不回家上哪吃饭去啊？”秦佑一听，毫不犹豫地邀请何嘉：“这样正好，何会计，你就和我们一起吃个便饭吧，等填饱了肚子再考虑回家的问题。”说完，他见何会计有些意动，便顺势搂住对方肩膀走向职工食堂。

往日里和税管员秦佑都是客客气气谈工作，这下角色转变，两人如好哥们一般“勾肩搭背”并行，何嘉却没感到别扭，心中一定，便大大方方地和秦佑走去食堂吃饭。

只见食堂的饭桌上点着蜡烛，驱除着台风天的困顿。其他工作人员见秦佑拉来何嘉一同用餐，同样热情欢迎，有的帮着打好饭菜，还有的递来湿毛巾让何嘉清理裤腿污渍。大家吃的都是两菜一汤加个咸鸭蛋，地地道道的工作餐，也是别致的烛光午宴。

“乌琴”被牢牢挡在办税厅外，大家都安心用餐。吃着简单的饭菜，何嘉和“新哥们”聊成一片，这时妻子小宁的电话也打过来了。面对妻子的询问，何嘉看了看热情的秦佑和他的同事们，看了看异常温馨的食堂，看了看似乎比以往都更加温暖的烛火，他毫不犹豫地说：

“我就在家里！”

（作者单位：梅州市平远县地税局）

逃离之后

张 宁

一

“你看看隔壁王局，人家比你还小两岁，已经是局长了。你看看你，以前就知道写文章，几十块钱的稿费就把你美得合不拢嘴，现在就知道整天把自己灌得烂醉，你说你还能干吗？”

耳边一直响起妻子絮絮叨叨的抱怨，陈定之感觉心烦意乱，在酒精的驱使下，他逃也似的冲出了屋外。

“你干吗去？你给我回来！”妻子还在不依不饶，陈定之赶紧加快了脚步。

终于清静了。陈定之不明白，这个社会定义成功的方式怎么那么狭隘，难道只有有房有车、有个一官半职的人才能算成功人士吗？单位里的事情，自己也是尽心尽力，可每次升职都没他的份，为此自己开始消沉，学会了抽烟和喝酒。那些能安慰自己的文字，也渐渐被自己放下了，这个倒不是自己不想写，只是报告、总结、讲话稿写多了，能留给自己的时间实在少之又少，加上心中被一种消极的情绪占据着，再也没有了大学时候的意气风发。想到大学，陈定之嘴角不由得扬起了微笑，想当年，我还是中文系的大才子呢！

陈定之就这么一路走着、想着，竟不知不觉走进了一条幽深的小巷。咦，我怎么从未到过这里，这是哪儿？正好我还不想回家去，就当逛风景了。

陈定之这么想着，心中反而充满了一种对前路未知的好奇。

二

清晨，万籁俱寂，黑夜渐渐隐去，破晓的晨光正慢慢唤醒沉睡的生灵。

头怎么这么痛，我这是怎么了？陈定之摇了摇头，宿醉让他感觉非常不适，他缓缓睁开眼睛，映入眼帘的是一袭浅灰色的帷帐，随风轻摇，咦，这是哪儿？发现自己躺在一张坚硬的木床上，隐约可见的暗木色花雕，简单而精致，窗外一片竹林，飘来阵阵清幽香气。

陈定之循着香气走去，只见一名穿着玄色衣服的男子立于林中。“你是谁?”“你又是谁？鄙人姓苏名轼，字子瞻。”“您是东坡先生?”“怎么，不像？难不成还有人假冒鄙人不成?”“不，不，不，我是意外，我竟有幸在此遇到我一直崇敬的人，在下陈定之。”

“哦?”苏轼挑了挑眉，往嘴里扔了一颗荔枝，“来者便是友，这是刚摘的，要不要试试?”

“日啖荔枝三百颗，不辞长作岭南人。”

“哈哈，知己啊!”

“我看你眉宇紧锁，是遇到什么烦心事了吗?”

“不惑之年还一事无成，既没有富甲一方，也没有官阶在身，终日妻怨子怪。”

“看你一身文者气质，没想到竟也是这般俗气。难道你眼中的有所成就就只是这两种可能吗?”

“当然不是。”陈定之忙着辩解，“只是……”

“只是什么，你分明就是迟疑了。”

“不，我没有。”

“没有你为何把自己灌得酩酊大醉，别跟我说，你是身不由己。”苏轼挥了挥衣袖，“虽然我不知你来自哪里，为什么会出现在此处，但我既把你带回来，可不是因为我喜欢醉鬼。好好想想吧，希望你不会让我失望。”

这到底是这么回事，如果是梦，也太真实了吧！陈定之心想着，忍不住拧了一下自己的大腿，哎呀，好痛。不管了，既来之则安之，重点是我居然遇到了偶像，可要好好讨教一番才是。

“瞧你这一副似丢了魂的样子，可有兴趣与我泛舟西湖?”

“东坡先生邀约，在下荣幸之至。”

“清风徐来，水波不兴，今竟有幸与先生乘舟泛游，不如我们以诗会友，如何?”陈定之自恃曾为大学中文系的大才子，竟欲与东坡先生来场文斗。

“如此甚好。”苏轼看着眼前这个人，不由得伸手捋了捋胡须，心想：此人刚刚还眉头紧锁，如今竟然如此意气风发，自己果然没有看错人。

“月出皎兮，佼人僚兮，舒窈纠兮，劳心悄兮。”陈定之说完，还优雅地摆出了个请的动作。

“欲把西湖比西子，淡抹浓妆总相宜。”

“北方有佳人，绝世而独立。一顾倾人城，再顾倾人国。宁不知倾城与倾国？佳人难再得。”陈定之不禁想起了自己的妻子，大学时，两人号称中文系的神雕侠侣，才子佳人，羡煞旁人。

“没想到定之竟也是情种，句句诗词均不离美人。”苏轼揶揄道。

“十年生死两茫茫，不思量，自难忘。千里孤坟，无处话凄凉。纵使相逢应不识，尘满面，鬓如霜。”

陈定之看了看苏轼一眼，想起自己第一次读到这首苏轼悼念亡妻的词时，被词中的凄怆和悲凉感染，还闷闷不乐了许久。今日亲耳听到东坡先生吟唱，其中的情感表达，更是不可同日而语。看他衣袂飘飘，本该是丰神俊朗的潇洒文豪，却不曾想，早已饱尝天人永隔之苦。不行，我不能再让他忆起此事。

“先生说得是，大丈夫行走天地，岂能为情所困？当如三国周公瑾‘雄姿英发，羽扇纶巾，谈笑间，樯橹灰飞烟灭’的情怀才是。”

“哈哈？你这小子，有意思。”苏轼暗自想道：想我苏轼屡次被贬，早已练就一身铜墙铁壁，这小子竟还担心我为情所困不能自已，可不能让他小瞧了。

“老夫聊发少年狂。左牵黄，右擎苍，锦帽貂裘，千骑卷平冈。为报倾城随太守，亲射虎，看孙郎。酒酣胸胆尚开张。鬓微霜，又何妨！持节云中，何日遣冯唐？会挽雕弓如满月，西北望，射天狼。”

他虽已两鬓斑白，可是这等豪情万丈的吟咏，竟让人忘却了他的年纪，忘却了他的身份，忘却了他的经历。没错，他是伟大的诗人，可他也是一位身有官职的朝廷官员。陈定之望着眼前这位自己最崇拜的人，想到了他的三贬经历。三次皆因变法，一次比一次贬得更远，第一次因乌台诗案被贬湖北黄州，第二次被贬广东惠州，第三次被贬海南儋州。看样子，此地应该正是他第二次被贬之地——惠州。他虽二十岁那年就高中进士，称得上是年少有为，可是仕途之路并不平坦。可就是在这种特殊的经历下，他创作出了很多千古传唱的词句。因此他被后人记住的，是他文学家的身份，而不是朝廷官员的身份。

“你发个什么呆，到你了！”苏轼等了许久，不见陈定之应答，忍不住提醒他一句。

“先生字里行间傲视磨难艰危，谈笑生死，履险如夷，在下自愧不如。”

“也罢也罢，那就暂且休息，正好让舟靠岸，我带你感受一番我们这的风土人情。”

三

“定之，你看，这是我最新发明的农具‘秧马’，可以提高水稻的种植效率。”

“快看快看，苏大人来了，草民拜见苏大人。”苏轼正说着话，两旁劳动的百姓一看到他来了，立刻放下手中的农活，赶来参见。

“大家速速起身。”苏轼连忙扶起为首的老伯，“胡伯，您腿上有旧疾，不是跟您说了不必多礼吗?”

“苏大人，亏得您发明的‘秧马’，不仅让我们的粮食产量数倍增长，还缓解了我这腿上几十年的疮烂之疾。听说您为了改革赋税制度，已经多次向朝廷奏请，我们能吃上一口饱饭，都是多亏了您啊！您就是我们的大恩人，我们的青天大老爷啊!”

“胡伯言重了，想我苏轼被贬，骨肉分离，初来此地时忧心忡忡，可大家对我热情相待，我备受感动。这些都是我应该做的，以后可不必再提起了。都散了吧，大家快忙去吧!”

苏轼望着眼前的西湖，想起刚来之时，此地并无西湖之名，亦无西湖之实。那时这里一片沼泽，豺狼横行，过度开发，水患严重。自己不忍百姓受苦，把犀带捐了，兑成钱财在西湖、西枝江等紧要区域修筑了东新桥、西新桥、西湖堤等基础设施，这才有了今日的西湖。

想到此处，苏轼不由得朗声大笑，问道：“定之，你可知人生在世，最重要的是什么?”

“成为像先生这样的人，处事坦荡，心境豁达，傲视磨难，谈笑生死，心怀苍生，造福百姓，流芳百世，受人敬仰。先生，您一直是我最崇敬之人。”

“定之，你错了，不是要成为我这样的人，而是要做你心里想成为的人，你只是暂时困惑了。”

“好了，我们都该回去了!”

四

“这一觉睡得可真舒服啊！先生，我们接着吟诗对对子可好?”陈定之一边揉着睡眼，一边伸着懒腰问道。

“你可算醒了，什么先生，你看清楚，我是你老婆。”

陈定之一惊，赶紧定睛看了看四周，果然是自己家中，心下困惑：怎么这睡一觉，我又回来了。

“老婆，我一直在家吗?”

“你没事吧，昨晚你喝得醉醺醺地回家，你看看现在，太阳都快下山了，你都快睡了一天了，是睡傻了吗?”

原来这只是一场梦，好真实的梦啊！我跟着东坡先生泛舟西湖，吟诗斗法，还陪他体察民情。他最后还问我，人生在世，最重要的是什么？难道东坡先生是专程入梦来开导我、帮我解惑的?

陈定之就这么呆呆地坐在床前，往事一幕幕从他脑海中闪过。那年他 22 岁，刚刚大学毕业。作为一名刚入职的税务新兵，他服从组织分配，来到地税基层税务所做了一名税管员。他年轻肯干，精力旺盛，不知累为何物。每天一早，他跟着师傅，骑着自行车，背着一叠税票就出发了，经常一去就是一整天。遇到天黑来不及下山了，就在农户家里凑合一晚上。可即便如此，他也是做得美滋滋的。而且，由于大学中文专业的素养，毕业后，他还是坚持每天晚上睡觉前写日记的好习惯，并且，会经常把每天发生的税收故事整理出来，上报给局里。正是这种勤奋的劲头，领导察觉到了他在文字资料方面的突出表现，不到两年，他便从一名分局的税管员成了局里的资料员。因为有两年的基层税收工作经验，领导们都夸他写出来的文章有血有肉，不仅内容丰富，而且层次感强。

时间就这么悄悄过去了，转眼他已在资料员岗位上工作了十二年，一直笔耕不辍，多次获得上级嘉奖，并多次荣获优秀通讯员的称号。这一年是 2008 年，税所改制成了当年的重头戏。当年与他并肩收税，一起进入地税的小伙伴，有几个在这次的改制大潮中，一跃成了分局长。他开始心里有些不平衡：难道进入局里做了资料员，反而失去了升迁的资格？自认为方方面面综合素质不比人差，可为何每次升职都与自己无缘？心灰意冷之下，他多次提出换岗的请求，均石沉大海。

五

陈定之不停地回想，一边想一边感慨：曾经的自己是多么意气风发，这几年却只顾守着自己的一亩八分地，只看到眼前的利益，目光都变得狭隘了，终日浑浑噩噩，借酒消愁。不停地抱怨工作失意，埋怨亲人不理解，可是自己又何尝积极向上过？曾经的豪情、才情早被自己狠狠地抛诸脑后，只余下了这具没有灵魂的躯壳。东坡先生说：人生在世，最重要的事情不是成为流芳百世、受人敬仰的人，而是要做自己一直想成为的人。是啊，要做自己一直想成为的人！与其怨天尤人，还不如不忘初心，战胜自己，去尝试更多的可能呢！没有提拔又如何，我自有我的思想，我的灵魂，我的文字，我的胸中丘壑，我可以继续用我手中的笔，去运筹帷幄，获得另一种认可。这难道不是更加有意义、更加高的人生追求吗？

陈定之随即满脸欣喜，他一跃而起，大声地冲着窗外喊道：东坡先生，谢谢您！我想通了，我想通了，我想通了！

（作者单位：梅州市丰顺县地税局）

遗留在办税厅的淡淡思念

李 仲

“余其，你有没有发现刚刚离开的那个女孩子排队到号以后，被别的窗口叫了号也不去办理业务，而是重新取了号码，等你叫她的号吗?”办税厅的老大姐朱燕对年轻的余其悄声说道。

听朱燕这么一说，余其脸微微一红，随口应了一声：“这不可能吧。”

“肯定不会错的，她一定是喜欢你！我看她等候叫号的时候就一直偷偷盯着你看，我就留意她了，后来你旁边窗口叫号了，我看她望了一下手里的排号纸，又跑去重新取号了，再后来你叫号了，她就过来了。”朱燕说着笑了起来。

旁边的同事莲姐听到了也跟着起哄：“肯定喜欢啦，人家小余又年轻又帅气，脾气好，又有耐心，如果让我年轻几十岁，我也会喜欢上他的。”

这一下子，附近的同事都笑了起来，余其的脸不禁红起来了。说起那个女孩子，余其也知道她，一个秀气的女孩子，长相清纯，说话做事拘谨。余其一直都记得她第一次来办社保业务时的情景，当时余其点了叫号器，这个女孩子就到窗口来了，轻声说道：“你好，我是来办理社保业务的。”

“嗯，好的。”余其应了一句，以为她会像其他来办事的人一样，接着从公文包里噼里啪啦拿出一堆资料来，就这么盯着女孩子的手看了好一会，可是女孩子就那么不知所措地站着。余其觉察到气氛的尴尬，抬起头来与女孩子对视了一眼，看到她开始泛红的脸颊，余其的脸也变得发烫起来。

“对不起，我是想来帮员工办理社保业务的。”女孩子不好意思地又说了一遍。

“好的，我知道了。”余其觉得自己有点像当初刚来上班时一样，慌乱了起来，一时不知从哪做起，又说道：“哎，那个，可是你的资料呢?”

“啊?”女孩子的脸更红：“我是第一次来办的，不知道应该怎么办，所以想排队问一下。”

余其一听就知道对方是没有办事经验的，一般人来办事肯定会先找大厅的工作人员问清楚需要什么表格什么资料，准备好才开始排队，这样不至于浪费了时间排队，到了窗口却没办法办理业务。余其的大厅虽然规模比较小，没有设置咨询台，可是值班领导也一直在大厅巡视，是可以咨询的。但是余其看这女孩子害羞的样子，估计她是不好意思去找一个大厅的值班领导咨询问题。于是余其赶紧帮她把参保需要带的资料检查了一遍，确认她带的资料可以办理业务以后，又把办理业务所需的表格递给她，告诉她在对面填单台可以参照样板填写。看着女孩子慌乱的样子，余其跟她说：“你不用紧张，这样吧，你把刚才叫到的这个号拿着，去那边把能填的表格都填好，然后再拿着号码回来找我，我接着帮你办。”

女孩子“嗯”了一声，点了点头，赶紧抱着资料去填单台了。

过后，余其也开始忙着后面的叫号了，等候的人数也不少，忙忙碌碌到快下班的时候，叫号系统显示等候只剩一人。余其赶紧按了叫号，抬头一看，心里感到奇怪，还是那个女孩子拿着叫号纸过来了。

“哎，你还去取号了吗？你填好表格过来找我就行了，我会帮你办业务的。”

“嗯，我刚才看排队的人挺多的，怕麻烦你，所以重新取号了。”女孩子反倒有点不好意思的样子，然后又说：“另外表格上面有几个空，我不是很确定怎么填……”

余其看了一下表格，一些选项比较复杂的没填好，于是耐心指示她把表格填写完整，又向她讲解了涉及缴费问题的工资、险种问题，所有资料准备齐全，其时已经到下班时间了。余其帮她办理业务倒是很快，几分钟就办理完结，然后告诉她业务已经办理完结。

女孩子愣了一下，说了句：“这么快，我还以为要办很久。”

余其不禁笑了起来，说：“其实已经很久啦，你看你来了这么长时间才办好这个业务。”

女孩子脸又微微一红，收拾好资料，连声道谢后才离开。

余其也不知道为什么，当时的心里突然觉得那个女孩子非常可爱。后来女孩子又来过两三次，似乎每次都刚好是在余其的窗口办理的，总是客客气气，话也不好意思多说几句。余其也一样，每次遇到她，总会感觉自己变得紧张，心跳加速，不过与她的对话，也就是简单的业务问题，办理好业务以后，彼此也互相一句道别，就没有其他的交流了。除此之外，余其留意到她办事的表格上面，经办人的签名是“陶遥遥”，这是个全名。这个名字是女孩子的全名吗？也有可能只是她们企业负责人的名字而已，余其是这么想的，可是他也不好意思向那女孩子确认。

这一天，办税厅排队的人并不多，余其一眼就发现那个女孩子又来了。余其借着闲暇之余，偷偷望向女孩子那边，发现女孩子似乎也朝他这边看着。朱燕也发现女孩子过来了，她跟旁边几个同事使了个眼色，附近几个同事都忍不住偷偷发笑。与余其搭档办理社保业务的莲姐，干脆伸了个懒腰说：“哎哟，突然间觉得很累，我得去一趟洗手间，就剩两个号码在等待，小余麻烦你业务办快一点啊。”莲姐说着，走过余其身边，又悄悄叮嘱了一句：“如果先叫到那个小妹的号码，你就慢慢办，我很快就出来叫后面的号码。”然后笑着赶紧走开了。

余其一脸尴尬，心里倒是挺开心的，但他尽量让自己平静地继续工作。很快又轮到女孩子办业务了。余其满心欢喜地等着她到跟前办理业务，却发现女孩子今天的脸上少了以前见到的欣喜表情，而是多了几分愁容。

“她是平时开心的时候，见到谁都一副笑容吗？所以看见自己也是笑。今天也许心情不好呢。又或者，她今天遇见什么烦恼的事情了……”余其在胡思乱想中将面前的业务完成了。

女孩子就这么一声不响地看着余其办事，办完了，似乎也没回过神来，又是呆了一会才忽然醒悟过来一样，“啊”了一声，说：“已经办完啦?”

“嗯，是的。”余其说话也不像平时那么轻巧了。

“那……我走了……”女孩子收拾着东西，有点心不在焉，说话也跟平时有点不同，临走又回头望了望前台这边。

女孩子走后，余其觉得自己很失落，至于是什么原因，他自己并不想深究，他也就这么想着，这里是办税厅呢，现在正在工作呢。也不理会莲姐与朱燕几人的询问，借口上洗手间，洗了把脸，休息了一会调整好心态，又开始摆出一副轻松的表情投入前台的工作之中。

就这么过了三四个月，余其再也没有见到那个女孩子过来办理业务，倒是他们企业仍然过来办理业务。余其特地看了经办人那一栏目，果然，也换了个人名。也许是这样的，那个女孩子去了别的企业，或者去了别的地方了呢？又或者，根本就是自己自作多情了，女孩子根本就没有十分留意自己。想到这里，余其脸颊又有些发烫。总之，余其把这个事情埋藏在自己的心中，渐渐地，似乎也就淡忘了。

这一天，余其照常一早来到了办税厅，却见同样早到的朱燕、莲姐跟办税厅的组长围成一团。见到余其来到，朱燕兴奋地喊起来。余其莫名其妙地走了过去，朱燕就拿着张 A4 纸对余其说：“快过来看！你被市局表扬了。”

余其不紧不慢，边整理上班的物品，边拿过来看了一下。是市局的一份批示，主要内容是市局收到了来自群众的表扬信，所以市局批示表示嘉奖。余其随意地看了一下市局批示内容以后，再看，还有群众写给市局的表扬信也附在里面。余其看了个开头，内心已经开始激动起来了，只见那封信是这样写的：

“尊敬的领导：我是一个企业普通的工作人员，自开始负责公司的社保业务以来，都是在办税厅余其的窗口办理业务的。我是一个比较笨的女孩子，刚开始上班负责工作的时候，就很担心以后到政府部门办事会不会像人们说的那样难办、辛苦，比如办事员的冷面孔、恶劣的态度、故意刁难，等等。可是，我的第一次工作，第一次出门办理业务就遇上了余其，我觉得人们口中传说的政府部门窗口态度不好，都是以讹传讹。办税厅的人都很友善，特别是余其，他是个让人感觉到温暖的人，非常照顾我们去办事的人员。我非常喜欢在办税厅排队的日子，我喜欢在一旁静静看着他，看他耐心热情地帮一个个参保人完成业务、解释业务。遇到像我这样业务不熟的人，不但不嫌弃，不发脾气，反而尽量帮助我们。现在，因为家庭搬迁去了很远的地方，我不知道还有没机会回去惠州。可是，每当我出门办事的时候，总会自然而然地想起惠州办税厅里，我喜欢的那个男生。”

信最后的落款就两个字“小遥”，余其这么久以来的一个心结似乎解开了。朱燕几个人过来胡乱猜着些不着边际的事情，问余其是不是认识的人写的表扬信。余其脸上挂着微笑，随口应了几句。因为这个事情，也许就他自己能猜得到，是什么人写的，出于什么样的原因。

办税厅就是这样一个地方，往来形形色色的人物，夹杂了许多酸甜苦辣。工作并不是自由生活中的一个牢笼，而是人生中一个富有色彩的组成部分。工作中会有辛苦酸涩的片段，也会有欢乐愉快的记忆。而此时的办税大厅对余其而言，还有那弥漫在空气中的一丝丝相思的味道。

（作者单位：惠州市惠城区地税局河南岸分局）

80 秒的爱与忧

连旭芬

一

接到建强的电话时，文民刚上完下午的体育课，正撩起宝蓝色的篮球衫擦汗。听建强说得紧急，他应了一声就往校门跑。乌金色的大长腿在阳光下拉出健美的线条，引来一大片喝彩。

出了校门一公里右拐，沿国道跑一公里再右拐，前方十米便是建强家了。

最后十米，文民却又慢了下来，边走边调整气息。听到宅内传来熟悉的曲调，他放下心来，站在微微摆动的蕉叶下，边擦汗边伸头往里瞧。

这是一处旧式民宅，白墙青瓦。进门便是一方扁平院子，再往前，两间正房夹着客厅；院子的左右两侧分别是厨房与浴室。

厨房外的院落中搭了一个三角梅花架，遇上天朗风清的秋日，此处便是一家人喝茶进餐的好地方。

此时三角梅开得正好，远远望去红艳艳一片，爬满了整个屋顶。阳光透过层层红绿漏下来，在地上撒下零星几点日花，碎碎的，微微亮，叫人怀疑是乐乐额头的汗珠。

四岁的乐乐正低着头在花架下画画。黑亮刘海用虾子红小发夹拢了起来，衬得额头愈发玉洁可爱。稍远一点，女主人慧庄面朝大门倚坐在四方竹椅上闭目听曲，右手轻轻在大腿上打着节拍，孔雀蓝阔腿棉麻裤微微晃动，晃出个岁月静好的节奏来。

“五月初四，啊，原来明天就端午节了！”

听完一段曲，慧庄睁开眼来，一扭头便看见了挂在厨房外墙上的小日历。

“时年八节，是哪八个节日呢?”她点着手指数道，“春节，元宵，清明，端午……”

“中元中秋冬至除夕！”乐乐抬头一气溜出一串词来，如玻璃珠子连环碰撞般清脆。

慧庄瞅着这机灵劲十足的孩子，眼中现出点困惑来，很快又弯了眼笑道：“你这妹仔，懂得倒真多！”

“你知道我从哪里学来的吗?”乐乐嘻嘻娇笑起来,“是你刚才教我的呀!”

“乱讲!”慧庄笑斥了一声,细看了看她的月眉星眼,又问,“唉,你是谁家的妹仔?长得倒有点像小麦姐姐?”

“错了,不是小麦姐姐!”乐乐机敏地挑出慧庄的错处,同时伸出纤长细手抓住对方软软的右掌摇了几摇,撒着娇问,“我长得很像伊对不对?你喜欢我对不对?”浅粉色背心丝裙在慧庄跟前来回晃动,恰似一枝迎风摇曳的野蔷薇。

“喜欢,自然喜欢。”慧庄轻拍她的小手,顺势抬手看了下银色腕表,不由叫道:“哟,都四点半了,得煮饭了!”

她猛然站起,不想眼前一黑,一阵晕眩袭来。有人抱住她的大腿尖声命令:“坐下来!不用你煮!”

眼睛眨了一下,黑影一圈圈扩散变淡,她渐渐看清了抱着自己的小女孩。

“妹仔,放开,我要去煮饭了。”慧庄柔声哄着,“小麦姐姐快要放学了。”

“总之不用你忙!”乐乐却坚持着原则。

文民便在此时走了进来,拉开乐乐,笑对慧庄:“阿姨,我过来喝杯茶哩。”

慧庄打量着这身材挺拔、肤色黝黑的小伙子,心里只觉无比熟悉,却又想不起是哪家亲戚。然而记忆短路了礼节不能短,她热情地把客人请进了客厅。

文民在红木沙发上坐下,顺手摸起茶几上的遥控器打开电视机。他装作看不见乐乐渴望的小眼神,选了一部潮剧,转头询问慧庄:“阿姨,看《苏六娘》好吗?”

“好。”慧庄满意地点头,一边忙着煮水准备冲茶。

乐乐对潮剧与茶都不感兴趣,交代了一声便跑出去了。

文民摆茶具、装茶叶、烫杯冲茶,动作娴熟,倒似自己才是主人一样。

慧庄心里暗暗疑惑,却不好意思明问对方。唉,今天这头脑是怎么啦?难道开始老年痴呆了?

文民仿佛看穿了她的疑虑,为她端茶时笑问:“阿姨,记得我名字吗?”见慧庄微微沉吟,他又提示,“文……文民!”慧庄试探着报出两个字,见对方点头,不免松了一口气,下一秒却又在心里嘀咕:可这文民到底是谁呢?

文民却仿佛深知慧庄的底细,闲闲聊了两句,便又成功地把她的注意力引到了潮剧上。

二

小麦一身运动装打扮：白色T恤，黑色弹力长裤，白色运动鞋。不知情的人还以为她今天也上体育课。上完当天最后一节课，她立刻奔下教学楼，黑色小皮书包一下下砸在骨感十足的背上，发出嗒嗒的声响，凭空增添了些许紧张感。楼梯上三三两两的学生自动让至一侧，生怕挡了她的道。

到车棚处推出银灰色淑女自行车，坐上去后连遮阳伞都顾不上打开就匆匆往前踩。

从学校到家不过十分钟车程，但对此刻的小麦来说，太远！

好容易到了家门口，也学文民的例先侦察。不巧刚探出头就与乐乐来了个四眼相对，她把右手食指放到嘴前做了个禁言的指示，见对方迅速捂住嘴，方才蹑手蹑脚地走进去。

一大一小手牵手进了厨房，简单交换了情报。小麦又走到厨房门口往客厅望了几望，见那边一派和乐，终于满意，掏出手机给文民发了条微信。

“来，准备做饭了。”她招呼着乐乐，“你想剥蒜瓣还是洗菜？”

乐乐毫不犹豫选择了前者，她喜欢看蒜瓣一层一层蜕去外皮露出玲珑剔透的小身子，“就像帮小宝宝洗澡一样！”

任务完成后，她便依偎在小麦身边，看她用刀在泡软了的干鱿鱼身上切出一个个四方格。“明天是端午节，会有粽子吃对不对？”她突然软软地问了一句。

“你怎么知道明天是端午节？”小麦惊奇地挑了下眉。

乐乐故作神秘，踮起脚尖凑到她耳边悄声道：“我听嬷嬷说的，伊今天下午说了好多遍哩。”说罢嘻嘻嘿嘿笑了起来。

小麦用手肘轻捅了一下她的小身板，佯装生气地瞪了一眼，乐乐便知趣地关住了笑声，举起小手，发誓般一字一句道：“我不是笑伊，我刚才一个人陪着伊可乖啦，伊还说喜欢我呢！”

小麦被她的正经样逗乐了，扑哧一声笑将出来，却又补充道：“喜欢还不够，要让伊爱上你哦！”

“知道，80秒！”乐乐一本正经地回答，下一秒却又赖在她身上叫她闻手指上的淡淡蒜香。

正撒着娇时听得门外摩托车响，她晓得是建强回来了，便丢下小麦，一个人跑出去看。

建强在院子里洗了手脚与脸，走进客厅，见慧庄正向文民讲述她当姑娘时看龙舟的情景。

文民浅笑听着，时不时应一声并送上一杯茶。见建强进来，起身点了个头，算是打招呼。

慧庄却很惊讶，今天怎么这么早收工？低头看手表，又是一惊，“哎呀，原来六点了！”说着起身就要往外冲。

文民一把拉住她：“今天母亲节，小麦在为你煮爱心大餐呢。”

“什么，小麦在做饭？我去看看！”慧庄差点跳起来。

建强抬手向下虚压：“别忙，坐下喝茶。”又摸起沙发上的葵扇扑腾了两下，“热死了，帮我找把大点的扇子吧。”

慧庄闻言便走到屏风后面去翻找。

“没事吧，爸？”文民趁机轻问一声。

“无大碍，缝了三针。”建强低声回答，端起一杯茶喝了，又感叹道：“好在没摔傻，不然伊阿嬷要哭死了！”

文民听罢点点头，回头看了一眼屏风，朝建强做了个向外的手势，轻手轻脚走了出去，转到右边正房找了套换洗衣服去冲澡。

三

慧庄从屏风后走出来时却是两手空空。她微皱着柳叶眉，懊恼地望着建强摊开手，总好像有件什么事情要做，却想不起来是什么。

见建强招手，她走过去坐在他身边，如小学生一样把双手摆在大腿上。阳光斜斜照进来，在她手上染了层金黄色，将之装点成南瓜架上一对端庄的孪生花。

“没事，过一会儿就自动记起来了，人不都这样吗？”他轻拍她左手安慰。简单的两句话却是绝好的定心丸，她轻声应道：“是啊，左右也不是什么大事。”

她想起了二十年前，刚结婚的时候，他第一次带她去赶集，牵起她的手去抓他的衣角，告诉她这样就不怕被人群挤散了。她至今记得跟在他身后的那种心安。她又想起十八年前，自己生下小麦后累极而睡，醒来时一睁眼便对上他紧张的双眸。她从他那深邃的眼里看到幸福正一波波向自己涌来，密密包围住自己，好温暖。她还想起十二年前，半夜里小麦突发高烧，自己抱着她急得眼泪直流，他一手托着小麦的头，一手揽住自己的肩，沉稳地安慰：“没事的！”寒风穿过三轮车薄棚间的缝隙钻进人的衣领，她却分明感觉到他手心的温度，心也渐渐定了下来。

时光催人老，却也教人好啊！嫁了一个知冷知热的丈夫，就这样相互扶持、慢慢变老，这日子也就没什么不知足的了。

心思转了一圈，再看电视时，便多了一层温柔的叹息。戏中六娘正因苦等信使桃花不到而心焦，唱着那段挠人心头的二更鼓声咚咚，一声声敲得人心痛。慧庄不由自主地跟着哼唱：“蜡烛有心还惜别，青鸟无情……信难通……”唱罢偷偷抹了下眼泪，向建强道：“日后小麦若有了心上人，就算咱们不满意，也不能强拦着她。”

四

吃晚饭时，慧庄不停地劝文民与乐乐多吃菜。文民一直笑着应好，乐乐却以一副小主人的口吻回道：“别光叫别人，你自己也多吃点啊！”

饭罢慧庄便把人往客厅赶，自己则开始收拾盘碗。大家无可奈何，只好依言而行，独留小麦陪着打打下手。

母女俩有一搭没一搭聊着天，快洗完时，文民进来递了个银色手机到小麦面前，原来是学校领导来电。

小麦湿着手，便示意文民接通电话后把手机拿到她耳边。两人颇有默契地走到厨房门口，边听边吹风。电话那头的人不知布置了什么工作，小麦点头答应，几丝秀发趁机从耳后溜了出来。文民很自然地把那几根青丝撩了回去。小麦抬眼一笑，他的手便舍不得走了，停在她头上轻轻摩挲。

身后突然传来清脆的陶瓷落地声，却是慧庄失手打破了一个大碗。两个年轻人快步奔过去，小麦抓着慧庄的手查看有无受伤，文民站开一步紧张地看着。

慧庄却不说话，只拿疑惑的眼光在他俩身上扫来扫去，良久才问：“你们，怎么回事？”

“对不住，妈！”小麦率先开口，同时快速递了个眼色给文民。文民道一声歉，退后两步，转身走了出去。

“对不起，”小麦在沉默了一会儿之后再次开口，“我一时手滑，把碗打破了。”她小心翼翼地观察着慧庄的脸色，半带着撒娇的语气，“我太没用了，洗个碗都能闹出事故来！”

慧庄略带茫然地看了看地上的青花瓷碎片，摇了摇头，又拍了拍小麦的脸，爱怜地数落：“唉，真是个傻妹仔，失手打烂一个碗也值得这么自责！妈妈是那么不讲道理的人吗？”说罢便去找扫把来清理现场。

小麦在她身后深深吸了一口气，想要叹出来却又怕被听见，突然狠狠在自己左手臂上咬了一口。

五

文民心头有点闷，一时之间不想说话，索性到屋外去吹风。

走了一会儿，挑了个灯光照不到的角落站住，长长吁出几口气。恰好夜风送来一阵清香，他感觉胸口通透了一点，便去寻那花香的来源。两三米处，一株栀子花开得正好。白色的花朵在朦胧的月光下似近还远，如求之不得的淑女。

仿佛毫无关联，他却想起了小麦。若是此时小麦站在这里，以她那双“雀蒙眼”，怕是连栀子树都认不出吧？

胡思乱想了一会儿，他估摸着众人该找寻自己了。正待回去，却听到有人提建强的名字。仔细辨认，原来是邻居华婶在埋怨她家老伴：“你命里便只有打牌一件大事……若不是建强叔，今天你孙子就没了……哪天我要成了慧庄那样……是，我成不了伊那样……我若脑中也生个肿瘤，你早让我自生自灭了，哪会因为手术后遗症失了记忆……”

文民重重叹了口气，果然是家家有本难念的经啊！他突然便原谅华婶以往的恶趣味了。

往回走时，依稀还听到一两声哭诉；摇摇头，却又想起华婶往日夸张的笑声——“女婿都不认得啊，哈哈哈哈哈……”

或许，她只是羡慕慧庄有人守护吧？唉，也是个可怜人！文民一时间很感慨。

六

“困了就睡吧！”客厅里，建强催促连打了几个哈欠的妻子。

“小麦还没回来呢，我等她下晚自修。”慧庄强撑起眼皮。

“傻的，小麦已经睡下了。你自己看看几点！”

慧庄抬手才发现已经十点半了，惊叹了两声，直敲自己的头。

夜色沉沉，蛙声阵阵。睡熟了的慧庄呼吸细细，像个心思简单的孩子。

建强在昏暗中睁开双眼，悄无声息地摸起慧庄放在床头的手表，把时针往回拨了一圈。只可惜调得了表调不了时间啊！他默默凝望着枕边人：慧庄啊慧庄，我多么愿意你长命百岁！可若我走在了前头，你和小麦又该怎么办？

月光透过窗纱照进来，淡，柔，朦，像他的眼神。

七

“床前明月光，疑是地上霜……”粉色软床上，小麦半阖着眼轻拍乐乐，低低诵读着古诗。

“嬷嬷也经常思念故乡。”

“是的。”

“伊记得故乡，却记不住我。伊真的喜欢我吗?”

“自然喜欢的！在嬷嬷记得的每一个80秒里，乐乐都是她最亲爱的小孩。”

乐乐大约很满意这个回答，眼睛渐次眯了下去，终于眯成一条缝。长而黑的睫毛覆下来，似水墨画中平静水上的两叶扁舟。

小麦轻轻爬下床走出房间。客厅外的大阳台上，文民凭栏闲站着。她走过去站在他身边，他伸手环住她的腰。

一抹温柔的蛾眉月，清清浅浅印在藏蓝色的天边。月牙下方是金色的校门。她看不清楚，脑中却有一个清晰的图案。

这所学校，与她人生中三分之一的年华紧紧相连。

已当了八年老师的人，却总在恍惚间，以为自己还是那个十八岁的高中生。众所皆知，那将是她在母亲心中永远的模样。

她竭力保持那模样，在一片羡慕与赞许声中，隐去了忧伤。

（作者单位：中山市地税局东升税务分局）

相　见

张光林

愿你出走半生，归来仍是少年。

可在与阿海接通电话的一刹那，阿辉知道，现实中有的人在自己的追梦道路上历经坎坷，且离自己的梦想已经越走越远。

阿辉与阿海已经多年未见，此次阿辉随着单位组织来杭州培训，趁着培训中的闲暇时间，阿辉想起可以见见好久未见的阿海。在去年多次的电话联系中阿辉得知阿海得了重病，还组织几个好友一起为阿海筹集了一点医药费。但阿海一直比较积极乐观，电话中说应该很快就会好转，还说好转后要四处走走与老朋友们见见面，这令阿辉稍感欣慰。

电话接通的一刹那，电话另一端的阿海很是高兴，说阿辉能来杭州太好了，趁着有时间老朋友一定要见下面才好，否则，不知下次何时才能相见。阿辉隐约预感到阿海的情况可能已经不是很好了。双方电话交谈时已经是晚上七点，由于阿海租住的地方离市中心比较远，他们只能重新约好了在第二天中午相见。第二天，阿辉与带队领导请了个小假，提前一个钟下课就踏上了地铁，开始了二人多年不见后的相见旅程。

阿海研究生毕业后因年龄偏大，没能考上这个城市的公务员，一些高等院校也早已要求应聘老师必须有博士学位了。而阿海又不愿意像其他同学那样再次回到县城的高中教书，便只身一人来到杭州这个大城市打拼，想用自己的双手打拼出一个令人刮目相看的天地。于是，他又干起了读研究生前的老本行，再次当起了小学老师，他还开了一个中小学培训辅导中心。不到两年，阿海觉得业务发展还可以，也觉得这个行业大有前途，便让自己远在老家教小学的妻子也放弃了体制内的身份，来到杭州一起帮忙开辅导班。妻子负责辅导数学，自己辅导语文，他还发挥自己写一手好字的特长，同时还兼带了一门书法课程，当然有时候也会临时请几个外面的老师。

下了地铁，阿辉与阿海通了电话，两人约好了在地铁口见面。可是到了地铁口，阿辉四处找寻了很久就是没有发现阿海的身影，只得再次拨打他的电话。“我就在地铁口红绿灯那个小卖部旁边。”阿辉隐约已经听到对方讲电话的声音，四处环望，他发现了阿海所说的那个小卖部，旁边蹲着一个远远看去已经老态尽显的中年人。阿辉好久都不敢相认，直到对面的阿海站起来向自己挥手致意，他才意识到眼前的这个人就是阿海。

见了面，二人有一段时间竟然相对无言。看到多年未见的好友已经被病魔折磨得老态龙钟，阿辉也不知道如何是好。阿海倒是比较坦然地说：“我们已经十来年没有见过面，还好你能来见我。再过一两个月你来杭州也见不到我了，这边的生意我正在处理当中，很快就会回老家了。现在我的病每天疼得很厉害，医生也束手无策了，只是建议我回家休养，我自己也已经放弃了希望。每隔一段时间的疼，疼起来的那种感觉已经让人‘生无可恋’了。”不知不觉间，阿辉的眼眶早已湿润。

相见的气氛很是沉闷。二人来到了附近的一家快餐店，阿海的妻子、小孩都过来了。妻子很是贤惠，带孩子、照顾丈夫、打理培训班，几年来一直任劳任怨；孩子刚刚十岁，有点调皮，在旁边跑来跑去，根本没有意识到家中发生的巨大变故。这餐饭吃得很压抑，大家只是简单地聊了一些生活琐事，阿辉只是不断鼓励阿海要振作起来与病魔搏斗。可阿海已经全然看透，也没有一丁点继续搏斗下去的意思，这点让阿辉心头很是难受。吃完饭去阿海租住的地方看了一会儿，阿辉便提出要回去上课了。两位已经多年未见以后可能也不会再见的老友，离别时已经没有过多的言语，阿辉想去拥抱一下阿海，但又怕阿海伤心难过。阿海眼眶湿润地说道：“阿辉，不要为我难过，每个人都有自己的命运。你要珍惜你现在的生活，人已到中年，不要再为过多的名和利瞎折腾、不安分，工作之余要注意自己的身体，过好你自己现在的生活其实就很幸福了。人一旦失去健康，才会明白什么是最重要的，而往往等到明白那就一切都太迟了。就说我吧，如果当初不是为了非要‘进城’，用自己太长的青春年华来瞎折腾，到今天把自己的身体都折腾垮了，到头来这座城市也还是没有我的容身之地。想一想，何必呢？如果我能安心一点，在属于我的小县城里，生活也许也是比较幸福的。”

坐上了回程的地铁，阿辉久久不能平静。阿辉的人生道路受阿海的影响最大，可以说正是遇到了阿海，受到了阿海的指点，他才可能那么快速地找到自己的奋斗目标，才从大别山脚下的乡村一步步走到了一个介于二三线之间的地级市生活，找到了体面的工作，娶妻生子，过上了还算体面的生活。两个人最初见面是十八年前，那时阿辉中师毕业后被分到了大别山下的一个山村小学教书。涉世未深的阿辉根本没有想到自己工作地离自己的家那么远，学校建在一个大山的山脚下，夜晚其他本村老师都回自己家了，阿辉一个人不敢在学校里住宿，于是便每天骑个破自行车来回奔波。冬天下雪了，路段较滑，阿辉多次摔倒在上班的路上，整个冬天手都被冻得圆鼓鼓的，那段时间里的辛酸只有那时的自己才能够体会。满以为有了体制内的教师工作，就可以在经济上支持并不宽裕的家庭，支持弟弟妹妹上学。可第一个月阿辉拿到手里的工资只有 180 元，除去自己的生活费，还有乡村里攀比成风的红白喜事之类的人情往来，每个月基本上是所剩无几。那段时间里，阿辉内心十分迷茫，感觉这完全不是他想要过的生活，未来不知道将会是什么情形。阿海是本村的老师，比阿辉早两年毕业来到这里教书，写得一手好字，语文课也上得风趣幽默，深受学生爱戴。阿海经常约阿辉一起打乒乓球，练毛笔字，去自己的家里看他的奋斗书屋。“我们一定要走出去，你看我现在正在参加英语专业国家自学考试，只要把这个拿下来，我们就符合研究生报考条件，同时我们的英语水平也够了。我觉得这是我们走出去唯一的途径。”就是阿海的引路，阿辉才找到了自己努力的方向，上完课他和阿海经常走到学校后面的山坡上，对着远方大喊：“我们一定要走出去，到大城市看看。”

有了方向，阿辉很是努力，每天都奋斗到深夜。工作后的第三年，他就通过了英语专业自学考试，如愿拿到了研究生考试的入场券，更加没有想到的是，他一战成功，第四年便如愿考上了研究生。随后辞职读书，考公务员，来到了南方一个小城当上了一个税务官。可阿海由于性格上比较好动一些，加之没有阿辉置之死地而后生的紧迫感，所以革命的进程一直比较慢，一直到第十年才如愿考上研究生。可时代已变，毕业出来找工作已经面临满大街都是研究生的局面，加之年龄已大，阿海又被时代推到了边缘的角落。

阿辉觉得，阿海在时代进步的浪潮中，始终运气不好，20 世纪 90 年代初贫穷的乡村流行初中毕业生考师范拿一个商品粮名额，很多优秀学子拼命争取每个乡里为数不多的指标，考上后满以为可以“泥腿子上岸”不用干农活了，可毕业后才发现自己仍然要在非工作时间里“泥腿子下田”干农活，只不过可以当个教师拿着微薄的工资在乡镇里稍微受人尊重一些。后来很多人确实是通过考研改变了命运，可等到阿海自己研究生毕业的时候研究生已经不吃香了，专业不太好的研究生难以找到好的工作。阿海性格又比较要强，不愿意再回县城里教书，其实那时候回县城里教书，一家人也可以过上幸福的生活。

后来，来到杭州打拼后生意逐渐好转，本来以为时来运转可以过上较好的体面生活，再努力打拼几年，争取能够在杭州安个家。阿辉和其他同学都以为他要歇一口气了，阿海也很有些志得意满的样子，没有想到身体却在每天高强度的奋斗中渐渐垮了。

阿辉曾经问过他发病的过程，给他出主意，介绍熟悉的医生给他，但他很淡然地说：“没什么，医生都说过了，就是压力太大、经常熬夜导致的。”他这么轻描淡写，很多老朋友倒显得过于紧张了。压力，这个词太熟悉，熟悉到已经是家常便饭，懒得提起。压力，是这个时代人人都要背负的枷锁，也是每个人心甘情愿承载的命运方舟。

杭州培训结束两个月后，家中的一些朋友打电话给阿辉，说阿海已经走了，留下近八十岁的老母和自己的妻儿，阿辉突然觉得十分凄凉。人到中年，有时候听到不幸的消息会有很多的感触。前些年，阿辉当地一个集团组织了一次长跑，一位三十多岁的男性跑到半路突然倒地，送到医院时已确认猝死。就因为一次很平常的长跑活动，竟撒手人寰。阿海刚过四十岁，正直壮年，没想到却永远地告别了这个世界。曾经，他们一定想着自己正值壮年，一定能扛得住，加点班算什么？长跑锻炼又算什么？连他们自己都想不到会因此而失了性命。

整整一个冬天，阿辉以及曾经一同在家乡和阿海玩得比较好的老朋友们都笼罩在一种莫名的悲伤气氛中，所有的同事都在微博上点起蜡烛以悼念阿海。甚至在阿海去世一周年后，仍然有同事在微博和微信中提起，希望他在那边不要那么拼。与其说大家不约而同在悼念友人，不如说在悼念自己，悼念辛劳而又易逝的时光，那么琐碎，那么紧张，那么好似与己无关却又息息相关的生活方式。

阿辉觉得，自己是幸运的，同样的经历，自己早点脱离了那片贫瘠的土地。为了自己丰满的理想，也为了贫瘠的现实，自己一直坚定地向前走着。但他也想停下来歇一歇了，守着自己热爱的工作，守着挚爱的父母妻女。只愿大雨浇不灭他心中的热情，他与这个世界能够温柔相待，现在拥有的一切他已经觉得十分满足和欣慰。他自己也十分清楚，一路走来自己早已不是少年，适当停下来看看风景，也是每个人应该尽的责任之一。

（作者单位：江门市地税局）

接　班

黎庆武

刘一刀拖着沉重的脚步往前走去，与以往保镖前呼后拥的情景不同，这次他是由两名警察押着走的，往事如烟，多少悔恨涌上心头……

一

“杨会计，去把公司的账簿拿来给我，我看看这个季度的账做得怎么样，有没有符合我的要求。”刘一刀对他面前的年轻人挥挥手，待年轻人走了后，他坐回办公椅，用手敲着桌面，嘴角露出意味深长的笑：“哼哼，税局想多收我的税——没门!”

刘一刀本名并不叫“刘一刀”，他原是粤西偏远山区贫农出身，老实巴交的父亲给他起名“刘国栋”，顾名思义希望他不要接自己种田种地的班，好好读书，长大后成为国家的栋梁。谁知道顽儿不懂父母心，渐渐长大的刘国栋不好好读书，反而和一群不良社会青年混在一起，偷鸡摸狗，打架斗殴。有一次他和别人打架，被人在脸上刮了一刀子，伤好后留下一道疤，他不以为耻反以为荣，同伴们也“刀哥刀哥”地叫他，助长了他的气焰和虚荣心，由此他干脆改名为“刘一刀”，他觉得这名字霸气，有“大哥范儿”，气得他老父亲病倒卧床了好几个月，并发誓以后不管他了。

二

刘一刀长本事了。

只有小学文化的刘一刀混到了深圳，他不安分不守己，厂子是待不下去了。但凭着他的狠劲和口才，刘一刀跟着他所谓的“兄弟”搞起了房地产开发，并越做越大，最后成立了自己的房地产公司。

有出息了！反正刘一刀自己是这样认为的。他颈上挂着粗大的金项链，手上戴着名表，穿着个性化的衣服，抽着雪茄，裤兜里经常揣着一两张钻石卡，裤头挂着的奔驰车钥匙碰着叮当响……

他有钱了，慢慢看不起在农村的父亲。他经常对妻子说："哼，老不死的就是不愿意来深圳看看我，总是守着他那几分薄田烂地，活该他当一辈子农民。好在当初没听他的话，没钱没势的读书有什么用，说不定现在我也回家当农民了。"

三

刘一刀没什么文化，但他能说会道，左右逢源，很会"做人"。

这天，刘一刀气冲冲赶回公司办公室，黑着脸对秘书说："那个地税分局的李局长太不会做人了，难道嫌我给他的那个信封太薄了？哼，不帮我通融就算了，还敢批评我一顿！算了，明天去区政府坐坐，黄秘书，记得明天带上那支轩尼诗。"

这只是刘一刀日常生活的一个片段。他觉得，平时多和当官的走近点，巴结巴结，意思意思，公司就会越做越好，遇到的阻碍也会少很多；最理想的是，如果有什么更好的办法能偷税漏税就更好了，起码公司能省下一大笔钱。

房地产企业历来都是交税大户，企业所得税、房产税、城镇土地使用税、土地增值税……少则几十万，多则上亿，也难怪刘一刀要"耍小聪明"偷税漏税了。以刘一刀的性格，他觉得这样理所当然啊，公司是自己的，钱是自己赚的，干吗要给国家一部分啊。

四

尽管刘一刀桀骜不驯，但他对儿子刘帅观既大方又严格。他经常吼儿子："读，读，读，读书有什么用，你看你，有哪一点像你老爸我，早叫你回来接我的班！没钱，我大把银子让你花！"

刘帅观这个名字，是刘一刀起的，他希望儿子看起来像他老爸那样帅。帅不帅不知道，这小子还真不像他爸刘一刀，当然这里的"不像"不是指相貌。他从小很听话很懂事，学习成绩也挺拔尖的。他很气愤自己的父亲那样冷落爷爷，也看不惯父亲平时不可一世、自作聪明的所作所为。

他从不以自己的暴发户父亲为荣，也很少问刘一刀要钱，他在大学期间勤工俭学，令老师同学刮目相看，也令刘一刀大骂软骨头不争气；他闲暇时会回到村里看望爷爷，跟爷爷拉家常，嘘寒问暖。爷爷看着懂事的孙子，想起自己不孝的儿子，一时间百般滋味涌上心头。

五

刘帅观还真没想过要接刘一刀的班。他在大学读的是会计专业，心里想着毕业后考个会计证，去公司做个会计或者考个公务员什么的。

2016 年年初，正在广州一家公司做实习生的刘帅观毅然参加了省公务员考试，经过艰难的“过五关斩六将”，他终于考上了，进了地税系统，成了一名名副其实的“税官”。接到政审通知的那一刻，刘帅观知道，他不仅与父亲的意愿背道而驰了，还进了父亲又恨又惧的税务系统。因此，他不敢把消息告诉刘一刀，怕他责骂殴打。

刘帅观自己也不知道当初是什么驱使自己选择了报考地税。是专业对口，有用武之地？是回到自己偏远的家乡，看到贫瘠的土地，崎岖蜿蜒的山路，心有感触？是社会上存在有像父亲刘一刀那样心存侥幸偷税漏税、影响国家财政收入的人？他也搞不懂，或许三者都有吧。

“管他呢，自己选择的路就要义无反顾地走下去。”刘帅观坚定地想。

六

刘一刀有好长一段时间不来公司了。不仅公司里的人，就连他的妻子和儿子都不知道他干什么去了。

其实，公司很多员工还是猜出了一些端倪，最近税务局的人频繁出入公司，大家都猜得出是公司出问题了，准确地说，是老板刘一刀摊上事儿了。他在逃！

说起来也不奇怪，刘一刀的房地产公司不算小了，在当地的经营情况是有目共睹的，而且刘一刀可疑的纳税行为早已引起税务机关的注意。通过税务机关的系统数据比对和税负分析，发现刘一刀的公司存在严重的偷税漏税现象。为了取得更准确有效的证据，税务人员更是深入刘一刀的公司进行实地巡查，查看账簿与发票开具情况。

刘一刀大概是嗅到什么不寻常的气息，畏罪潜逃了。可惜天网恢恢，疏而不漏，警察最终还是找上门来，把刘一刀和公司相关人员带走了。

七

刘一刀被带走了，他的事业也慢慢跌入低谷。熟悉他的人都清楚，刘老板不再风光了。

“刘一刀涉嫌偷税，涉税金额特别巨大……根据《中华人民共和国刑法》第二百〇一条规定，判处刘一刀有期徒刑七年，并处罚金……”刘一刀被带出法院了，耳边还清晰响着审判长宣读判决书的声音。突然他停下脚步，望着前面干净宽阔的柏油马路，络绎不绝的车辆与行人，远处公园正在健身的老人以及在草坪上和父母牵着风筝线开心奔走的儿童……他眼眸缩了缩，似乎想到什么。他跟身边的警察说：“警察同志，我……我可以打个电话吗?”随即，有人递上了手机，他颤抖地按下了刘帅观的电话号码。

“喂，你好！你是谁啊?”

“帅观，是我。我出事了，之前看你东奔西跑的，我没告诉你什么事。总之，我对不起你爷爷，对不起你妈和你……”刘一刀不等儿子出声，他继续说道，“我不应该老是对你那么严厉，总苛刻要求你接我的班，从没考虑过你的意愿与感受，我错了。现在我反而感到庆幸，庆幸你不走我的老路，庆幸我有一个懂事的儿子。”

“帅观，其实我早知道你考进了地税，一开始我很生气，把家里的陶瓷和电视机都砸了。当然，你很久不回来了，你不知道这些。现在我想通了，你也是接了班，尽管不是我的班，也不是爷爷的班，但我却为你自豪。”

“我不生你气了，好好工作，好好回报社会与祖国吧。等过几年我出来了，也该回去接你爷爷的班了，这辈子我辜负了他的期望，我要回去认个错。还有，你们不要想我，我很好!”

刘一刀挂断电话，慢慢放下手机，脸上却露出轻松的笑容，他感到这一刻如释重负了。

八

刘一刀不知道的是，在离他一百多米远的马路斜对面，刘帅观正握着卷起来的公务员录用通知书，目不转睛地凝望着走远了的父亲，双眼通红，手机还贴在耳边久久不愿放下。

在刘帅观的不远处，高大的税局大楼坚挺威严地矗立着，上面镶着巨大的金黄色的税徽，大楼门前飘扬的五星红旗与金黄的税徽交相辉映，在阳光的照耀下，税徽显得格外夺目。刘帅观回头望了望税徽，再看看手上的通知书，瞬间对父亲口中的“接班”有了几分理解——

那卷着的录用通知书在他手中不正像一根接力棒吗?

（作者单位：茂名市化州市地税局中垌税务分局）

本本的心事

郭惠雅

本本最近老觉得肚子很撑：吃得多，好像体形也在膨胀。本本低头看了一下自己肚子里的东西：感谢信、致谢留言……虽然比较撑，但感觉很满足！啊！忘了介绍，本本其实是一本置于纳税服务大厅的活页式留言本。

本本回想以前的日子，那也是吃得撑，但滋味很不好受。比如有一次，记得是在某月的 15 日——税期最后一天，有个纳税人手拿一堆申报表，气鼓鼓地走到本本跟前，使劲拍了两下本本的肚子，然后拿起笔，哗哗哗地写道："人多天气热，有人不讲公德来插队，但又没有人来维持秩序，令我们纳税人报税觉得身心俱疲！"然后一位稍上年纪的纳税人又走过来写道："企业缴税是天经地义的，但这排队不够人性化，老长的队排了很久也不见缩短，我们老人家腿脚无力，经不起长时间站立，甚至有时连厕所也不敢去，怕回来又得重新排队，心中万般无奈。我们不怕缴税，只是怕排队缴税，能否改善一下？"这个还算是和气的了，还有人写道："窗口指向不明，办哪些事到哪个窗口没有明示，办事需要什么资料也不提前告知、一次告知，简单如开个发票都要来回跑几趟、跑断腿！"本本都觉得自己成了"牢骚本""投诉本"了，唉，这种日子何时能到头？

但本本慢慢发现，近几年这个办税服务大厅开始慢慢发生了变化。瞧！先是有工人在比画地方，隔天就送来了几排整齐划一的等候座椅，然后是加了几台饮水机，再来就是新来一位"钢铁同志"，它自我介绍说名字唤作"叫号机"，原来它的作用是打印出叫号纸来按号排队，哈，这就不用每个人站着排队排到腿都软了，真方便！而且前台还增加了多个窗口，全可提供"一站式""一窗式"服务。为方便纳税人咨询涉税事宜，还加设了咨询窗口和导税台，可以有效分流纳税人，本本还听电脑大哥说，现在更增加了网络申报缴交税费通道，在办公室甚至在家里都可以通过网络报税了，再不用挤前台缴税了，再联合隆重登场的"办税易"自助打印税票终端机，实现纳税人轻松缴税、方便打票！这不，本本肚子装的东西慢慢从抱怨、投诉转为赞美与支持了。看！不久前有位纳税人写道："感谢贵局！今天来贵局缴税，不料突然胃疼，贵局工作人员见我脸色发白，主动过来问候，得知我不舒服，更马上从贵局设立的便民药箱取药给我以缓燃眉之急！感谢贵局热情的工作人员！感谢贵局难能可贵的便民措施！感谢贵局优质的服务！"而更多的是一句式的感谢留言："谢谢贵局咨询窗口工作人员的详尽解释，令从外地过来缴税的企业人员少走弯路!""由于路上堵车，我在贵局下班时间才到达贵局要求开具发票。贵局前台人员在了解到我方今天必须开具发票给合同方，否则就会违约的情况后，急我们所急，临时加班为我们开具了多份发票，在此衷心感谢!"……太多太多了，本本已记不清有多少活页纸被写满了换走，新活页纸又被写满又被替换。看着办税服务大厅每天都人来人往，但秩序井然，本本觉得日子过得很快。

在一个雨后晴天，一位衣着时尚的女士走到本本跟前，提笔写道："贵局提供了一流的人员、一流的办税环境、一流的服务给我们，感受到贵局是真正尊重、重视我们纳税人的。大厅里绿意盎然，干净明亮，若硬要挑个不足之处的话，就是这个稍微旧了点的意见簿了。"

就在本本为此话而愤愤不平的第二天，一位大厅前台人员手拿一本新的活页笔记本，将本本换了下来，边换边自言自语："哎呀，这本本的确是旧了点，难怪纳税人会这么写。"换好后，她似乎是对本本说："这几年辛苦你了，也多亏有了你，才令我们更了解纳税人所需。你也该退休下来好好休息了。"本本听后，释然了："是啊，这几年每天下班都会由前台人员将当天装在自己肚子里的、写有意见的活页拆下，替换上新的活页，再根据旧活页上的建议做出有针对性的改善，也就是说我也有做贡献的啊！现在时代要让我退休，我也得退啊，该由年轻小伙接棒了。"本本被取下来后，心想自己该会被销毁吧，但前台人员却将它拿到一个满是储物柜的房间，打开其中一个柜子，将本本放入内，柜内是一本本已装订成册的曾经在本本肚子里的旧活页。而本本清楚地看到，这个柜面贴着一张标签纸，上面印着"纳税人历年投诉、意见、建议归集本"……

（作者单位：清远市地税局）

晓·黎

李幼芬

黎明的第一道光线曲折地打进旧式木框玻璃窗，在阴暗昏沉的木板阁楼层上书写了夏季里涣散不成形的第一个“田”字，晓黎疲惫地睁开眼，这一夜，又似乎睡得比没睡还辛苦，旧日母亲的面容反复出现，脓疱肿块，斑驳脱落的皮屑，梦里，母亲眼神极度虚弱却又万分不甘，最后的清醒，跟父亲提了要求：“给丫儿登记户口，叫晓离，我不在了，这里的阁楼就留给丫儿住，供她上学，她想上多久上多久。”父亲“嗯”的一声表示同意，母亲转向她说：“以后不用担心你没有名字，你叫晓离，你要晓得，妈妈只是离开了，不要难过。”

晓黎起身下楼，常年失修的木阶梯吱呀作响，推开房门，伴随着老木门门臼嘎的一声，阳光重重打在脸上，想必自己此刻的脸色定是苍白黯淡的，在天井打了盆水，随意泼了两把清凉的井水在脸上，盆中水面灿烂耀眼。

“连雨不知春去，一晴方觉夏深。”晓黎嘴里喃喃道着。放晴不过一天，树上鸣蝉已经开始聒噪，天井里那一缸莲，老屋子中唯一一抹绿色，竟有莲花尖悄悄地冒了出来，似乎在春日里欠缺的那些生机，夏气初现之际皆补偿了回来。晓黎思量着，夏天了，婚期近了，那年，登记户口时姑姑将她的名字改为“晓黎”，希望她懂事通透，一步步走向属于自己的黎明……将至的婚期，能否带来人生中最明亮的曙光？

无论如何，总比现在好吧？泪，成年之后是极少的了，都流尽了吧——不受奶奶待见，奶奶说她出生“时日不好”，妈妈也因此受牵连，直至妈妈去世，一切更糟，亏得妈妈让爸爸留她住在老屋子的阁楼，亏得妈妈那句让她上学，亏得姑姑是妈妈的同学……晓黎仰面迎着阳光：一切，还好，没有最糟。

敲门声把晓黎从记忆中唤醒，梓希带来了早餐。

“我常觉得你这小旧屋子是另一个时空的，与其他人家的建筑格格不入。却给我感觉良好，遗世独立，冬暖夏凉。”

“是啊，估计这是我妈妈最后留给我的爱了。”晓黎感慨。

“你看我给你带了什么，落汤钱儿。”

落汤钱是潮州特有的甜点小吃，又叫糯米钱。最开始的落汤钱制作是在平底锅里煮开水之后倒入适量的糯米粉，边倒边搅，待糯米粉熟透了，另外烧一锅开水，用勺子将糯米粉舀起，在开水中煮得通透，刮到盘子里洒上芝麻粉和炒过猪油的砂糖，柔软，甜糯，温和，甘香，因其成型为圆形，故命名为落汤钱，用以祭拜神仙，寄托潮州人美好的寓意。晓黎儿时吃的糯米钱就已经简化掉了“落汤”的程序，搅拌至糯粉熟透之后，再加水调稀，调软，即可刮为圆形，上盘，洒上配料，落汤钱只得虚名。

落汤钱是晓黎儿时很馋的甜点，总盼着吃，自妈妈去世之后，再无人做落汤钱给她吃，市场上售卖的粗制滥造，实在难以下咽。第一次去梓希家做客，那天是农历十二月廿四日，潮汕民间传说这一天人间诸神上天奏明一年来的大小事务。梓希的妈妈从祭神的桌子上拿了一盘落汤钱，问晓黎吃不吃，晓黎恍惚间又看见妈妈的身影，愣了许久才开口：“谢谢阿姨，这个我很喜欢。”一口气吃了四五个之后，晓黎心里痴痴地想：是不是我以后都像别人家的孩子一样有落汤钱吃了。

“哈哈，你这么喜欢就赶紧嫁到我家来，我妈很擅长做落汤钱，很好吃吧。”

被梓希洞穿心思的晓黎很不好意思，一时间不知如何回答。

“喜欢就常来吃，一年好几个节日会做落汤钱呢。”梓希妈妈笑盈盈地看着她，善解人意的眼神闪烁着母性特有的柔光。也许就是梓希妈妈那善意的眼神，使晓黎对梓希一家人颇多信任。

对于两个人的婚事，得知的当天晓黎的爸爸依旧话语不多，夜里却忽然打电话给晓黎：“晓黎你在不在老家，爸爸在门口。”

开了门，爸爸站在门外，走过小天井到了屋檐下，晓黎打开日光灯，与父亲面对面坐在石桌旁，爸爸变戏法似的拿出一朵白莲花，说：“泡莲花水喝吧，你小时候最喜欢了，别的小朋友喝可乐喝健力宝，你却偏偏嘴馋这个。”

晓黎从里屋拿出茶具。用来冲泡工夫茶的玉白色茶具，盛满鲜黄温香的莲花水。晓黎在自己的杯中丢了一小颗冰糖。

“你不给我下点冰糖？”

“你血糖已经超标，不能吃糖。”

晓黎爸爸听了呵呵地憨笑着，哪怕女儿只是知道他血糖超标，他也已经很开心了。

“呵呵。我打听过梓希的家庭情况，他爸爸是退休的老干部，经济不算宽裕，但家风是好的。以后你们成家了，要懂事，但是不要委屈自己，无论发生什么事不要害怕……”

“哪有人像你这么教女儿的？不是都教导说凡事能忍则忍，家和万事兴，三从四德什么什么的吗？”

“家和固然重要，但是爸爸更怕你受委屈啊，家家有本难念的经，再好的家风也会有家庭成员的摩擦。从前你怨爸爸没照顾好你妈妈，爸爸确实不好，年轻时长期在外打拼不顾家，我挑得了老婆挑不了妈，让你妈妈受了太多委屈，她心思细腻却敏感多虑，为人和善所以颇多隐忍，才造成她长期抑郁生了病……”

晓黎默不作声忍住眼泪。

“凡事你自己心甘情愿才是自然，年轻一辈和老一辈思想已有不同，尊重老人，但是不要勉强自己。当你能对老人家产生感情，为他们做什么都觉得不勉强，那就是一个家最好的氛围了。”

带着20年来爸爸说得最多的一席话，晓黎走进了婚姻的殿堂，起初的相处和谐融洽，但渐渐地，晓黎总能感觉到细节上的不自然。

“哎，妈又把我的衣服给洗了，那件衣服机洗要套洗衣袋才行啊，而且好像被其他衣服染了些颜色上去。”晓黎懊恼地跟梓希抱怨。

“是吗？我看看。”梓希凑过来，“好像真的，我跟妈说说，等会儿我重新买一件给你。”

“别别别，我自己去告诉妈说这种衣服怎么洗，免得妈觉得我在你面前抱怨了。其实最好是妈别把我的衣服拿去洗。”

“也好，你自己跟妈说反而沟通得好些，妈也是一片好意，想帮咱们干点家务。”

即使这样，婆媳沟通起来还是和睦有效的，梓希妈妈慢慢地竟也接受并采用了晓黎的一些处理方式，除了放手给晓黎干这个观点她不接受。

“你知道别人家的婆媳关系为何融洽不起来吗？说什么两个女人同爱一个男人这不算根本原因，依我看是因为一个家里有两个都认为自己是女主人的妇人在。这两个妇人来自不同的原生家庭，因此有自己持家干活的方式态度，特别是饮食作息方面。咱妈算好的，很会接纳，我原本也不经常打理家务，但还是有些偏差摩擦，所以可以想象别人家的婆媳关系是如何恶劣起来的。”

“嗯，有道理。”

通常晓黎下班时间较晚，到家时婆婆已备好晚饭。这天公事外出提早到家。

“老妈，我不是跟你说过了不要收拾我们的房间吗？你快去做饭吧，就说是我打坏的好了。”晓黎听见房间里传来梓希的声音。

晓黎换了鞋子，婆婆刚好走出房间。

“晓黎，这么早回家。”婆婆有点不自然。

“嗯，妈。今天到附近办点公事。”晓黎急匆匆走进房间，看到平日用以插养莲花的瓷瓶已经碎成片，梓希在收拾，心里一阵痛感，可能不值钱，却是妈妈留下的。

晓黎缓缓关上房门，梓希手足无措不知说什么好，他知道这个花瓶的来历。

“别说你弄的，我都听到了。”晓黎强压着怒气。

“晓黎别这样，我重新买一个给你养莲花。”

“那是我妈的。”她无法控制自己的分贝和情绪。

“我知道，不要这么大声，别让妈听到。”

“我不怕谁听到，我说过了不要收拾这里的房间、不要收拾这里的房间，我不需要，你不是不知道，我每天的日记、随笔，经常摊放在书桌上，有些我不希望别人看到，即使是无意间。”

“这或许是妈的不对，但她也只是以她力所能及的方式对我们付出。”

“可是我的花瓶，打碎了就再也没有一模一样的了。”

“不就一个花瓶嘛，即使意义非凡，失去的就都是无法长久拥有的，不要像个孩子一样面对不了。”

“你不是我你当然不知道是什么感觉，不要老是教训我说像个孩子一样任性。”晓黎打开房门，径直走向大门，她觉得自己必须走出去，让梓希意识到事情的严重。

漫无目的地走在沿街商铺门前，一开始晓黎以为自己会为那个回不去的花瓶痛哭一场，可是意外发现其实没想象中那么难过，她想哭一哭，发现也没有眼泪，但心里明明是生着气，回过头，张望着身后，失望地发现没有梓希跟着的身影，更是气不打一处来：走出来不过就是想他着急追出来，明明是他不对他还不追出来。眼泪在眼圈里打转，却还是倔强地往前走。

走了很长一段路之后心情开始平静，回想起刚才说的话，有点后悔：婆婆肯定听到了，她心里一定很自责了，她也只是想以传统劳动妇女的方式去关爱晚辈，在我看来或许逾越了，但或许别人家的妈都是这样对自己儿女的。

天色渐晚，晓黎料想自己还未回去，家里人或许就还未开饭，转过身往回走，这才发现身后的梓希开着摩托车朝她赶过来。

“消气了没?”

“回去吧。”

“我让爸妈先吃了，咱们到附近吃。”

即使是谈恋爱的时候，梓希也极少带晓黎外出用餐，这次就近选了个干净简洁的小餐厅，两人一个小包厢。

“还生气难过吗?”

晓黎拼命摇头：“妈呢？跟你说什么了?”

“你婆婆快要掐死我了，她还想去找什么修补瓷碗的老工匠，被我阻止了，这年头上哪找去。”

晓黎听了忍不住笑了。

“晓黎，童年时的感情创伤处理得不好会影响人一辈子的成长。我岳父大人为此特地找过我，这么多年过去你始终没有正确面对失去母亲这一事实，或许跟奶奶有关，或许跟爸爸有关，或许你甚至觉得跟后妈有关，但其实根本原因就在你自己身上。失去父母是每个人最终必经之路，你比别人过早地承受这种苦痛，然而你也健康坚强地走到了今天。当初妈妈把你留在那个小阁楼里，是对年幼的你的一种保护，她却没想到那成为后来你在感情上故步自封的保护壳。成年之后你有足够的能力使自己不受伤害，却还是不愿去接纳奶奶、后妈甚至是你爸爸，除了你姑姑，你似乎罩着坚硬的外壳，不懂得如何正确接纳别人给你的关爱。”梓希停顿下来，小心翼翼地说，“我没责备你的意思，你先想一下自己有没有这种情况。”

晓黎默不作声，脑海里快速浮现着从前的种种，奶奶年迈时的试图接近，临终前对她的挂念，后妈和爸爸多年来想把她融进那个家的努力，她也说服过自己去配合，然而始终觉得自己多余，不如在旧房子里自在。

“或许是，感情封固在了从前的从前，所以才会过了这么久仍会梦见妈妈去世的场景。”

“是，你妈妈从没走出你的梦魇，确切说，是你没让她走。逝者如斯，不如怜惜眼前人啊，晓黎。正确面对失去才有能量接受别人的再次给予。你再这样下去，哪天你失去了你爸爸，恐怕才会责怪自己没有及时珍惜眼前人。假设，我是说假设，你爸爸明天后天就不在了，你还要这样疏远他、这样对你另一个至亲吗?”

梓希如此的逼迫，晓黎忽然觉得似乎真的要失去父亲，失去从前出差回来给自己带零食玩具、在家总要走到大路上等她放学、夏天总要采好莲花给她泡水喝的父亲，害怕从前失去母亲的那种恐惧再次来袭。

“不要怕，”梓希轻轻握住她的手，“只是假设。”

“以后我会对爸爸好一些。”

“你也无须自责，因为你爸爸时常跟后妈还有你弟弟在一起，所以你潜意识里觉得他不需要你。只是你不明白，他是你的父亲，是你的，不是单方面的你是他女儿这么简单。”

“我想我懂了，从前以为是对别人的一种惩罚，说不定哪天变成对自己的惩罚。”

“嗯，你明白了就好。现在家里有客人在等着咱们，爸前段时间感觉身体有异样，近来做了个体检，下午出的报告。你先说服自己，无论什么结果要坚强面对，咱们再回去。”

晓黎面对这突如其来的转折不知所措，愣着慌着，只觉得顿时一股冰凉从脑中蔓延开来，手脚僵硬、温度骤降。

回到家中，后妈已在客厅等着，接过体检报告的晓黎思维一片空白，拼命咬着嘴唇竭尽力气不让眼泪掉下来。

“我跟梓希已经商量过，如果结果出来不好就去省一级的医院做进一步的检查，即使要治疗，也至少要去省级以上的大医院。但是你爸爸担心治疗过程花费太多，最终效果不佳，还把原来预备留给你和弟弟的……”

“治，当然要治，花多少钱都要治，只要有希望哪怕负债也要治。”晓黎一开口，眼泪止不住往下掉。

“之前看你始终没能真正走出阴影，我没让他们告诉你，车票我已经订好了，医院也联系好了，明天一早我带爸去。”

“我也去，妈和弟照看生意，我们跟爸去。”

一夜未眠，晓黎早早起身，听到厨房的对话。

“妈你累不累啊，一大清早磨什么芝麻多费劲。”

“你们这一去得好几天，弄个晓黎爱吃的落汤钱，解馋意头又好，甜蜜甘香、团团圆圆。”

“好好好，随便你。”

“妈，谢谢。”晓黎走到厨房说。

咬一口甜糯黏口的落汤钱，晓黎想起婆婆说过，给灶神爷吃了落汤钱，到了天上嘴巴甜，说尽人间的好话，又能黏住他的嘴使他坏的不能说漏嘴。

“多好啊，吃了这落汤钱，我也得嘴甜心软，和家人团团圆圆。”晓黎在心里祈祷着。

（作者单位：潮州市潮安区地税局）

迷人的邮票

黄小环

表弟阿源是一位职业吊车司机，最近几年搞起了工程，自己做了小工头。他矮矮胖胖的，皮肤黝黑，戴一副半框眼镜，颇有一股斯文的模样，他勤劳又稳重，这几年赚了点钱，买了豪宅和高档轿车。不少人都佩服他、赞美他。我们年龄相差悬殊，平时除了问候，也没有什么别的话题。

一天夜里，时间也挺晚了，他突然来电话，说想来我家坐坐，跟我聊聊天。

无事不登三宝殿，这么晚忽然来访，我心里有点纳闷，不知何事。表弟来后，拉了几句家常，瞅瞅我那些摆在客厅的木雕，很自然就谈起红木收藏的话题来。过了一会，话锋一转，从随身携带的包包里，小心翼翼地拿出一个文件袋，然后掏出一本发黄的集邮册，摆在我面前。“表姐，帮我看看这些邮票能值多少钱?”

原来是这事。我告诉他：对于邮票的真伪、品相自己还能说说，但至于值多少钱，这得上网查一下行情，再问下邮贩子。我粗略地翻了一下那本邮册，旧邮票倒是有一些，但都是散票，且都是信销的，成套的又都是很平常的邮票，估计也值不了多少钱。我如此说，他有点失望。

这几年表弟虽然赚了点钱，也戴上了一副眼镜，穿衣之类也考究了许多，在生意场上历练了不少人情世故，但他的文化底蕴实在不敢恭维，他不是上不起学，而是学不了，勉勉强强读完初中，平时也不看书读报的。姑丈便让他学开汽车，考了个驾照，然后姑丈出钱给他买了辆吊车，他就开起了吊车，他干这个还行。最近几年，他开始自己揽工程，成了小工头。但对于文化方面，尤其收藏方面，也不是一天两头学得来的。他不会是赚了钱没处花吧?

见我疑惑，表弟解释，这不是他的，是别人的。他想接一项工程，须活动活动。他从侧面了解到那个可帮他的贵人喜欢收藏，喜欢邮票。这些邮票如果有价值，他就想作为礼物送给他。

“你知道的，表姐，我对于邮票能值钱这事，也是最近才听人说的，古董、邮票之类我真的不懂，一只旧时的碗都能值几万元，当初还以为是骗人的呢。后来，去朋友家里坐，人家拿出来看，才算开了眼界。这么宝贵的东西，我连碰都不敢碰一下，自己粗手粗脚的，万一失了手，赔不起啊！所以，我就学着玩下邮票，一来可以自己收藏，二来也可以送人。”讲到功利方面，我远远不及他。我们俩就这样有一搭没一搭地聊起邮票来。

表弟说他有一个朋友叫岑生的，对文物收藏有着浓厚的兴趣，但此人低调，很少跟别人说自己有这方面的爱好，但坊间还是有人了解他的。有一次，县里的陈秘书到他家，跟他天南地北侃了一晚，又扯到收藏方面的话题。他家中摆着的紫砂壶、黄杨木雕等成了陈秘书的话题，那个小型铜鼓更引起了陈秘书的极大兴趣。末了，陈秘书说，改日请他喝酒。果然，不几日，陈秘书开车带他到某领导家，这领导岑生认得，姓钟名立贤，是县级领导，常在本地电视新闻里露面。钟领导在家中排行第二，圈子里老老少少都称呼他“二哥”。第一次见面，钟领导就对岑生说：“自己人，不用客气，叫我老二就行了。”岑生受宠若惊，叫了声“二哥”。二哥又是敬烟又是敬茶的，穿着休闲衣服，一点也不像电视上那样严肃。很快，他们就彼此熟络起来。二哥家到处是古董，茶台旁就摆着两个旧式绣墩，花梨木的，包浆温润，岑生忍不住拍了一下，左瞧右瞅的，赞不绝口。二哥确信岑生对此真有点研究，笑容可掬地说：“听说你也有不少宝贝啊！”一向低调的岑生还是兴奋不已，绘声绘色地讲述自己收藏到的引以为豪的几件宝贝。岑生还品鉴了二哥的不少藏品，讲得头头是道，颇得二哥的欢心。岑生还当场甄别了二哥家里两块菊花石为赝品，他用小刀尖戳了一下，石粉就出来了。“一掂就知道了，这么轻，一点都不沉”，说得二哥连连称是。从此之后，他们就成了好友，二哥很喜欢岑生的小铜鼓，那是广西侗族的铜鼓，造型好，经人鉴定有二百多年的历史，岑生把它养护得油亮油亮的，后来送给了二哥。

岑生后来就在二哥的建议下，开了间茶庄，每天都有不少人来茶庄喝茶聊天，二哥也偶尔会来茶庄喝茶，自然，这茶庄就成了一个交际的场所，生意红火自不在话下。若有什么事情，有求于二哥的，尽管跟岑生说，岑生说行，这事就有八九成把握，岑生说难办，这事可就真难办。“他也不会要你什么钱财礼物，他只是做个传递的。”表弟难掩对岑生的敬意，表弟也是和朋友进入茶庄喝茶，认识岑生以及二哥的。也是从那个岑生口中得知，二哥爱好广泛，除了收藏古董，还偏爱红色收藏，尤其喜欢“文革”时期的邮票。二哥有空时就会把玩他的宝贝。茶客中，常常有人津津乐道谁藏了什么宝贝之类的轶事，闲聊中，都是关于收藏的话题，听得多了，表弟也就有了自己的想法。

此后，表弟常来我家做客，有时是散步经过，有时是专门来访。很显然，为了能与二哥搭上话题，他迷上了邮票，刻意地搜集了不少旧邮票，还专门到外地的邮市转悠了几回，购买了近几年的年册，认认真真地研究起来，他觉得这邮票的题材太广泛了，有历史、有人物、有事件、有风土人情，这玩意不错，他也从中学到了不少知识，在茶庄饮茶时，偶尔也能搭上话了。有一次，他问我，“文革”的邮票，带信封的，是剪下这枚邮票值钱，还是带信封值钱。这事怎么说呢？集邮不是全都用值多少钱来衡量的，表弟不懂行，我也只好说了自己的见解。如今寄信的人已经很少，在我看来，带原信封的邮票更有历史意义。

表弟便从包里拿出一封黄黄的、民间称作牛皮纸张的那种信封，递给我。这是一封“文革”时期的信，从邮戳到人名称呼，都有着时代的特色，邮票是现代京剧样版戏《海港》中的画面，这是很难得的一枚“文革”票，虽然是信销票，但信封还在，是一种历史的见证。要是我，肯定会留着原信封收藏的。

“你说，二哥会喜欢这邮票吗？虽然都是旧票，但只有一枚，人家这样的人物，会嫌弃吗？”表弟显出一丝隐忧，送这样的礼物给人，如果不珍贵，人家随手扔掉了，也是白费心机，要有一定的价值，这样才不致失礼。说真的，如今能搜到这样的实寄封，其实已经很难得，毕竟已经几十年了，在一个集邮人的眼里，那是珍贵的；但如果对方是个大集邮家，那就得另说了。表弟连连称是。

“不如这样吧，依我个人了解，喜欢集邮的，也会收藏同号钞之类，你不如加两本同号钞，连同这实寄封，即使这实寄封寒碜了点，但有同号钞补上，也不致于失礼了。”

同号钞是什么？表弟并不清楚。我拿了两本自己的藏品，让他看了，并解释同号钞就是一套人民币里各个面值的钞票都是同一号码，也有的只有后面几位相同的，比如四位同号、五位同号，同号越多越难得。

表弟觉得，这是个不错的建议！之后，在岑生的引荐下，表弟与二哥私下里见了面，二哥对他送上的“小意思”欣然接受了。一来二往之后，表弟已经顺利地承接了一个乡镇的农田基础改造工程项目。

表弟似乎真爱上了集邮，他自己经常找城中那些邮贩子，买入部分旧邮票，然后，自己拿个放大镜左看右看，细细端详，慢慢也能看出个端倪来，颇有几分得意。每隔一段时间，他就会和我说说邮票的事。有一天，他打电话问我：“表姐，听说有个金猴的邮票，很贵的，是吗？我这也有两枚有猴子的邮票，不知是不是这一套。”

我想当然地说：“你收藏的不可能是集邮界中说的金猴邮票，可能是第二轮生肖邮票的那个猴子吧。”

表弟心有不甘，我很坚决地说：“不用看了，十之八九不是。”

表弟来到我家，又是小心翼翼地在一个文件夹里掏出一张活页，指着其中两张有猴子的邮票问：“这两张是吗？”

我只瞟了两眼，莞尔一笑，“物以稀为贵，传说中的金猴票哪有这么容易得到的。”

表弟喃喃自语“我想也是不那么容易的。”

邮人口中所言的金猴票，是新中国发行的第一轮生肖邮票，1980 年发行，到如今三十几年了。当时的发行量很少，加上印刷时又出了技术问题，实际发行量比预计发行的更少，那时人们的通信交往都用书信，信销用去了大量。事隔几十年之后，要收藏这样一张珍贵的邮票，谈何容易啊！况且，此票早在 20 世纪 80 年代初就备受追捧，是每一个集邮人都非常渴望拥有的一枚邮票，现在不仅仅是珍邮，更是集邮市场价格的风向标，僧多粥少啊！单枚金猴票市场上炒到一万多元，你说，你容易得到吗？”

“你也没有金猴票吗？”表弟有点不相信，“你都收集了几十年了，也不想办法弄一枚，之前，没有这么贵吧？”

这也是我的一个遗憾，我是不敢轻易到市面上去购买的，如今科技发达，钞票都有人做假，何况邮票，万一花高价买了假的，岂不是贻笑方家，所以，我宁缺勿滥！

从表弟的言谈中，他似乎非要找到金猴票不可，金钱不是问题，问题是我们小地方，找什么人可以弄到，网上买的话又不放心。我答应他，约个时间陪他一起去找一找那些老集邮人。在表弟看来，这关系到他的一个工程项目，成败得失全在这一“票”之上。他有点无奈地跟我说：“表姐，我也是没办法，二哥他有个规矩，请客吃饭他是轻易不会去的，怕影响不好。就这样直接送钱，彼此都是熟人了，好像又不够义气，如果送个价钱相当的玉坠子、玉石、邮票之类的，又小又精巧，又不显眼，又好保管，人家收了，彼此心知肚明就好了。邮票都是值钱之物，如有什么闪失，查无可查，一句自己收集下来的，什么人也拿他没办法，也不会被没收。”

表弟的一番言语，令我相当震惊，我只是一个本本分分的集邮人，集邮完全是出于爱好。而表弟他，他是有心思的，生意场上的历练，使他精明而成熟。

我带着表弟找了几个相熟的老集邮人，有金猴票的只有两人，可人家也很珍视，无论表弟怎么说，人家都不肯转让，我们只好无功而返。又过了一段日子，表弟打电话来，说猴票已经想办法弄到手了，工程续约的合同也签好了。我有点担心他。

那段时间表弟因为迷上邮票而常到我家来，但这两月却少了他的踪影，正有点失落之际，表弟打电话给我：“二哥出了事，岑生也进去了。”

我问他：“你不会有事吧？”

“唉……”

（作者单位：云浮市郁南县地税局稽查局）

后　记

2017 年 4 月至 7 月，广东省地税局科研所举办了“岭南风 · 2017 年广东地税文学作品征集”活动，共收到系统内应征作品 200 多篇（其中诗歌 141 篇、短篇小说 83 篇）。经杨克、艾云、欧阳露和郑小琼等专家评审，其中诗歌评选出一等奖 5 篇，二等奖 15 篇，三等奖 30 篇，短篇小说评选出一等奖 5 篇，二等奖 10 篇，三等奖 20 篇。

举办这次征集活动，得到了广东省地税局及各级地税部门领导的大力支持，各市（区）地税局通联组积极组织，广大作者踊跃投稿，评委认真评审，在此表示衷心的感谢！

本作品集是《广东地方税务》系列丛书之一，由《广东地方税务》的编委向景任主编，编委梁若莲、钟云姗任副主编，王海、麦宝明、余雯辉、谭结仪、詹锦松、吴澜、许武玲、李兴蕊等负责编务工作。本书难免有疏漏之处，敬请读者批评指正。

《广东地方税务》编辑部

2017 年 12 月